FLO

DE L'ACADÉMIE FR

Nouvelle

ORNÉE D'UN PORTRAIT ET

TOME TRO

NOUV

CHEZ MÉNARD

OEUVRES

DE FLORIAN.

27400

OEUVRES
DE FLORIAN,

DE L'ACADÉMIE FRANÇAISE.

Nouvelle Édition,

ORNÉE D'UN PORTRAIT ET DE VINGT-QUATRE GRAVURES.

TOME TROISIÈME.

—

NOUVELLES.

PARIS,
CHEZ MÉNARD, LIBRAIRE-ÉDITEUR,
PLACE SORBONNE, 3.

—

1838

A SON ALTESSE SÉRÉNISSIME

MADAME LA PRINCESSE

DÉ LAMBALLE.

Princesse, pardonnez, en lisant cet ouvrage,
Si vous y retrouvez, crayonnés par ma main,
    Les traits charmans de votre image :
J'ai voulu de mon livre assurer le destin.
    Pour embellir mes héroïnes,

III. OEUVRES DE FLORIAN.   1

A l'une j'ai donné votre aimable candeur,
A l'autre, ce regard, ce sourire enchanteur,
Ces grâces à la fois et naïves et fines ;
    Ainsi partageant vos attraits
Entre ma Célestine, Elvire et Félicie,
    Il a suffi d'un de vos traits
    Pour que chacune fût jolie.

BLIOMBÉRIS.

BLIOMBÉRIS,

NOUVELLE FRANÇAISE.

J'AI toujours aimé les romans de chevalerie, surtout ceux dont les héros sont Français. La valeur,
l'esprit, les grâces, l'étourderie même des guerriers de cette nation, les rendent plus aimables et
plus intéressans que tous les autres. Il semble que
c'est pour des Français que la chevalerie dut être
inventée ; et cependant ils ne veulent plus de ces
livres qui enchantaient leurs aïeux.

Je crois avoir trouvé la raison de ce peu de goût
pour les histoires de chevalerie. Certainement nos
officiers sont aussi braves et aussi galans que les
anciens paladins ; nos princesses et nos jeunes dames sont aussi belles et aussi tendres que celles
d'autrefois : mais cette scrupuleuse fidélité, cette
éternelle constance, dont parlent à chaque page
nos vieux romans, ont rendu leur lecture insipide.
On aurait passé les géans pourfendus ; on n'a pu
passer les amans fidèles. De telles fictions ne nous
peignent rien, et l'on a rejeté des livres qui étaient
trop loin de nos mœurs.

Je veux pourtant vous raconter la vieille histoire

d'un chevalier de la table ronde. Vous y verrez, comme dans toutes leurs chroniques, des combats, de l'amour, des aventures. Je ne vous apprendrai rien de nouveau : en fait de mensonges, l'on a tout dit; mais, heureusement, on peut varier encore sur la manière de mentir.

PHARAMOND régnait en France; il avait soumis par ses armes tous les rois de cette contrée. La belle Rosemonde partageait son trône, et lui était plus chère que sa gloire même. Le monarque français, après quarante années de victoires, s'était aperçu que le bonheur n'est pas dans les conquêtes; et il ne s'occupait, dans Tournai sa capitale, que de rendre heureux son peuple, son épouse et ses enfans.

Le prince Clodion, son fils, à peine à sa seizième année, s'était déjà signalé dans plusieurs occasions. Accoutumé aux armes dès l'enfance, il avait appris à combattre à côté de Pharamond. Le nom de son père, le vaste empire sur lequel il devait régner, son courage, sa bonne mine, et surtout les flatteries de ses courtisans, avaient inspiré à ce jeune prince une excessive vanité. Aussi heureux en amour que Pharamond l'était à la guerre, Clodion avait vaincu autant de belles que son père avait pris de villes. Fier de sa figure, de sa gloire et de sa naissance, le prince français était le plus beau, le plus confiant, le plus étourdi des chevaliers de son temps.

Sa sœur, la charmante Félicie, n'avait pas encore quinze ans, et surpassait déjà sa mère par ses attraits. C'était la moindre qualité de Félicie : elle semblait dédaigner tous les dons qu'elle tenait de la nature, pour ne s'occuper que de ceux qu'elle tiendrait d'elle-même. Elle cultivait son esprit pour son plaisir, et non pas pour paraître instruite. Douce et modeste, elle oubliait toujours qu'elle était princesse, excepté lorsque la princesse pouvait faire du bien. Félicie, dans l'âge où l'on sort à peine de l'enfance, était le refuge des malheureux, l'idole de son père, et l'objet du respect et de l'amour de tous les chevaliers.

La Petite Bretagne était tributaire de Pharamond, et divisée en plusieurs royaumes. Celui de Gannes était gouverné par le roi Boort, ou pour mieux dire par ses courtisans. Les princes faibles sont presque toujours cruels : Boort l'avait prouvé en faisant périr sa fille Arlinde pour avoir donné le jour à Bliombéris. Cette princesse trop tendre n'avait pu résister à l'amour de Palamède, l'un des plus célèbres chevaliers de ce temps-là. Sa faiblesse lui coûta la vie ; le barbare Boort la fit précipiter dans un puits, et consentit à laisser vivre l'enfant de sa malheureuse fille.

Bliombéris, privé de sa mère en venant au monde, inconnu à son père qui ne l'avait jamais embrassé, Bliombéris fut élevé à la cour du roi Boort. Son éducation fut négligée. Le pays de Gannes était à demi barbare : dans tout le royaume il y avait peu de savans qui sussent lire ; à peine l'apprit-on à Bliombéris. Il était déjà parvenu à l'âge de dix-sept ans sans savoir autre chose que bien tirer des flèches ; exercice auquel il était très-adroit, parce qu'il l'avait appris tout seul. Bliombéris était bien fait, d'une physionomie plus douce que belle, l'air noble et franc ; son cœur était tendre (il était fils de l'amour), et son esprit était d'autant plus juste que personne n'avait cherché à le rendre tel.

Bliombéris fut bientôt instruit du malheur de sa mère, et du nom de Palamède son père : ce nom fameux faisait trembler toute la cour du roi de Gannes. La crainte de voir revenir ce héros était la seule cause des égards que l'on avait pour son fils. Mais ces égards même importunaient Bliombéris ; il s'ennuyait avec les barons gannois, qui ne savaient rien, pas même se battre. C'était en vain que les baronnes cherchaient à le distraire ; Bliombéris s'était aperçu qu'elles savaient faire l'amour et non le parler, et son cœur méprisait l'amour qui ne se parle pas.

Tant de dégoûts lui firent chérir la solitude : il n'habita plus que les bois, où il exerçait son adresse sur les cerfs et sur les oiseaux. La chasse le rendit misanthrope ; la misanthropie en fit un sage. Bliombéris n'avait que dix-huit ans ; mais ses réflexions, et le bonheur de n'avoir jamais été flatté, lui avaient valu trente années d'expérience.

Le roi Boort avait un fils qui ne ressemblait pas à son père ; ce fils s'appelait Lionel, et avait mérité par ses exploits d'être admis à la table ronde. A son retour d'Angleterre, il fut indigné du tribut que Pharamond avait exigé ; et, consultant plus sa valeur que sa prudence, il engagea le nonchalant Boort à déclarer la guerre au monarque français.

Pharamond ne crut pas sa présence nécessaire pour remettre sous l'obéissance un peuple battu tant de fois ; il voulut donner à son jeune fils le plaisir de terminer seul cette guerre, et le nomma son général.

Clodion transporté embrasse son père, lui jure qu'avant un mois il fera son entré à Tournai dans un char trainé par le roi Boort et son fils : il partage entre ses favoris le royaume qu'il va conquérir ; il fait cinq ou six fois la revue de son armée ; et, marchant à grandes journées, avant quinze jours il arriva sur les frontières du pays de Gannes.

Lionel l'attendait : le combat fut long et sanglant. Clodion fit des prodiges de valeur ; mais sa
fougue et cette valeur même lui faisaient commettre des fautes. Bliombéris ne quittait pas le
brave Lionel : c'était la première fois qu'il voyait
une bataille ; et le jeune guerrier n'y perdit pas
un instant ce sang-froid qui caractérise le vrai
brave. Mais ses efforts et ceux de Lionel n'auraient
pas été capables d'arracher la victoire aux troupes
de Pharamond. Déjà Clodion, s'abandonnant à son
impétuosité , avait rompu le centre de l'armée :
Lionel accourt pour s'opposer à ce prince, et commence avec lui un combat corps à corps qui laisse
les Gannois sans général. Le lieutenant de Clodion,
vieux guerrier blanchi dans les batailles, profite
du moment, rassemble les différens corps, donne
le signal pour faire une attaque générale ; et, sûr
de sa manœuvre, il s'avance d'un air victorieux.
Lionel est occupé avec Clodion : les Gannois sont
perdus ; personne ne les commande ; le désordre
se met dans les rangs. Bliombéris, le jeune Bliombéris voit le danger et le prévient : il jette son
épée ; il prend son arc, cette arme qui, dans ses
mains, a toujours été mortelle ; il choisit sa meilleure flèche , regarde le chef des Français, et le
frappe au défaut de la cuirasse. Le vieux guerrier
tombe, ses troupes s'arrêtent, on s'empresse au-

tour du mourant. Plus prompt que l'éclair, Bliombéris vole à ses escadrons ; il fond à son tour sur
les Français, il les rompt, il les disperse, et bientôt le champ de bataille est couvert de morts et de
fuyards.

Clodion abandonné frémit de honte et de rage ;
il porte un coup terrible à Lionel ; et, perçant à
travers l'armée victorieuse, il fuit, mais en héros,
du côté opposé à son armée fugitive.

Bliombéris ne se laissa point emporter à la poursuite des Français. Occupé de contenir ses troupes
et d'empêcher le désordre, qui arrache si souvent
la victoire, il fit voir dans cette journée qu'à la valeur du soldat il joignait les talens du général. Bientôt Lionel reparut, et vint achever la défaite
Bliombéris alors ne s'occupa que d'arrêter le carnage ; il fit respecter les prisonniers, les traita avec
douceur et noblesse : et, comme le sifflement des
flèches et le bruit des armes ne l'avaient point ému
pendant le combat, de même les lauriers qu'il venait de cueillir, les cris de victoire et les acclamations des soldats ne le firent pas sortir un instant
de cette tranquillité que donne le contentement de
soi-même. Bliombéris n'était sensible qu'au bonheur d'avoir servi son pays.

Cependant le fougueux Clodion, au désespoir
d'avoir été battu la première fois qu'il avait com-

mandé une armée, Clodion courait les champs, incertain de ce qu'il devait faire. Sa vanité venait de recevoir un affront sanglant; il n'osait reparaître dans Tournai, après avoir distribué le pays ennemi, et commandé le char de victoire auquel il devait attacher le roi Boort et son fils. Il résolut de ne plus retourner chez son père qu'il n'eût effacé sa honte; et, s'embarquant pour l'Angleterre, il courut y chercher des aventures et des lauriers.

Tandis qu'il allait porter son étourderie et sa valeur à la cour d'Artus, Pharamond apprenait sa défaite. Ce monarque n'était pas accoutumé à de telles nouvelles. Il court à la vengeance; et, s'armant de cette épée qui a donné la mort à tant de rois, il rassemble ses vieux guerriers, et marche vers la Petite Bretagne. Les Français, impatiens de venger leurs frères, portent le fer et le feu dans les états du roi de Gannes. Lionel, enivré du dernier succès, voulut marcher à l'ennemi. Bliombéris était d'avis de se retrancher et de l'attendre; mais le général l'emporta, et les troupes eurent ordre de se préparer à la bataille.

Elle ne fut pas un moment indécise. Pharamond se montrait, et tout fuyait devant lui. Les Gannois en déroute entraînèrent leur général. Bliombéris, après avoir fait des prodiges de valeur, s'efforçait de sauver un corps de troupes qu'il commandait;

mais le roi de France vint lui-même l'attaquer. A peine les soldats de Bliombéris eurent aperçu les fleurs de lis que Pharamond portait sur son bouclier, qu'une terreur soudaine les saisit : ils se dispersèrent, et le jeune Bliombéris resta seul entouré d'ennemis. Rends-toi, lui cria Pharamond, c'est moi qui te demande ton épée. Bliombéris, dédaignant de faire des bravades inutiles, remit son épée au monarque, et le suivit dans son camp.

Peu de jours suffirent à Pharamond pour s'emparer de tout le pays de Gannes. Il fit payer les frais de la guerre au roi Boort, mit une garnison dans sa ville, et garda Bliombéris comme otage. Après avoir ainsi terminé cette expédition, le monarque français fit chercher son fils Clodion dans toute la Petite Bretagne; mais ses soins furent inutiles. Pharamond affligé reprit la route de Tournai, où Bliombéris le suivit.

En arrivant dans sa capitale, Pharamond trouva la joie répandue dans les cœurs : le bruit de sa victoire l'avait précédé. Rosemonde et Félicie venaient au-devant de lui, au milieu de tout un peuple qui célébrait le retour d'un roi chéri. Rosemonde s'attendait à revoir son fils ; les lauriers de son époux n'empêchèrent pas ses larmes de couler, lorsqu'elle apprit qu'on ignorait ce qu'était devenu Clodion. Félicie partageait sa douleur, et pleurait aussi en baisant les mains victorieuses de son père.

Bliombéris, présent à ce spectacle, se reprochait déjà d'être la cause des pleurs de Félicie. La beauté de cette princesse lui faisait éprouver un sentiment qui lui était inconnu : il avait beau détourner ses yeux, ses yeux revenaient malgré lui sur Félicie. Le sage, le prudent Bliombéris ne savait plus où il en était, lorsque le roi le présenta à Rosemonde et à sa fille comme un prisonnier respectable par sa valeur ; ensuite, prenant une épée : Vous vous en servez trop bien, lui dit-il, pour qu'elle ne vous soit pas rendue ; l'intérêt de l'état s'oppose à votre liberté, mais que rien ne vous retienne ici que votre seule parole. Bliombéris remercia le roi, et se troubla en le remerciant, parce que Félicie le regardait.

Bliombéris s'aperçut bientôt que cette princesse réunissait à ses charmes le cœur le plus droit, l'âme la plus sensible et l'esprit le mieux cultivé : cette découverte ne fit que l'enflammer davantage. Mais la première fois que l'on aime, on craint si fort que ce ne soit un crime, on espère si peu d'être aimé, que le plaisir de brûler en silence paraît encore un suprême bonheur. Bliombéris s'y livrait en trem-blant : la cour de Pharamond était un séjour si redoutable pour lui ! Ce jeune homme, qui n'était jamais sorti de Gannes, qui avait passé sa vie dans les bois, se voyait transporté dans la plus brillante cour de l'univers : il osait aimer la fille du plus puissant des monarques, celle qui dédaignait les vœux d'une foule de princes. Pouvait-il se flatter d'en être distingué, lui, fils inconnu d'un simple chevalier; lui, cause malheureuse de l'opprobre et de la mort de sa mère ; lui enfin, dont tous les talens, tous les secrets pour plaire, se bornaient à savoir aimer ?

Ces réflexions étaient accablantes pour un amant, et devaient rebuter un sage ; mais Bliombéris n'était plus sage. Il se fit toutes ces objections; et après s'être bien dit qu'il allait commencer le malheur de sa vie, après s'être bien convaincu que la raison lui prescrivait d'étouffer son amour, il prit la résolution de s'y livrer, et de passer les jours et les nuits à acquérir tout ce qui lui manquait.

Dès ce moment Bliombéris étudia cette politesse, cet usage du monde, qui rendent tant de sots supportables : il eut bientôt acquis tous ces dehors si vantés et si vains. Il y joignit des agrémens plus solides : il orna son esprit, et acquit des talens. L'Amour était son maître ; c'est le précepteur qui avance le plus ses écoliers. En moins d'un an Bliombéris devint le chevalier le plus poli et le plus aimable de la cour.

Félicie, qui avait remarqué Bliombéris dès le
premier jour où elle le vit, devina bientôt son
secret. La moins coquette des femmes sait que l'on
est amoureux d'elle un peu avant celui qui en
devient amoureux. La passion de ce jeune sauvage
avait flatté la princesse; mais lorsque le sauvage
fut devenu poli, lorsqu'elle fut bien sûre que c'était
pour elle seule que Bliombéris avait pris tant de
peine, la timide Félicie s'interrogea elle-même
sur ce qu'elle avait à faire. Le résultat de ses
questions fut qu'elle pouvait sans scrupule être
reconnaissante des soins de Bliombéris. Cette reconnaissance devint bientôt amitié; cette amitié
n'avait pas trois mois qu'elle était de l'amour. La
sage princesse n'en était pas encore bien sûre;
mais sa raison lui conseillait de ne pas écouter son
cœur.

Quand une jeune princesse est obligé de choisir
entre son cœur et la raison, son choix est long
quelquefois, mais il n'est jamais douteux. Félicie
se livra bientôt au charme qui l'entraînait. Elle
reçut un billet de Bliombéris : un billet d'amour
est un talisman qui détruit toutes les résolutions
de la sagesse. Jeunes amans, soyez sans crainte si
vous parvenez à vous faire lire. Félicie répondit à
Bliombéris pour le prier de ne plus lui écrire.
Bliombéris écrivit encore pour en demander la

permission ; et, cette permission une fois donnée, ils ne s'écrivirent plus, ils se parlèrent.

Vous qui avez aimé, vous n'avez pas oublié sans doute combien sont doux ces premiers momens d'une passion que l'on fait partager. Chaque jour, chaque heure est intéressante : aujourd'hui l'on est heureux d'un coup d'œil ; demain l'on veut davantage, on dispute, et on l'obtient ; le jour d'après on se brouille, et en se raccommodant on se trouve plus avancé qu'on ne l'était avant la querelle. Comme ils passent vite, ces jours si beaux qu'on appelle le temps des peines ! O Amour ! si je te regrette, c'est bien moins pour tes derniers plaisirs que pour tes premières faveurs.

Un jour que la belle Félicie était allée se promener dans un bois près de la ville, elle fit rester sa suite à l'entrée du bois, et s'enfonça seule dans une des allées les plus sombres ; elle pensait à Bliombéris. Il y avait déjà un an qu'ils s'aimaient ; il y avait un an qu'ils s'étaient juré de vivre et de mourir l'un pour l'autre. Félicie relisait une lettre où Bliombéris répétait mille fois ce doux serment ; elle croyait entendre son amant prononcer les mots qu'il avait écrits, et, dans l'ardeur charmante qui l'enivrait, elle imprimait mille baisers sur la lettre. Tout à coup un sanglier écumant paraît ; il

vient droit à la princesse ; il est prêt à s'élancer...
Où êtes-vous, Bliombéris ?

Bliombéris n'était pas loin ; il avait devancé Félicie, et, caché parmi les arbres, il jouissait du
plaisir de la voir s'occuper de lui. Il aperçoit le
monstre, et vole à sa rencontre. Le sanglier l'atteint,
et lui fait une blessure qui n'est que légère, parce
que l'adroit Bliombéris le frappe au même instant
qu'il en est frappé : leur sang confondu baigne
le gazon. Félicie tremblante a les yeux fixés sur
son amant ; son cœur palpite, la pâleur est sur son
visage ; mais un moment suffit pour dissiper sa
crainte. Bliombéris saisit une flèche, et perce le
flanc de l'animal furieux.

Félicie court à Bliombéris, le fait asseoir auprès
d'elle, appuie sa tête contre son sein, et veut
panser sa blessure. Cette blessure n'était pas profonde : la tendre Félicie arrache quelques simples
que le hasard offre à ses yeux ; elle les applique
sur la plaie, elle en exprime lentement le suc ;
encore interrompt-elle mille fois son ouvrage par
les baisers qu'elle laisse prendre ou qu'elle donne à
l'heureux blessé.

A peine eut-elle posé le premier appareil, que
la tendre Félicie, soutenant toujours son amant,
semble chercher dans ses yeux comment elle peut
payer un si grand service : Bliombéris la re-

garde et soupire. Le hasard vint à leur secours.

Une tourterelle passe près d'eux d'un vol rapide, et cherchant à se dérober au milan qui la poursuivait : elle allait devenir sa proie, quand le mâle de la tourterelle se précipite dans les serres de l'oiseau pour qu'il abandonne sa compagne. Le milan laisse la tourterelle et emporte le tourtereau ; mais Bliombéris avait eu le temps de préparer une flèche : le trait part, vole, tue le ravisseur, et délivre le généreux tourtereau.

A peine libre, il vient se poser sur un arbre, vis-à-vis de Félicie et de Bliombéris. Sa fidèle compagne vole près de lui ; elle le caresse en roucoulant, elle répare avec son bec le désordre où l'ont mis les serres cruelles du milan, elle prend plaisir à lisser ses plumes, elle agite ses ailes autour de lui ; et bientôt le tendre oiseau, lui rendant ses vives caresses, s'empresse de lui prouver que l'amour est plus fort que la peur.

Quelle image pour nos amans ! ils étaient assis sur le gazon, ils regardaient le couple fidèle avec des yeux humides et brillans ; leurs soupirs précipités, leur haleine brûlante, expliquaient ce qui se passait dans leurs âmes. Bliombéris avait été aussi généreux que le tourtereau ; Félicie n'était pas moins tendre que la tourterelle ; pouvait-elle éviter d'être aussi reconnaissante ?

Cette forêt, cette allée, devinrent le rendez-
vous de ces tendres amans. L'Amour, qui veillait
sur eux, empêchait que l'on ne soupçonnât leur
bonheur. Hélas! il n'en est point qui dure.

Déjà depuis deux ans, uniquement occupés l'un
de l'autre, ils voyaient les mois s'écouler comme
des jours : l'on vieillit vite quand on est aimé.
Félicie avait dix-huit ans, et le roi son père lui
annonça qu'elle eût à choisir un époux parmi les
princes qui prétendaient à sa main.

Quelle nouvelle pour Félicie! Elle voulut aller
se consulter à la forêt : on s'attend bien que Bliombéris y était pour donner son avis. Le temps du
bonheur est passé, lui dit la triste Félicie : tu ne
peux prétendre à ma main; je ne dois ni obéir ni
résister à mon père : partons, fuyons ensemble;
l'Amour prendra soin de nous. Bliombéris, en
arrosant de larmes le beau visage de Félicie, lui
déclara que la fuite était impossible, puisqu'il était
prisonnier sur sa parole. Mais si nous pouvons
gagner du temps, ajouta-t-il, j'espère me rendre
digne de prétendre à vous. Je suis le fils de Palamède; le nom de Palamède est respecté même de
Pharamond. Ma mère était fille d'un roi; mon
père est de la race des souverains de Babylone. Je
vais chercher mon père, il me reconnaîtra, il viendra vous demander lui-même à Pharamond; et s'il

faut un royaume pour obtenir Félicie, il n'est rien d'impossible à la valeur de Palamède et à l'amour de Bliombéris.

En prononçant ces mots, le feu du courage brillait dans ses yeux. L'espérance entre si aisément dans des âmes amoureuses, que Félicie et Bliombéris s'y livrèrent avec transport. Il fut décidé que la princesse ferait assembler tous les prétendans à sa main, et leur déclarerait que celui qui reviendrait dans deux ans avec le plus de gloire serait celui qu'elle choisirait.

Dès que Pharamond apprit le projet de sa fille, il y souscrivit avec joie. Bientôt on sut dans toute la France à quel prix était la main de Félicie ; et tous les chevaliers du sang royal quittèrent la cour, et allèrent la mériter.

Bliombéris saisit cette occasion pour demander sa liberté ; elle ne lui fut point refusée. C'était Félicie qui s'était chargée de cette triste commission. Quelle douleur quand il fallut prononcer cet ADIEU, ce mot si cruel pour des amans ! Que de soupirs, que de larmes ! Bliombéris ne pouvait quitter Félicie ; Félicie serrait sur son cœur la main de Bliombéris ; ils se regardaient, ils pleuraient ; ils se disaient de ne pas pleurer, et un torrent de larmes leur coupait la parole. Ils avaient beau se répéter que c'était pour se rejoindre à jamais.

qu'ils allaient se quitter un moment. Vain espoir ! deux ans ne sont un moment que lorsqu'on les passe ensemble ; ils paraissent devoir durer plus que la vie quand c'est le terme où l'on doit se revoir. Ah ! que Bliombéris eut de peine à s'arracher des bras de Félicie ! Il le fallait ; il s'y résout : il l'embrasse, lui dit adieu, lui serre la main, lui redit adieu d'une voix étouffée, et il fuit sans oser retourner la tête.

La malheureuse princesse, obligée de dévorer ses larmes devant les dames de sa cour, va se cacher dans son appartement : elle y pleure ; elle relit les lettres de Bliombéris, elle en recommence la lecture : Hélas ! il ne m'écrira plus, dit-elle, je l'ai peut-être embrassé pour la dernière fois ! Cette idée met le comble à sa douleur ; son imagination lui exagère tous les dangers qui menacent Bliombéris ; et, comme si elle n'avait pas assez de ses maux, elle s'afflige d'avance de tous ceux qui n'arriveront pas.

Bliombéris, au désespoir, laissait aller son cheval à l'aventure. Ce cheval lui avait été donné par Félicie ; elle l'avait fait venir d'Ibérie, et le coursier était digne d'être offert au Courage par les mains de l'Amour. Il était noir comme du jais ; une étoile blanche brillait au milieu de son front ; plus léger qu'un oiseau, il galopait sur le sable sans y laisser

l'empreinte de ses fers. Félicie l'avait monté quelquefois, et lui avait donné le nom d'Ébène. Ébène
connaissait Bliombéris, et lui était attaché : tant il
est vrai que l'amour électrise tout ce qui l'approche.

Bliombéris, en traversant une grande forêt,
trouva qu'il s'éloignait trop vite de l'objet qu'il
aimait : il s'arrêta, descendit de cheval ; et, laissant paître le fidèle Ébène, il alla s'asseoir au pied
d'un arbre, sur le bord d'un petit ruisseau. Là, il
se mit à réfléchir : ce qui ne lui était pas arrivé depuis long-temps.

Les réflexions sont assez inutiles en amour ; on
finit par faire tout comme si on n'avait pas réfléchi : ainsi c'est au moins du temps perdu. Mais
Bliombéris ne cherchait qu'à en perdre. Il pleura
beaucoup ; et bientôt, inspiré par le silence de la
forêt, par le murmure du ruisseau, et surtout par
son amour, il chanta ce lai sur un air bien triste :

> Loin de toi, ma Félicie,
> Je sens que je vais mourir ;
> L'amour soutenait ma vie,
> L'amour va me la ravir.
> Mais pour toi toujours le même,
> Quand je subirai mon sort,
> Je prononcerai JE T'AIME,
> Et je recevrai la mort.

> J'ai cru qu'au pied de ce chêne
> Je trouverais du repos ;

Loin de soulager ma peine ,
Je n'ai fait qu'aigrir mes maux ;
Cette forêt me rappelle
Un bois cher à nos deux cœurs ;
J'entends une tourterelle,
Et je sens couler mes pleurs.

Ce ruisseau dont l'onde pure
S'échappe tout près de moi,
Si j'écoute son murmure,
Je crois qu'il parle pour toi.
Partout je vois mon amie,
Sans songer, dans ma douleur,
Que ma chère Félicie
N'est ici que dans mon cœur.

Bliombéris allait continuer son lai , quand il vit
venir à lui un chevalier , qui ne l'eut pas plus tôt
envisagé, que, mettant pied à terre, il court l'embrasser : c'était le brave Lionel. J'allais vous porter,
lui dit-il, une lettre de Palamède. O Ciel ! vous
l'avez vu ? s'écria Bliombéris. Oui, reprit Lionel,
il est revenu à Gannes, croyant y retrouver sa
chère Arlinde : au désespoir de sa perte, il a défié
le roi mon père, et l'a tué du premier coup de
lance. J'ai voulu venger sa mort ; mais le terrible
Palamède m'a vaincu, et m'a imposé pour loi du
combat de venir vous porter moi-même ce billet.
Dans ce billet Palamède s'excusait auprès de son
fils d'avoir été près de vingt années sans venir re-

trouver sa malheureuse mère : il avait été retenu
tout ce temps dans les prisons du roi d'Aquitaine.
Il assurait Bliombéris de sa tendresse, et lui ordonnait de le venir joindre sur-le-champ à la cour
d'Artus. Bliombéris, brûlant du désir de voir son
père, prend congé de Lionel, gagne un port de
mer, et s'embarque pour l'Angleterre.

En arrivant dans ce royaume, il prit la route de
la capitale d'Artus. Comme il traversait la fameuse
forêt de Brocéliande, il aperçut une dame qui
fuyait aussi vite que pouvait aller sa haquenée,
pour éviter un chevalier qui la poursuivait, et qui
était sur le point de l'atteindre. Bliombéris court à
lui, et saisissant les rênes de son cheval : Arrête,
lui dit-il, qui que tu sois : la frayeur de cette
dame me fait connaître ta violence, et partout où
je suis, le plus faible trouve un défenseur. De quoi
te mêles-tu? lui répond le farouche Bréhus ; je
vais punir ton audace, et t'apprendre à ne point
troubler les chevaliers qui poursuivent des fugi-
tives.

A ces mots, Bréhus lève une antenne qui lui
servait de lance, et fond sur Bliombéris. Celui-ci
évite le coup terrible de la lance, et atteint de son
épée la tête de Bréhus, qu'il fait courber jusque
sur le cou de son cheval. Furieux d'avoir été frappé
sans avoir seulement touché son adversaire, Bré-

hus jette sa lance, prend son sabre à deux mains, et s'élevant sur ses étriers, il revient à Bliombéris en blasphémant les noms de tous ses dieux. Bliombéris, qui invoquait Félicie, s'aperçoit que, par ce mouvement, le dessous du bras de son ennemi est désarmé; aussitôt son épée y est enfoncée jusqu'à la garde. Bréhus jette un cri épouvantable, tombe, mord la terre et expire.

Dans ce moment Bliombéris voit arriver à toute bride un chevalier couvert d'armes éclatantes, et suivi de la dame qu'il avait sauvée. Ce chevalier avait déjà la lance en arrêt, et la visière baissée; mais, voyant Bréhus sur la poussière, il descend de cheval, et vient remercier Bliombéris. Le barbare que vous venez de tuer, lui dit la dame, a voulu me faire violence, parce que je m'étais éloignée un instant de mon chevalier, qui s'était arrêté au perron de Merlin. Dès que j'ai vu commencer votre combat, j'ai couru au perron, et ce peu de temps vous a suffi pour délivrer l'Angleterre d'un brigand indigne du nom de chevalier. Celui que vous voyez près de moi est Perceval le Gallois : je suis Blanche-Fleur sa bien-aimée; et jamais nous n'oublierons ce que nous devons à votre valeur.

Bliombéris, charmé de connaître un chevalier aussi illustre que Perceval, le pria d'être son guide à la cour d'Artus. Je ne vous quitte plus, dit le

Gallois ; vous vous êtes acquis aujourd'hui des droits éternels sur mon cœur. Les deux nouveaux amis s'embrassèrent, et reprirent la route de Cramalot, capitale du grand Artus.

Pendant le chemin, Bliombéris instruisit Perceval du sujet de son voyage, et lui demanda des nouvelles de Palamède. Perceval ne put le satisfaire ; il avait bien entendu parler de ce héros, mais jamais il ne l'avait rencontré. Il résolut de le chercher avec Bliombéris, qui lui fit confidence de tout ce qui l'intéressait. Le brave Gallois ne l'en aima que davantage : il lui jura fraternité d'armes, et promit de faire le voyage de France, lorsque les deux ans seraient expirés, pour aller rendre compte lui-même à Pharamond des exploits qu'il aurait vu faire à Bliombéris. Blanche-Fleur, qui avait le cœur très-tendre, et qui s'intéressait à tous les amans, désirait beaucoup de connaître Félicie : Que n'est-elle ici ! disait-elle, nous voyagerions tous les quatre ensemble ; et, pour faire durer la route, nous nous promènerions d'un bout du monde à l'autre.

Comme elle disait ces mots, ils aperçoivent un chevalier qui venait à eux à bride abattue : ses armes couvertes de poussière ne reluisaient plus au soleil ; son cheval fatigué avait les flancs déchirés de coups d'éperon, et semblait prêt à tomber

de lassitude. L'impatient chevalier ne l'en pressait
que davantage. Dès qu'il fut près de Bliombéris :
Dépêche-toi, lui cria-t-il, de descendre, et de
changer ton coursier contre le mien ; je suis pressé,
ne me fais pas attendre. Bliombéris et Perceval se
regardèrent en riant. L'inconnu, irrité, leur cria
d'une voix menaçante : Si mes paroles ne suffisent pas, ma lance vaudra mieux sans doute ; son-
gez à vous défendre, et attaquez-moi l'un après
l'autre, ou tous deux ensemble, peu m'importe.

Le fier Perceval voulut sur-le-champ mettre
l'épée à la main et punir le téméraire agresseur ;
mais Bliombéris lui dit que c'était sa querelle ; et,
la lance en arrêt, il part au galop, et heurte si
rudement le chevalier inconnu, qu'il le jette, lui
et son cheval, à vingt pas, roulant tous deux dans
la poussière.

Notre héros, aussi humain que brave, se précipite pour le secourir ; mais la chute de l'inconnu
l'avait tellement étourdi, qu'il était resté sans
mouvement. Bliombéris lui ôte son casque pour le
faire respirer, et l'asseyant sur le gazon, il le secourt avec une ardeur dont il est étonné lui-même.
Blanche-Fleur le seconde dans les soins qu'il rend
au chevalier vaincu ; tandis que le fier Perceval,
qui ne peut lui pardonner son orgueil, dit qu'il
devrait payer plus cher ses extravagances.

Bliombéris, poussé par une puissance surnaturelle, cherchait à faire revenir le chevalier vaincu, lorsqu'il vit tomber de dessous sa cuirasse une lettre sur laquelle était écrit : AU PRINCE CLODION. A peine a-t-il lu ces mots, que, détestant sa victoire, il ne veut plus quitter le frère de sa maîtresse : il court chercher de l'eau dans son casque; et, aidé par Blanche-Fleur et Perceval, il parvient enfin à ranimer le triste Clodion. Celui-ci, à peine revenu à lui-même, s'écria d'un ton douloureux : Hélas ! cette aventure me fait manquer un rendez-vous. Ah ! prince, lui dit Bliombéris, vous êtes ici avec le meilleur de vos amis; je suis prêt à tout entreprendre pour réparer le mal que je vous ai fait. Clodion le remercie, et la belle Banche-Fleur demande au prince français le motif qui lui a fait attaquer deux chevaliers qui ne le provoquaient pas.

Clodion, se tournant vers elle, oublia toutes ses douleurs pour la regarder : Vous excuserez mon imprudence, lui dit-il, quand vous saurez que l'amour en est la cause. Daignez écouter mon aventure, et vous intéresser à mon malheur. Alors le beau Clodion, d'une voix faible et d'un air un peu confus, commença ainsi son récit :

Il y a trois mois que je me trouvai dans un

tournoi, dont je dédaignai de remporter le prix ,
parce que mes adversaires ne me semblaient pas
dignes dema valeur : assis parmi les dames spec-
tatrices des joutes, j'attendais que l'un des tenans
demeurât vainqueur de tous les autres, pour aller
lui enlever d'un coup de lance sa gloire et toutes
ses couronnes ; mais l'Amour m'attendait aussi , et
me vainquit sans combattre.

Une jeune personne, nommée Céline, attira mes
yeux par sa beauté. Je m'approchai d'elle, je lui
parlai : sa douceur, sa grâce, sa modestie, achevèrent de m'enflammer. Pendant les trois jours
que dura le tournoi, je ne la quittai pas, et je ne
crains pas de vous dire que, dès le second jour,
elle y prenait autant de plaisir que moi.

Céline m'instruisit de sa naissance et de son
sort : Je suis, me dit-elle, la fille du comte de
Suffolk ; j'ai perdu mes parens dans mon enfance,
je suis héritière de tous leurs biens , et la loi me
donne pour tuteur un cousin éloigné qui prétend
devenir mon époux. Cet homme que je déteste
s'appelle Brunor ; c'est le chevalier que vous voyez
dans l'arène. Il me tr. ine partout avec lui ; et dès
demain il me ramènera dans un affreux château ,
où je suis condamnée à passer ma vie avec Brunor
et un de ses amis nommé Danain , qui ne le quitte
jamais , et qui n'est pas plus aimable que lui.

Ce récit suffisait pour me donner l'envie d'enlever Céline à Brunor. Sur-le-champ je médite le projet d'avoir entrée dans le château des deux amis ; je m'élance dans l'arène, et je défie le farouche Brunor. A peine je me sentis ébranler par son coup de lance ; mais je me laissai tomber de cheval, je feignis d'être évanoui par la force du coup ; et reprenant avec peine l'usage de mes sens : Seigneur chevalier, lui dis-je d'une voix mourante, j'ai besoin de secours ; je suis étranger et ne connais personne dans ce royaume : votre courage m'est un sûr garant de votre courtoisie ; c'est à mon vainqueur que je m'adresse pour qu'il prenne soin de mes jours. Brunor, fier de sa victoire et de ma confiance, me rassura avec dignité ; et consultant son cher ami Danain, ils convinrent tous deux qu'ils ne pouvaient se dispenser de me faire porter à leur château, pour me laisser rétablir de ma chute.

Sur-le-champ on me pose sur un brancard ; on me prodigue les soins les plus empressés : Brunor, Danain et Céline m'escortent jusqu'au château. Pendant toute la route, mes yeux étaient toujours sur Céline ; et dès que j'apercevais ceux de Brunor, je jetais des cris affreux en me plaignant de ma chute.

Enfin nous arrivâmes à ce château dont l'accès

était interdit à tout autre que Brunor et Danain.
On envoya chercher le médecin le plus savant du
pays : il m'examina long-temps, et conclut, après
beaucoup de réflexions, qu'il y avait fracture in-
terne, et que la maladie serait longue. C'était bien
mon projet.

L'aimable Céline, qui devait être le seul médecin de mes véritables maux, venait me voir
quelquefois. Brunor ne la quittait guère; mais il
la quitta un moment, et ce moment me suffit pour
l'instruire de la feinte que m'avait inspirée l'a-
mour. Céline fut d'abord effrayée, elle se rassura;
bientôt elle m'aida elle-même à mentir, et me ré-
compensa de tous mes mensonges.

Ce fut ainsi que je passai près de trois mois dans
le château de Brunor, toujours malade et toujours
soigné par la belle Céline. Hélas ! l'habitude du
bonheur rend imprudent. Un matin que j'étais
avec ma charmante maîtresse, Danain, ce fidèle
ami de Brunor, voulut savoir des nouvelles du
malade; et comme il me croyait endormi, il prit
des précautions pour ne pas troubler mon sommeil.
Quelle fut sa surprise, lorsqu'il me vit très-éveillé
aux genoux de Céline, où j'avais plutôt l'air de
remercier que de demander !

Soit amitié pour Brunor, soit dépit d'avoir été
trompé, il s'élance sur moi l'épée à la main. J'ai

bientôt saisi la mienne ; et, dans mon appartement même, nous commençons un combat d'autant plus dangereux, que notre épée était notre
seule arme. Les amans heureux le sont partout : je
renversai Danain baigné dans son sang ; je courus à
lui, et ne lui donnai la vie qu'après lui avoir fait
jurer, foi de chevalier, qu'il garderait le secret avec
Brunor, et trouverait un prétexte à sa blessure.
Je lui promis de mon côté que je partirais à l'heure
même, et je tins parole. Je dis adieu à la belle Céline ; je pris congé de Brunor, et m'éloignai de ce
château, dans le dessein d'y revenir aussitôt que
je le pourrais sans danger.

Plusieurs aventures me conduisirent à la cour
du roi de Camélide, où j'étais encore ce matin,
lorsque le nain de la charmante Céline est venu
m'apporter une lettre de cette belle, qui m'apprend
que Danain, guéri de sa blessure, doit partir aujourd'hui avec Brunor pour aller chez le roi Perles,
et que leur absence laisse Céline maîtresse de ses
actions et du château. Sur-le-champ je suis parti
pour retourner auprès de Céline. Mais j'avais trente
lieues à faire ; et jugeant bien que mon cheval ne
pourrait pas y suffire, j'ai juré de combattre tous
les chevaliers que je rencontrerais, pour les obli-
ger de changer avec moi de coursier. Cette manière
de relayer m'avait réussi ; je n'étais plus qu'à qua-

tre lieues du château de Céline, quand, pour mon
malheur, je vous ai rencontrés.

Clodion fit un profond soupir, et finit là son récit. Blanche-Fleur ne put s'empêcher de rire de ses
aventures. Perceval, qui, dans sa jeunesse, avait
été fort étourdi, pardonna de bon cœur au prince
français; et Bliombéris, au désespoir de sa victoire, lui dit en l'embrassant : Si vous vous sentez
en état de continuer votre route, mon cheval ré-
parera les torts que j'ai avec vous. Promettez-moi
de me le ramener dans huit jours à la cour d'Artus, et je vais vous le confier. Je sais trop quelle
est la douleur de vivre loin de ce qu'on aime. Clodion embrasse son généreux vainqueur, lui demande son nom, et jure qu'avant huit jours Ébène
aura rejoint Bliombéris. Ensuite, se relevant avec
peine, il essaie de monter sur le bel Ébène; mais
sa chute l'avait tellement moulu, que jamais il n'en
serait venu à bout sans le secours de Bliombéris.
Enfin, une fois monté, le prince Clodion, malgré
ses douleurs, pique des deux; et le léger Ébène
l'emporte plus vite que le vent.

Bliombéris, enchanté d'avoir servi le frère de
Félicie, fit relever le cheval que Clodion avait
laissé; et jugeant que le pauvre animal pouvait
encore le mener au pas jusqu'à Cramalot, dont il
n'était pas éloigné, il le monta, et pria Blanche-

Fleur et Perceval de ralentir un peu leur course. Ils n'étaient plus qu'à une petite lieue de la ville, quand ils rencontrèrent un chevalier à pied, qui n'eut pas plus tôt aperçu Bliombéris, que, mettant l'épée à la main : Te voilà donc, lui dit-il; et voilà l'état où tu as réduit mon malheureux cheval ! Descends, si tu as de l'honneur, et nous verrons si le hasard te servira aussi bien qu'il t'a servi ce matin. En vain Bliombéris voulut lui expliquer sa méprise; en vain Perceval, qui connaissait ce guerrier, voulut retenir sa fureur; rien ne fut capable de l'apaiser. Il força Bliombéris de commencer à pied un des plus terribles combats qu'il eût livrés.

Ce chevalier était le vaillant Gauvain, un des héros de la table ronde. Le jeune Clodion l'avait renversé le matin; et Gauvain, irrité de sa défaite, combattait avec une rage qui eût été funeste à tout autre que Bliombéris. Celui-ci faisait tomber sur Gauvain une grêle de coups, et n'en parait pas moins beaucoup de ceux que Gauvain lui portait. Le combat durait depuis une heure : les armes des deux chevaliers étaient déjà teintes de leur sang; leurs forces commençaient à ne plus servir leur courage, lorsque, d'un mutuel accord, ils se demandèrent quelques instants de repos. Assis tous deux sur le gazon qu'ils venaient de baigner

de leur sang, ces deux braves guerriers, sans
crainte, sans méfiance, se parlèrent avec douceur,
en attendant le moment de s'égorger. Bliombéris
profita de ce repos pour raconter à Gauvain la
cause de son erreur : celui-ci, que plusieurs blessures avaient rendu plus attentif, écouta Bliombéris, et lui demanda pardon de sa méprise. Les
deux ennemis s'embrassèrent, et firent d'autant
plus sagement, que le prix de la victoire n'existait
déjà plus : le cheval de Gauvain rendait les derniers soupirs. Bliombéris continua sa route à pied,
ainsi que le brave Gauvain; et sans quitter Blanche-Fleur et son chevalier, ils arrivèrent tous ensemble à Cramalot.

Notre héros fut présenté au grand Artus par
son ami Perceval. Témoin des actions de Bliombéris, il le fit connaitre aux chevaliers de la table
ronde, comme un jeune héros digne de devenir un
jour leur frère. Lancelot, Tristan, le roi Carados,
tous les chevaliers de la cour d'Angleterre, l'ac-
cueillirent avec amitié; le monarque le combla de
caresses, et voulut en vain le retenir quelque temps.
Le premier soin de Bliombéris avait été de demander des nouvelles de son père; Gauvain seul avait
pu lui en apprendre : Gauvain avait rencontré Palamède sur la route d'Orcanie. Bliombéris serait
parti sur-le-champ pour l'Orcanie; mais il était

forcé d'attendre son cheval, son cher Ébène, et il se repentait de l'avoir confié à l'imprudent Clodion.

Il avait raison de s'en repentir : les huit ours expirés, Clodion ne parut point. Bliombéris au désespoir, voulait aller à pied au château de Brunor ; mais le désir de voir un père l'appelait en Orcanie. Perceval raconta ses chagrins au grand Artus ; et ce monarque, pour satisfaire l'impatience d'un fils si tendre, lui donna un de ses plus beaux coursiers. Bliombéris, après avoir remercié le roi, prit sur-le-champ la route d'Orcanie, suivi de Blanche-Fleur et de son cher Perceval.

Après deux jours de marche, ils s'égarèrent dans des montagnes, et marchèrent long-temps sans rencontrer personne qui pût les remettre dans leur chemin. Tout à coup une femme éplorée vint se jeter à genou devant eux : Ah ! braves chevaliers, s'écria-t-elle, venez sauver la plus malheureuse et la plus tendre des amantes ; ma maîtresse va périr dans les flammes, si votre valeur ne la délivre. Nos deux héros, impatiens, pressent la dame de les conduire ; ils arrivent à un château dont le pont était levé. Une fumée épaisse et des tourbillons de flamme se faisaient voir au-dessus des remparts ; Perceval et Bliombéris craignirent d'être arrivés trop tard. Ils sonnent du cor avec

violence ; le pont se baisse, et nos paladins voient
paraître deux chevaliers, dont l'un était couvert
d'armes noires, et l'autre d'armes dorées.

Étrangers, leur dit le chevalier noir, ne venez
point troubler un supplice juste, et laissez-nous
punir des coupables. Ils peuvent l'être, reprit le
Gallois ; dans ce cas mon épée servira mal mon
courage : mais ils peuvent être innocens, et alors
elle punira des barbares. A peine ces mots sont
prononcés, que Perceval est aux mains avec le
chevalier noir, et Bliombéris se précipite sur celui qui portait des armes dorées.

Comme ils allaient s'atteindre de leurs lances,
le cheval de l'adversaire de Bliombéris fait un écart
qui empêche son maître de toucher notre héros.
En vain le chevalier furieux lui fait sentir l'ai-
guillon ; le cheval résiste, se cabre, jette son cavalier loin de lui, et court en sautant auprès de
Bliombéris. Celui-ci, surpris, regarde ce bel animal qui caracole autour de lui, hennit en le regardant, et vient lui mouiller les pieds de son écume.
Bliombéris jette un cri en reconnaissant Ébène.
Il se précipite à terre, court à ce beau coursier, le
caresse, le baise ; et l'aimable Ébène semble partager sa joie. Le chevalier aux armes dorées profite du moment ; il se relève, et s'avance, l'épée
à la main, pour frapper Bliombéris par derrière.

Ébène l'aperçoit, et attend que le traître soit à portée ; alors il lui détache de toute sa force ses deux pieds contre la poitrine, le renverse, le foule ; et, malgré les cris de Bliombéris, il lui passe vingt fois sur le corps.

Pendant ce temps, Perceval s'était défait de son ennemi. Bliombéris, vainqueur sans avoir combattu, monte sur Ébène, et court avec le Gallois délivrer la malheureuse victime. Quelle est sa surprise en reconnaissant Clodion et Céline enchaînés, et prêts à être jetés dans le bûcher ! Ces amans imprudens avaient été surpris par Brunor et Danain, qui avaient ordonné leur supplice. Mais Danain venait d'être immolé par Perceval ; et Brunor, moulu par le charmant Ébène, pouvait à peine respirer. Bliombéris le fit porter dans son château, remit Céline dans les mains de Clodion, fit rendre à ce prince ses armes, et lui donna le cheval d'Artus. Clodion embrassa mille fois ses chers libérateurs, leur jura de ne jamais oublier leurs bienfaits ; et, pressé de quitter un pays où il lui était arrivé tant d'infortunes, il court s'embarquer sur-le-champ, et arrive heureusement à Tournai avec la belle Céline.

Bliombéris reprit la route d'Orcanie, mais il n'y trouva point Palamède ; et, pendant dix-huit mois employés à parcourir l'Angleterre, le sort sembla toujours l'éloigner de ce héros.

Dans ces voyages, Bliombéris fit des actions d'une éternelle mémoire : partout il délivrait des prisonniers, prenait des châteaux, assommait des géans, désarçonnait des chevaliers, et sauvait l'honneur des pucelles. Perceval, enchanté de son vaillant ami, l'aimait comme le frère le plus tendre : Blanche-Fleur aurait donné tout ce qu'elle possédait, hors son amant, pour unir Bliombéris et Félicie ; et, comme elle savait les conditions auxquelles cette princesse serait mariée, la charmante Blanche-Fleur tenait un registre exact de toutes les actions de notre héros, pour pouvoir en rendre compte à Pharamond. Elle avait déjà fait un état de quarante-deux châteaux pris, vingt-trois géans tués, onze chevaliers vaincus, et soixante-trois pucelles délivrées ; encore avait-elle la modestie de ne pas se comprendre dans le nombre.

Bliombéris, que la gloire ne consolait point de ne pas retrouver son père, retournait à la cour d'Artus, lorsqu'en traversant la forêt de Brocéliande, il arriva à ce même perron de Merlin où Blanche-Fleur avait été poursuivie par Bréhus. Auprès de ce perron nos voyageurs aperçurent un grand chevalier couvert d'armes noires, couché sur le bord de la fontaine de Merlin, et profondément endormi. La chaleur lui avait fait ôter son casque, et son visage semblait annoncer que les chagrins l'avaient plus vieilli que les années. Sa lance et son bouclier étaient auprès de lui ; sur ce bouclier était peinte une couronne de cyprès, avec ces mots : JE N'EN VEUX POINT D'AUTRE. Perceval ne reconnut pas les traits de ce chevalier ; et, désirant vivement de le connaître, il fit du bruit pour le réveiller. L'inconnu ouvrit à peine les yeux, que, reprenant ses armes, il s'élance sur un superbe coursier qui était auprès de lui ; et, sans dire un mot à Perceval, il met la lance en arrêt, et vient au galop sur lui. Le fier Gallois court à sa rencontre ; mais, quelque terrible que soit le coup qu'il porte à l'inconnu, ce coup ne l'ébranle seulement pas ; au lieu que le magnanime Perceval vide les arçons pour la première fois de sa vie. Bliombéris veut venger son frère d'armes ; et, jugeant de la force de son ennemi par ce qu'il vient de faire, il s'affermit sur ses étriers, serre sa lance de toute sa force, et vole à la rencontre de l'inconnu. Vaines précautions ! celui-ci reçoit le coup de lance sur son bouclier ; et, renversant le vaillant Bliombéris, il le jette sur le gazon à côté de son frère d'armes. Après cette double victoire, l'inconnu court après les chevaux des vaincus, qui s'étaient échappés ;

il les ramène à leurs maîtres, salue Blanche-Fleur avec autant de politesse que de grâce, s'éloigne au galop sans dire un seul mot, et bientôt on le perd de vue.

Nos héros, tous deux par terre, se regardaient, et ne savaient que penser. Blanche-Fleur, qui d'abord avait craint que leur chute ne les eût blessés, n'eut bientôt plus d'inquiétude; et, voyant qu'ils remontaient tristement à cheval sans se parler, elle fit un éclat de rire qui pensa fâcher Perceval. Jamais de sa vie ce fier Gallois n'avait été désarçonné; c'était la première fois que Bliombéris l'était aussi : ils ne doutèrent point que ce ne fût quelque lutin qui avait pris la figure d'un chevalier pour les vaincre; et ce qui le leur fit penser, c'est que l'aventure leur arriva près de la fontaine de Merlin, lieu célèbre pour les enchantemens. Consolés par cette idée, nos paladins continuèrent leur route vers Cramalot, où Perceval voulait faire recevoir son ami chevalier de la table ronde.

Le compte qu'il rendit à Artus des actions de Bliombéris engagea ce monarque à lui accorder ce qu'il désirait. La seule aventure dont Perceval ne parla pas fut celle de la fontaine de Merlin; et tous les chevaliers de la cour d'Angleterre donnèrent leur suffrage au nouveau frère qu'on leur présentait. La belle Genièvre, la tendre Yseult, étaient trop liées avec Blanche-Fleur pour refuser leur voix au chevalier qu'elle protégeait. Bliombéris fut donc admis d'une voix unanime à cette fameuse table ronde, dont tous les chevaliers étaient si braves et si galans. Tant d'honneurs ne lui faisaient pas oublier sa Félicie; il y pensait sans cesse, et calculait avec transport que les deux ans d'épreuve allaient expirer dans un mois.

Peu de jours avant son départ pour la France, le roi Artus étant à table avec ses dames et ses paladins, on vit entrer un chevalier dont la bonne mine inspirait du respect. Son bouclier sans devise annonçait qu'il voulait être inconnu, la visière de son casque était baissée; il s'approche fièrement d'Artus; et, le saluant avec grâce et noblesse : Puissant roi, lui dit-il, j'ai traversé les mers sur le bruit de ta renommée. Le désir de te voir, de voir la belle Genièvre, m'amène d'un pays éloigné, et je n'ai pas regret à mon voyage. Il me reste un vœu à remplir : c'est de me battre à outrance avec le plus vaillant de tes chevaliers.

A ces mots, Lancelot, Tristan, Perceval, Gauvain, Bliombéris, Arrodian, se lèvent ; et regardant de côté le téméraire étranger, ils demandent tous l'honneur d'éprouver leurs armes contre les siennes. Artus, content de leur impatience, se retourne vers l'inconnu : Seigneur chevalier, lui dit-il, vous n'avez qu'à choisir parmi ces guerriers. L'inconnu demande un casque; il y jette les noms de tous ces chevaliers, et, après avoir agité le casque, il en tire lui-même le nom de Bliombéris. A peine l'a-t-il nommé, que, le regardant fixement, il paraît mécontent du sort, et va cependant se préparer au combat. Bliombéris, piqué de l'air de mépris qu'a eu l'inconnu en lisant son nom, fier d'être chargé de l'honneur de la table ronde, embrasse son cher Perceval, baise la main du roi Artus, et se fait amener Ébène. Toutes les dames, tous les chevaliers, se rendent au lieu du combat; Artus lui-même donne le signal, et les barrières s'ouvrent.

D'un côté paraît le chevalier inconnu; ses armes bronzées contrastent parfaitement avec son cheval plus blanc que la neige. De l'autre côté s'avance Bliombéris monté sur le bel Ébène : son air est assuré, mais modeste. Les deux chevaliers courent l'un sur l'autre, et brisent leurs lances sans s'ébranler. Le terrible cimeterre brille déjà dans leurs mains; mille coups font jaillir le feu de leurs casques et de leurs boucliers. Surpris tous deux de tant de résistance, la colère se joint à la valeur. Impatiens de terminer ce combat, ils se saisissent par le milieu du corps, et se tiennent étroitement embrassés. Ils font des efforts pour se

renverser : leurs chevaux se dérobent sous eux,
et les deux paladins tombent ensemble, mais tombent debout et sans se quitter. Pied contre pied,
poitrine contre poitrine, leurs armes crient sous
les efforts qu'ils font; les secousses violentes qu'ils
se donnent semblent mutuellement les raffer-
mir; leurs forces sont si égales, que leur combat
a l'air d'un repos, et leur résistance réciproque les
fait paraître immobiles.

Bliombéris, en serrant son ennemi, distingua
une fleur de lis gravée sur sa cuirasse; cette marque lui suffit pour connaître celui qu'il combattait.
Grand Pharamond, lui dit-il, je me reconnais
vaincu ; et, s'il le faut, je vais tomber sur le sable;
mais laissez-moi la gloire de vous avoir résisté.
C'est aujourd'hui le plus beau jour de ma vie, ma
défaite m'est plus glorieuse que toutes mes victoires. Pharamond lui répondit, en lui serrant la
main : J'exige de vous le secret; je veux partir
sans être connu; et, satisfait de m'être éprouvé
contre le plus vaillant des chevaliers d'Artus, je
n'oublierai jamais ni votre valeur, ni votre courtoisie; changeons d'épée. Bliombéris fléchit un
genou devant le roi de France; celui-ci l'embrasse,
lui donne son épée, prend la sienne ; et, remontant sur son cheval blanc, il sort de la lice et
disparaît.

Quel fut l'étonnement du roi Artus et de sa cour, lorsqu'ils virent la fin d'un combat qui faisait craindre la mort des deux chevaliers ! Bliombéris, fidèle à sa promesse, ne confia qu'au seul Perceval quel était celui qu'il avait combattu ; mais tout le monde le devina ; et le modeste Bliombéris ne savait comment se dérober aux louanges de toute la cour.

Les deux ans d'épreuve expiraient ; notre héros, désespérant de trouver son père, prit congé du grand Artus, et se mit en route pour aller disputer Félicie. Le fidèle Perceval et l'aimable Blanche-Fleur ne voulurent pas le quitter ; ils passèrent tous trois la mer, et prirent le chemin de Tournai.

Qui pourrait peindre tous les sentimens qui agitent Bliombéris ? Chaque pas qu'il fait le rapproche de Félicie, chaque instant qui s'écoule avance l'instant de la revoir. Cent fois le jour son imagination lui peint ce fortuné moment ; il en jouit avant d'y être ; et, tout entier à sa rêverie, il ne parle que pour engager Blanche-Fleur et Perceval à presser leurs coursiers. Ces deux amans respectaient son impatience ; et le bel Ébène, qui semblait toujours deviner les désirs de son maître, n'avait jamais marché si vite.

Bliombéris était vivement inquiet du premier

moment où il verrait la princesse : il avait peur de n'être pas maître de lui. Si Félicie, disait-il, partage mon émotion, nous nous perdrons infailliblement. Perceval se creusait la tête pour prévenir ce malheur ; mais tous les moyens qu'il trouvait étaient impraticables ou dangereux. Heureusement Blanche-Fleur les aida : l'imagination d'une femme tendre est plus fertile que le génie de tous les enchanteurs réunis. Il faut, dit-elle à l'amoureux Bliombéris, que vous écriviez à Félicie ; je lui porterai moi-même la lettre, et vous irez attendre la réponse dans la forêt des tourterelles. Cet avis est suivi ; Bliombéris écrit à la princesse. Blanche-Fleur et Perceval entrent dans Tournai avec la lettre, et Bliombéris gagne la forêt.

Avec quel plaisir, avec quel attendrissement ne revit-il pas cette allée où il avait eu le bonheur d'être blessé par le sanglier ! De douces larmes coulaient de ses yeux en reconnaissant des lieux si chers. Il retrouva sur l'écorce de quelques arbres le mot TOUJOURS, que sa main y avait gravé. Rien n'est changé, disait-il, tout est encore comme je l'ai laissé. Ah ! Félicie, êtes-vous aussi la même ? votre cœur... T'adore toujours, s'écria Félicie qui arrivait dans ce moment. A peine Blanche-Fleur lui avait remis la lettre, qu'elle était partie pour la forêt. Elle vole, elle se précipite dans les bras de

Bliombéris : ils veulent se parler ; des sanglots redoublés leur coupent la parole : ils s'embrassent,
ils pleurent ; leurs lèvres brûlantes recueillent ces
larmes, et l'ivresse du bonheur leur laisse à peine
la faculté de le sentir.

Au bout de quelques instans, Bliombéris et Félicie se racontèrent tout ce qui leur était arrivé. Ce
récit fut souvent interrompu, et les deux amans
ne purent le finir, parce que la princesse était
obligée de retourner au palais. Pour éviter tout
soupçon, Bliombéris convint de n'entrer que le
lendemain dans Tournai ; et il passa la nuit sur ce
gazon où il avait jadis délivré la tourterelle.

Cependant les chevaliers arrivaient de toutes
parts pour disputer la main de la princesse : la
ville de Tournai pouvait à peine les contenir. Bliombéris va descendre au palais du roi, et se présente
à son lever avec la foule des paladins. Il n'avait eu
garde d'oublier la brillante épée qu'il tenait de la
main de Pharamond : le monarque la reconnut,
et combla de caresses Bliombéris. Ce jeune guerrier se rendit chez la reine, qui le reçut avec
bonté ; et passant ensuite dans l'appartement de
Félicie, au moment où elle recevait tous les seigneurs de la cour, cette princesse ne put s'empêcher de rougir en lui disant qu'il y avait bien long-
temps qu'on ne l'avait vu.

Tout était prêt pour le tournoi dont la princesse
était le prix. Déjà un magnifique trône est élevé
pour Pharamond et Rosemonde. Clodion et la belle
Céline sont à leurs pieds : Félicie, parée de tous
les diamans de la couronne, et plus brillante que
sa parure, est à côté de la reine; le cirque est rempli de gradins couverts de riches tapis; toutes les
dames, tous les seigneurs de la cour remplissent
ces gradins; une foule immense de peuple est au
bas, et l'on voit au milieu du cirque une trentaine
de chevaliers qui prétendaient à la main de la princesse.

Avant de commencer le tournoi, le roi avait décidé que l'on ferait l'examen des actions de chaque
prétendant, et qu'il ne serait permis qu'aux plus
illustres de combattre. Telle était la bonne foi de
ces heureux temps : Pharamond ne demandait à
chaque chevalier d'autre garant de sa gloire que
son propre récit; et la franchise de ces paladins ne
se serait pas démentie, même pour obtenir la princesse. Chacun rendit compte au roi avec modestie
et vérité de ce qu'il avait fait. Lorsque le tour de
Bliombéris fut arrivé, il détacha son épée; et la
présentant au monarque : Voilà, dit-il, grand roi,
le seul titre qui me rend digne de disputer la princesse. Cette épée m'a été donnée par le plus vaillant chevalier du monde, comme un gage de son

III. OEUVRES DE FLORIAN.   4

estime. Mes autres actions ne sont rien, et je les
ai oubliées depuis celle qui m'a valu cette épée. Je
vous entends, lui répond Pharamond en souriant;
combattez, soyez vainqueur, et ma fille est à vous.
Quelle fut la joie de Bliombéris! il embrasse les
genoux du roi, baise le bas de la robe de la belle
Rosemonde, serre contre son sein Clodion et Perceval; et, animé par un coup d'œil de la princesse,
il s'élance sur Ébène, d'un air qui annonçait déjà
la victoire.

Des trente prétendans à la princesse, onze avaient
été jugés dignes de combattre; Bliombéris était le
douzième. Pour être déclaré vainqueur, il fallait
renverser ses onze rivaux, et tenir tête pendant
tout le jour à tout chevalier qui demanderait le
combat. Rien n'étonne ces vaillans guerriers; ils
sont déjà sur leurs coursiers, déjà leurs bras ner-
veux agitent leurs lances brillantes : on n'attend
plus que le signal.

Les trompettes sonnent : Bliombéris part comme
un trait, et renverse au milieu de la carrière le
rival qui courait contre lui. Un autre se présente,
et Bliombéris lui fait vider les arçons. Un troisième
a le même sort. Bliombéris était le dieu Mars.
Le bel Ébène, plus fier, plus ardent que jamais,
semblait jeter du feu par les yeux et par les na-
seaux, et hennissait à chaque victoire. Félicie

tremblante suivait des yeux son amant : elle ne
respirait pas jusqu'au moment où Bliombéris ren-
versait son adversaire ; alors elle reprenait haleine,
et le plus bel incarnat se répandait sur ses joues.
Pharamond voyait avec plaisir que la victoire cou-
ronnait Bliombéris ; Clodion applaudissait de toutes
ses forces ; Perceval jurait de se battre contre celui
qui vaincrait Bliombéris ; et, malgré les représentations de tous ceux qui l'entouraient, Blanche-
Fleur criait chaque fois : Courage, Bliombéris !

Ce vaillant guerrier se surpasse lui-même ; et,
sans briser sa lance, il a déjà renversé ses onze
rivaux. Les acclamations le déclarent vainqueur.
Pharamond le prend par la main , et le conduit à
Félicie. Cette princesse faisait des efforts pour dissimuler sa joie. Bliombéris est à ses pieds : il va
recevoir le prix de son courage, lorsqu'un chevalier inconnu demande le combat. Bliombéris, irrité
de voir son bonheur troublé par un concurrent
qu'il n'attendait pas , quitte la main de la princesse ; et reprenant sa lance avec fureur : Qu'il
paraisse, s'écria-t-il, qu'il vienne , ce nouveau
rival ! Ce rival parut : et que devint Bliombéris en
reconnaissant le chevalier à la couronne de cyprès,
qui avait triomphé de lui et de Perceval à la fontaine de Merlin ? Son courage est prêt à l'abandonner ; une sueur froide coule par tout son corps :

Allons , dit–il, il faut savoir mourir , même à l'instant d'être heureux.

Le chevalier des cyprès s'avance ; il salue le roi
et les princesses avec grâce ; et faisant caracoler
son cheval , il glace d'effroi la tendre Félicie.

Perceval, qui l'a reconnu , s'élance dans l'arène,
et veut combattre à la place de son ami ; il prétend
avoir à venger une injure particulière : mais les juges
du camp s'y opposent , et le fier Gallois est obligé
d'aller se rasseoir , en menaçant des yeux le chevalier des cyprès. La princesse tremblante n'ose
regarder ce dernier combat : un silence morne
règne dans l'assemblée , et l'on n'entend qu'en
frémissant le son triste et aigu de la fatale trom-
pette. Bliombéris regarde Félicie , se recommande
à elle, serre fortement Ébène, et vole à son ennemi.

La rencontre de deux nuages chargés de tonnerre , et poussés par des vents contraires , ne fait
pas un bruit plus affreux. Les deux chevaliers tombent sur la croupe de leurs chevaux , qui sont
eux-mêmes renversés; mais , se débarrassant des
étriers , ils se rejoignent le cimeterre à la main ,
et commencent un nouveau combat qui fait frémir
les plus hardis des spectateurs. Félicie, que je vous
plains ! vous sentez tous les coups que l'on porte à
votre amant, et votre cœur n'a point de cuirasse.
Ce tendre cœur est déchiré par chaque coup d'épée

que Bliombéris reçoit sur ses armes. Perceval furieux ne se contient déjà plus ; il veut aller prendre la place de son ami. Pharamond et Blanche-
Fleur peuvent à peine le retenir : ils lui font re-
marquer que Bliombéris n'a pas encore le moindre
désavantage. Ce héros se défend avec la même vi-
gueur qu'il est attaqué. Déjà cette fatale couronne
de cyprès est effacée ; chaque coup de Bliombéris
fait voler une pièce de l'armure de son adversaire;
chaque coup de son ennemi fracasse celle de Bliombéris. Le sang ne coule pas encore, mais il va
bientôt couler ; Bliombéris, le vaillant Bliombéris,
chancèle ; un coup d'épée brise son casque et laisse
sa tête désarmée : il la couvre de son bouclier ;
mais bientôt il tombe un genou à terre , et se défend encore avec intrépidité. Félicie est évanouie ;
Blanche-Fleur jette des cris affreux ; et Perceval,
l'épée à la main , s'élance entre les combattans.
Barbare, dit-il à l'inconnu, c'est à moi qu'il faut
adresser tes coups ; je suis ton ennemi, je te défie,
je t'abhorre ; je te regarde comme le plus lâche des
hommes si tu poursuis l'avantage que le hasard te
donne sur Bliombéris... Bliombéris ! s'écria l'inconnu ; Bliombéris ! ô ciel !... et c'est mon fils que
j'allais immoler ! A ces mots il jette son épée et
son casque ; et tendant ses bras tremblans à Bliombéris : Mon fils , mon cher fils , viens embrasser

Palamède ! Bliombéris se précipite dans son sein ; Palamède le presse contre son cœur, le baigne de ses larmes : Ah ! mon fils, dit-il avec des sanglots, mon enfant, mon cher enfant ; c'est toi que mon épée frappait !... toi... pour qui seul je supporte la vie !... Guerriers, s'écrie-t-il en regardant tous les spectateurs, voilà mon vainqueur, je lui rends les armes ; mon fils me surpasse, mon fils est un héros. Ces paroles sont entendues ; le cirque retentit d'applaudissemens.

Palamède vient présenter son fils à Pharamond, qui voulut finir cette heureuse journée par l'hymen de Félicie et de Bliombéris.

Palamède, Perceval et Blanche-Fleur ne quittèrent plus ces tendres amans ; et leur union, en les rendant heureux, fit le bonheur de toute la cour de Pharamond.

FIN DE BLIOMBÉRIS.

PIERRE.

PIERRE,

NOUVELLE ALLEMANDE.

———

La langue allemande est trop difficile ; presque
aucun Français ne l'apprend ; et c'est dommage :
nous y perdons du plaisir, les Allemands y perdent
de la gloire. Si nous pouvions lire en original leurs
bons auteurs, nous serions enchantés de cette sim-
plicité, de cette douceur qui caractérisent leurs
ouvrages. Ils connaissent la nature, et surtout la
nature champêtre, mieux que nous ; ils l'aiment
bien davantage, et la peignent avec des couleurs
plus vraies. Les simples traductions de Gessner
sont au-dessus de toutes nos pastorales : on ne quitte
jamais *la Mort d'Abel, les Idylles, Daphnis,* sans
se trouver plus patient, plus tendre, plus doux,
plus vertueux enfin, qu'avant la lecture. Partout
c'est de la morale pure et facile, et de la vertu qui
rend heureux. Si j'étais curé de village, je lirais
à mon prône les ouvrages de Gessner ; et je suis
bien sûr que tous les paysans deviendraient honnêtes gens, toutes mes paroissiennes chastes, et que
personne ne dormirait au sermon.

En attendant, je fais des contes ; et en voici un que je tiens d'un petit Suisse de treize ans, qui avait long-temps gardé les vaches de M. Gessner.

Dans un village du margraviat de Bareith en Franconie, vivait un laboureur nommé Pierre. Il possédait la plus belle ferme du pays, et c'était sa moindre richesse. Trois filles et trois garçons qu'il avait eus de sa femme Thérèse, étaient mariés, avaient des enfans, et habitaient tous dans sa maison. Pierre, âgé de quatre-vingts ans, Thérèse de soixante et dix-huit, étaient servis, aimés et respectés par cette nombreuse famille, qui n'était occupée que de prolonger leur vieillesse. Comme ils avaient été sobres et laborieux pendant toute leur vie, nulle infirmité ne les tourmentait dans leurs vieux ans : contens d'eux-mêmes, s'aimant toujours, heureux et fiers de leur famille, ils remerciaient Dieu, et bénissaient leurs enfans.

Un soir, après avoir passé la journée à faire la moisson, le bon Pierre, Thérèse et sa famille, assis sur des gerbes, se reposaient devant leur porte. Ils admiraient le spectacle de ces belles nuits d'été que ne connaissent point les habitans des villes. Voyez, disait le vieillard, comme ce beau ciel est parsemé d'étoiles brillantes, dont quelques-unes, en se détachant, laissent après elles un chemin de

feu. La lune, cachée derrière ces peupliers, nous
donne une lumière pâle et tremblante qui teint
tous les objets d'un blanc uniforme. Le vent ne
souffle plus ; les arbres tranquilles semblent respecter le sommeil des oiseaux qui sont dans leurs
nids : la linotte et la fauvette dorment la tête sous
leur aile : le ramier repose avec sa compagne, au
milieu des petits qui n'ont encore d'autres plumes
que celles de leur mère. Ce profond silence n'est
troublé que par un cri plaintif et lointain, qui vient
frapper nos oreilles à intervalles inégaux ; c'est le
hibou, image du méchant : il veille quand les autres reposent ; il se plaint sans cesse, et craint la
lumière du jour. O mes enfans ! soyez toujours
bons, et vous serez toujours heureux. Depuis
soixante ans, votre mère et moi nous jouissons
d'une félicité tranquille ; puissiez-vous ne pas l'a-
cheter aussi cher qu'elle nous coûta !

A ces mots quelques larmes vinrent baigner les
yeux du vieillard. Louison, une de ses petites-filles,
qui n'avait encore que sept ans, courut l'embrasser.
Mon grand-papa, lui dit-elle, vous nous faites tant
de plaisir quand vous nous racontez, les soirs,
quelque belle histoire ! jugez combien nous en au-
rions si vous vouliez nous dire la vôtre ! Il n'est
pas tard, la soirée est belle, et personne n'a envie
de dormir. Toute la famille de Pierre lui fit les

mêmes instances : on se mit en cercle autour de
lui ; Louison alla s'asseoir à ses pieds, et recom-
manda le silence. Chaque mère prit sur ses genoux
l'enfant dont les cris auraient pu distraire l'attention ; tout le monde l'écouta ; et le bon vieillard,
caressant d'une main Louison, et tenant de l'autre
la main de Thérèse, commença son histoire.

Il y a bien long temps que j'avais dix-huit ans,
et Thérèse en avait seize. Elle était fille unique
d'Aimar, le plus riche fermier du pays. J'étais le
paysan le plus pauvre du village : je ne m'aperçus
de ma pauvreté qu'en devenant amoureux de
Thérèse.

Je fis tous mes efforts pour éteindre une passion
qui devait me rendre malheureux. J'étais bien sûr
que mon peu de fortune serait un obstacle éternel
pour obtenir Thérèse, et que je devais renoncer à
elle, ou songer aux moyens de m'enrichir. Mais,
pour m'enrichir, il fallait quitter le village où demeurait Thérèse ; cet effort était au-dessus de moi :
j'aimai mieux aller me présenter comme valet de
ferme chez le père de Thérèse.

Je fus reçu. Vous jugez avec quel courage je
travaillais. Je devins bientôt l'ami d'Aimar ; je le
devins encore plus vite de sa fille. Vous tous, mes
enfans, qui vous êtes mariés par amour, vous savez bien comme l'on se plaît, comme l'on se cher-

che, comme l'on se trouve, quand une fois le
cœur s'est donné. Thérèse m'aimait autant qu'elle
était aimée. Je ne songeais à rien qu'à Thérèse ; je
vivais auprès d'elle ; je la voyais tous les jours : je
ne pensais plus que ce bonheur pouvait finir.

Je fus bientôt détrompé. Un paysan d'un village voisin fit demander Thérèse à son père. Aimar
alla visiter les blés de celui qui s'offrait pour son
gendre. D'après cet examen, il décida que c'était
l'homme qu'il fallait à sa fille. Le mariage fut arrêté.

· Nous eûmes beau pleurer, nos larmes ne servaient de rien. L'inflexible Aimar fit entendre à
Thérèse que sa tristesse lui déplaisait : il fallut encore se contraindre.

Le jour fatal approchait : tout espoir nous était
ôté ; Thérèse allait devenir la femme d'un homme
qu'elle haïssait. Elle était sûre d'en mourir ; j'étais
certain de ne pas lui survivre, nous prîmes le seul
parti qui nous restait : nous nous enfuîmes, et le
ciel nous punit.

Thérèse et moi quittâmes le village au milieu
de la nuit ; elle était montée sur un petit cheval
qu'un de ses oncles lui avait donné ; j'avais décidé
qu'elle pouvait emmener ce cheval qui n'appartenait pas à son père. Un petit paquet de ses hardes
et des miennes était dans un bissac ; quelques pro-

visions, très-peu d'argent, fruit de ses épargnes,
voilà ce qu'emportait Thérèse. Moi, je n'avais rien
voulu prendre : tant il est vrai que la jeunesse se
fait des vertus à son gré ; j'enlevais une fille à son
père, et je me serais fait un scrupule de rien emporter de chez lui.

Nous marchâmes toute la nuit : au point du jour
nous étions sur la frontière de Bohême, hors de
crainte d'être rejoints. Nous nous arrêtâmes dans
un vallon, au bord d'un de ces petits ruisseaux
que les amoureux aiment tant à trouver. Thérèse
descendit de cheval, s'assit avec moi sur le gazon ;
et nous fîmes un repas frugal, mais délicieux. Ce
repas fini, nous nous occupâmes de ce que nous
allions devenir.

Après un long entretien, après avoir compté
plus de vingt fois notre argent, et estimé le cheval
à sa plus haute valeur, nous trouvions toujours
que toutes nos richesses ne valaient pas vingt ducats. Vingts ducats ne font pas vivre long-temps.
Nous décidâmes qu'il fallait d'abord gagner une
grande ville pour y être moins découverts si l'on
nous poursuivait, et pour nous marier le plus
promptement possible. Après cette sage résolution
nous prîmes la route d'Égra.

En arrivant nous courûmes à l'église ; un prêtre
nous maria ; nous lui donnâmes la moitié de notre

petit trésor : jamais argent ne fut dépensé de si
bon cœur. Il nous semblait que toutes nos peines
étaient finies, que nous n'avions plus rien à craindre : tout alla bien pendant huit jours.

Au bout de ce temps le petit cheval était vendu ;
au bout d'un mois nous n'avions plus rien. Que
faire? que devenir? Je ne savais rien que les travaux rustiques, et les habitans des grandes villes
font si peu de cas de l'art qui les nourrit ! Thérèse
n'était guère plus habile que moi ; elle souffrait,
elle tremblait pour l'avenir, et nous nous cachions
mutuellement nos peines : supplice cent fois plus
affreux que les peines mêmes ! Enfin ! n'ayant plus
de ressources, je m'engageai dans le régiment de
cavalerie qui était en garnison à Égra. Le prix de
mon engagement fut donné à Thérèse qui le reçut
en pleurant.

Ma paye me suffisait pour vivre ; les petits ouvrages que faisait Thérèse, car l'indigence l'avait
instruite, lui donnaient le moyen de faire aller
notre petit ménage. Un enfant vint resserrer nos
nœuds : c'était toi, ma chère Gertrude ; nous te regardâmes, Thérèse et moi, comme devant faire le
bonheur de nos vieux jours. A chaque enfant que
le ciel nous a donné, nous avons dit la même chose,
et jamais nous ne nous sommes trompés. Je te mis
en nourrice, parce que ma femme ne put te nour-

rir ; elle en fut désolée ; elle passait les jours auprès de ton berceau, tandis que, par mon exactitude
à mes devoirs, je tâchais d'acquérir l'estime et
l'amitié de mes chefs.

Frédéric, mon capitaine, n'avait que vingt ans :
il se distinguait de tous les autres officiers par sa
douceur et par sa figure. Il m'avait pris en affection ; je lui racontai mon aventure : il vit Thérèse,
et notre sort l'intéressa. Il nous promettait tous les
jours de faire des démarches auprès d'Aimar ; et
comme je dépendais absolument de lui, j'avais sa
parole qu'il me rendrait ma liberté aussitôt qu'il
aurait apaisé mon beau-père. Frédéric avait déjà
écrit à notre village, sans recevoir de réponse.

Le temps s'écoulait : mon jeune capitaine ne
paraissait pas se refroidir. Thérèse cependant devenait chaque jour plus triste. Lorsque je lui en
demandais le motif, elle me parlait de son
père, et détournait la conversation. J'étais loin
de soupçonner que Frédéric était la cause de son
chagrin.

Ce jeune homme, ardent comme on l'est à son
âge, avait vu Thérèse comme je la voyais, et sa
vertu fut plus faible que sa passion. Il connaissait
nos malheurs ; il savait le besoin que nous avions
de lui ; il osa expliquer à Thérèse quel prix il voulait de sa protection. Ma femme fut indignée, et le

lui témoigna : mais, connaissant mon caractère
violent et jaloux, elle me dérobait ce fatal secret ;
elle résistait à Frédéric sans me le dire, tandis, que
trop crédule, je lui vantais tous les jours la géné-
reuse amitié du capitaine.

Un jour qu'après avoir descendu le piquet , je
regagnais la maison où demeurait ma femme, j'a-
perçus devant moi, jugez de ma surprise, Aimar.
Te voilà donc, s'écria-t-il, ravisseur ! rends-moi
ma fille ; rends-moi le bonheur que tu m'as enlevé
pour prix de l'amitié que je t'avais marquée. Je
tombai à genoux devant Aimar ; j'essuyai le premier moment de sa colère ; je l'apaisai par mes
pleurs : il consentit à m'écouter. Je n'entrepris
point de me justifier. Le mal est fait, lui dis-je ;
Thérèse est à moi, elle est ma femme. Ma vie est
dans vos mains, punissez-moi ; mais épargnez
votre enfant, votre fille unique ; ne déshonorez
pas son époux, ne la faites pas mourir de douleur ;
oubliez-moi pour ne vous souvenir que d'elle. En
disant ces mots, au lieu de le conduire chez Thérèse, je le conduisais vers l'endroit où l'on te
nourrissait, ma fille : Venez, ajoutai-je, venez
voir quelqu'un dont il faut aussi que vous ayez
pitié.

Tu étais dans ton berceau, Gertrude, tu dormais ;
ton visage blanc et vermeil peignait l'innocence et

III. OEUVRES DE FLORIAN. 5

la santé. Aimar te regarde, ses yeux se mouillent.
Je te prends dans mes bras, je te présente à lui :
Voilà encore votre fille, lui dis-je. Tu te réveillas
à mon mouvement; et, comme si le ciel t'avait
inspirée, loin de te plaindre, tu te mis à sourire ;
et, tendant tes deux petits bras vers le vieux Aimar, tu saisis ses cheveux blancs, que tu serrais
dans tes doigts en rapprochant son visage du tien.
Le vieillard te couvrit de baisers, me pressa contre
sa poitrine, et t'emportant avec lui : Allons trouver ma fille; viens, mon fils, s'écria-t-il en me
tendant la main. Vous devez penser, mes enfans,
avec quelle joie je le conduisis à notre maison.

Pendant le chemin, je craignis que la vue de
son père ne fît du mal à Thérèse. Dans le dessein
de la prévenir, je cours devant Aimar; je monte,
j'ouvre la porte, et je vois Frédéric aux genoux de
Thérèse qui était obligée d'employer la force pour
se dérober à ses transports. A peine ce spectacle
avait frappé mes yeux, que mon épée était dans le
sein de Frédéric. Il tombe baigné dans son sang,
il s'écrie; on accourt; la garde arrive, mon épée
fumait encore ; on me saisit, et le malheureux
Aimar arrive avec la foule pour voir son gendre
chargé de fers.

Je l'embrassai, je lui recommandai mon enfant
et ma femme qui était sans connaissance ; je t'em-

brassai aussi, ma chère Gertrude, et je suivis mes camarades, qui me conduisirent dans un cachot.

J'y fus deux jours et trois nuits, dans l'état que vous pouvez imaginer. J'ignorais tout ce qui se passait; j'ignorais le sort de Thérèse; je ne voyais personne que mon sinistre geôlier, qui répondait à toutes mes questions en m'assurant que je ne pouvais demeurer long-temps sans être condamné.

Le troisième jour les portes s'ouvrirent; on me dit de sortir, un détachement m'attendait : on m'entoure; je marche; on me conduit à la place d'armes. Je vois de loin le régiment assemblé, et j'aperçois l'affreux instrument de mon supplice. L'idée que j'étais au comble de mes maux me rendit les forces que j'avais perdues : je doublai le pas par un mouvement convulsif; ma langue prononçait malgré moi le nom de Thérèse; je la cherchais des yeux, je me plaignais de ne pas la trouver : j'arrive enfin.

On me lit ma sentence; on me livre à celui qui devait l'exécuter. Je n'attendais plus que le coup mortel, lorsque des cris perçans suspendent mon supplice. Je regarde, je vois un spectre à demi nu, pâle, sanglant, faisant des efforts pour percer la troupe armée qui m'environnait : c'était Frédéric. Mes amis, criait-il, c'est moi qui suis

coupable, c'est moi qui mérite la mort. Mes amis,
grâce pour l'innocence : j'ai voulu séduire sa
femme ; il m'en a puni, il a été juste : vous êtes
des barbares si vous osez attenter à ses jours. Le
chef du régiment court à Frédéric ; il veut le calmer ; il lui montre la loi qui me condamne pour
avoir porté la main sur mon officier. Je ne l'étais
plus, s'écrie Frédéric ; je lui avais rendu sa liberté :
voilà son congé signé de la veille ; il n'est pas soumis à votre justice. Les chefs étonnés s'assemblent ;
Frédéric et l'humanité défendent mes droits ; je
suis reconduit en prison. Frédéric écrit au ministre ; il s'accuse lui-même, il demande ma grâce
et l'obtient.

Aimar, Thérèse et moi, nous allâmes nous jeter
aux pieds de ce libérateur. Il confirma le don qu'il
m'avait fait de ma liberté ; il voulut y joindre des
bienfaits, que nous n'acceptâmes point. Nous re-
vînmes dans ce village, où la mort d'Aimar m'a
laissé maître de ses biens, et où nous finirons
nos jours, Thérèse et moi, dans la paix et au milieu
de vous.

Tous les enfans de Pierre s'étaient pressés autour de lui pendant son récit. Il ne parlait plus,
qu'ils écoutaient encore ; et leurs pleurs coulaient

le long de leurs joues. Consolez-vous, leur dit le bon vieillard; le ciel m'a récompensé de toutes mes peines par l'amour que vous avez pour moi. En disant ces mots, il les embrassa; Louison le baisa deux fois, et toute la famille alla se coucher.

FIN DE PIERRE.

CÉLESTINE.

CÉLESTINE,

NOUVELLE ESPAGNOLE.

LES Espagnols ont été nos maîtres en littérature : nous les avons passés depuis ; mais il ne
faut pas oublier qu'ils nous guidèrent. Ils avaient
un théâtre et de bons poëtes long-temps avant
nous : Lope de Véga, Garcilasso, Michel de Cervantes, écrivaient avant la naissance de Rotrou et
de Corneille. Don Quichotte avait déjà valu à la
littérature espagnole une gloire dont elle a paru
se contenter, puisqu'elle ne s'est pas souciée d'aller au-delà. Leur langue était universellement
répandue : presque tous les académiciens dont le
cardinal de Richelieu composa l'académie française savaient l'espagnol, et traduisaient ou imi-
taient les auteurs de cette nation. Tous les romans,
toutes les comédies de ce temps peignaient les
mœurs de l'Espagne. En effet, ces mœurs étaient
favorables à la scène : les aventures singulières ,
les quiproquo, les déguisemens, les duels, qui
remplissent tous leurs livres, déplaisent quelquefois,

mais n'ennuient guère : la curiosité fait achever l'ouvrage ; ce qui n'arrive pas toujours avec des auteurs plus raisonnables. D'ailleurs cette galanterie maure, mêlée à la vivacité, à la noblesse du caractère castillan, fait de tous les vrais espagnols autant de héros ; et l'on sait que les espagnoles sont les amantes les plus passionnées.

Comment se fait-il donc que ce peuple, qui a de la valeur, de l'esprit, une patience à toute épreuve, un superbe royaume, les Philippines, les mines du Potose, la moitié de l'Amérique, et des Bourbons, ne soit pas le plus puissant peuple de l'Europe ? Il y aurait là-dessus beaucoup de chose à dire, que je ne dirai point, pour trois raisons : la première, c'est qu'elles seraient inutiles ; la seconde, c'est que je déplairais peut-être à ALGUNO FAMILIAR DEL SANTO OFFICIO ; eh ! que Dieu m'en préserve ! la troisième, c'est que j'ai une nouvelle à raconter.

CÉLESTINE, à dix-sept ans, était la beauté de Grenade. Orpheline, et héritière d'une fortune immense, elle vivait sous la tutelle d'un vieux oncle dur et avare : cet oncle s'appelait Alonze. Il était occupé toute la journée à compter ses ducats, et toute la nuit à faire taire les sérénades que l'on venait donner à Célestine. Le dessein d'Alonze était de marier cette riche héritière avec don Henrique son fils, qui étudiait depuis dix ans à l'université de Salamanque, et commençait à expliquer Cornélius Népos assez passablement.

Presque tous les cavaliers de Grenade étaient amoureux de Célestine : ils ne pouvaient la voir qu'à la messe ; et tous les jours l'église où elle allait était remplie de jeunes gens les plus aimables et les mieux faits. Parmi eux se distinguait don Pèdre. Capitaine de cavalerie à vingt ans, peu riche, mais d'une grande maison, beau, doux, spirituel et très-tendre, il s'attirait les yeux de toutes les dames de Grenade, et il ne regardait que Célestine. Celle-ci, qui s'en était aperçue, commençait à regarder aussi don Pèdre.

Ils passèrent ainsi deux mois sans oser se parler, et ne s'en disant pas moins beaucoup de choses. Au bout de ce temps, don Pèdre trouva le moyen de faire parvenir à sa maitresse une lettre qui lui apprenait tout ce qu'elle savait déjà. La sévère Célestine eut à peine lu cette lettre, qu'elle la fit reporter à don Pèdre avec beaucoup de dignité : mais comme Célestine avait une mémoire fort heureuse, elle retint la lettre par cœur, et fut en état d'y répondre très en détail huit jours après.

Nos deux amans s'aimaient et s'écrivaient ; don

Pédre voulait davantage : il sollicitait depuis long-
temps la permission de venir causer à la jalousie
de Célestine. Tel est l'usage d'Espagne, où les
fenêtres servent bien plus pour la nuit que pour
le jour : là se donnent tous les rendez-vous. A
l'heure où la rue doit être déserte, l'amant s'enveloppe dans son manteau, s'arme de son épée,
et marche, en invoquant l'Amour et la Nuit, vers
une jalousie basse, grillée du côté de la rue, et fermée en dedans par des volets. Bientôt les volets
s'ouvrent doucement ; la charmante Espagnole paraît, et demande en tremblant si personne n'est
dans la rue : son amant transporté de joie la rassure ; on se parle à voix basse, on s'interrompt,
on se dit cent fois la même chose : les sermens
volent à travers les grilles ; les baisers y passent à
moitié ; l'amant maudit les barreaux ; la maîtresse
leur rend grâces : le jour approche, il faut se séparer : on est encore une heure à se dire adieu,
et l'on se quitte sans avoir parlé d'une infinité
de choses intéressantes que l'on avait à se dire.

La jalousie de Célestine était au rez-de-chaussée,
et donnait sur une petite place mal bâtie, déserte,
et habitée seulement par les plus pauvres du peuple. La vieille nourrice de don Pédre y occupait
une misérable chambre vis-à-vis de la fenêtre de
Célestine. Pédre va trouver sa nourrice : Ma bonne

mère, lui dit-il, j'ai souffert trop long-temps que vous fussiez si mal logée ; cet oubli est coupable de ma part, et je veux le réparer en vous donnant un appartement chez moi : venez l'occuper, et abandonnez celui-ci à ma disposition. La bonne femme, attendrie jusqu'aux larmes, refuse long-temps ; mais pressée de manière à ne pouvoir résister, elle accepte l'échange en baisant les mains de son pieux nourrisson.

Jamais roi ne prit possession d'un palais avec autant de joie qu'en ressentit don Pèdre en s'établissant dans la chambre de sa nourrice. Dès que le soir fut venu, Célestine parut à la jalousie : elle promit d'y venir tous les deux jours, et tint parole tous les jours. Ces doux entretiens achevèrent d'enflammer ces tendres amans : bientôt toutes les heures de la nuit furent employées à se parler, et toutes les heures du jour à s'écrire. Enfin, ils en étaient tous deux à ce point d'ivresse, de bonheur et de tourmens, dernier période de l'amour, quand le fils d'Alonze, Henrique, le futur époux de Célestine, arriva de Salamanque, apportant pour sa prétendue une déclaration d'amour en latin, que son régent lui avait faite.

On tint conseil à la jalousie ; mais pendant ce temps le vieux tuteur faisait dresser le contrat de mariage, et le jour était fixé pour marier Célestine et Henrique. Tout le monde sait bien qu'en pareille circonstance il n'y a d'autre parti à prendre que de s'enfuir en Portugal. C'est à quoi l'on se décida. Il fut arrêté qu'en arrivant à Lisbonne les deux amans commenceraient par se marier et plaideraient ensuite avec le tuteur. Célestine devait se munir d'une cassette de pierreries que sa mère lui avait laissée : cette cassette valait beaucoup d'argent, et devait faire vivre les époux jusqu'au gain du procès. Jamais dessein ne fut combiné avec autant de prudence.

Il ne s'agissait plus que de pouvoir s'échapper; et pour cela il fallait s'emparer de la clef de la jalousie. Célestine en vint à bout. Aussitôt il fut arrêté que le lendemain, à onze heures du soir sonnantes, Pèdre, après avoir disposé des chevaux hors de la ville, viendrait chercher Célestine, qui descendrait par la fenêtre, et qu'ils fuiraient tous deux vers le Portugal.

Don Pèdre employa toute la journée aux apprêts de son départ; Célestine, de son côté, arrangea et dérangea vingt fois la petite cassette qui devait les suivre : elle eut grand soin d'y serrer une fort belle émeraude que son amant lui avait donnée. Célestine et la cassette étaient prêtes à huit heures du soir; il n'en était pas dix que don Pèdre, dont la voiture était déjà sur la route d'Andalousie, gagnait en palpitant de joie la petite place.

Sur le point d'y arriver, il entend appeler au secours, et voit deux hommes attaqués par cinq spadassins qui, armés d'épées et de bâtons, s'en servaient alternativement contre eux. Le brave Pèdre oublie tout pour se jeter sur les agresseurs : il en blesse deux et fait fuir les trois autres. Quelle est sa surprise en reconnaissant dans ceux qu'il a délivrés le tuteur Alonze et son fils Henrique ! Les jeunes cavaliers de la ville, amoureux de Célestine, et sachant qu'Henrique allait l'épouser, avaient eu l'indignité de faire insulter leur rival par des spadassins, espèce de scélérats trop commune en Espagne; et, sans la valeur de don Pèdre, le vieux avare et le jeune écolier auraient eu de la peine à se tirer de leurs mains.

Pèdre cherchait à se dérober à leurs remercîmens; mais Henrique, qui se piquait d'avoir appris la politesse à Salamanque, jurait qu'il ne le quitterait pas de toute la nuit. Pèdre au désespoir avait déjà entendu sonner onze heures. Hélas! il ne savait pas le malheur qui lui était arrivé.

Un des spadassins qu'il avait mis en fuite avait passé, le nez dans son manteau, près de la jalousie de Célestine. Il faisait une nuit très obscure : la malheureuse amante, qui avait ouvert la fenêtre, et qui attendait don Pèdre, crut le voir en aperce-

vant le spadassin. Elle lui tend la main avec un
soupir d'impatience et de joie; et lui présentant la
cassette : Prenez nos diamans, lui dit-elle, tandis
que je vais descendre. Au mot de diamans, le spadassin s'arrête, saisit la cassette sans répondre un
seul mot; et tandis que Célestine est occupée à
descendre, il s'enfuit précipitamment.

Jugez de la surprise de Célestine, lorsque, seule
dans la rue, elle regarde autour d'elle, et ne voit
plus celui qu'elle avait pris pour don Pèdre. Elle
croit d'abord qu'il s'est éloigné pour ne pas donner
de soupçon; elle marche, elle se hâte, le cherche
des yeux, l'appelle à voix basse : elle n'aperçoit
rien, et personne ne répond. La frayeur la saisit :
elle ne sait plus ce qu'elle doit faire. Retournera-
t-elle dans sa maison? Sortira-t-elle de la ville pour
aller trouver les chevaux et les gens de don Pèdre
qui l'attendent? Elle balance, elle frémit, et marche toujours. Bientôt elle s'égare dans les rues : la
solitude, l'obscurité, tout redouble ses alarmes.
Enfin elle rencontre un homme, et lui demande en
tremblant si elle est loin de la porte de la ville :
cet homme la lui indique. Célestine respire; elle
avance avec plus de courage, sort de Grenade, et
ne trouve personne. Elle n'ose encore accuser son
amant; elle espère toujours qu'il est plus loin; elle
s'engage dans le chemin, tremble à chaque buisson,

appelle à chaque pas don Pèdre; et plus elle marche, plus elle s'égare : c'était le côté opposé à la
route de Portugal.

Cependant don Pèdre n'avait pu se débarrasser
du reconnaissant Henrique et de son père. Sans
vouloir le quitter d'un pas, ils le forcèrent de venir
avec eux dans leur maison. Pèdre, comptant bien
que Célestine allait apprendre, en le voyant, la
cause de son retard, se résigne à les suivre. Ils arrivent ; Alonze vole à la chambre de sa pupille pour
l'instruire du péril qu'il a couru ; il l'appelle : on
ne répond point ; il entre, la jalousie est ouverte.
Ses cris font venir les valets ; l'alarme est dans la
maison. Célestine s'est échappée! Pèdre, au désespoir, veut sur-le-champ courir après elle. Henrique, en le remerciant de l'intérêt qu'il prend à son
malheur, veut l'accompagner partout. Mais, pour
être plus sûr de la retrouver, Pèdre exige qu'il
aille d'un côté pendant qu'il ira de l'autre. Il court
rejoindre ses gens ; et ne doutant pas que Célestine
ne soit sur la route de Portugal, il crève ses chevaux en s'éloignant d'elle, tandis qu'Henrique
galope vers les Alpuxares, chemin que Célestine
avait pris.

La triste Célestine suivait la route des Alpuxares, demandant son cher don Pèdre à tous les objets
que la nuit lui laissait distinguer. Elle entendit

derrière elle un bruit de chevaux ; sa première pensée fut que c'était don Pèdre ; la seconde que ce pouvait être des voyageurs ou des brigands : elle sort du chemin toute tremblante, et se cache derrière des broussailles. Bientôt elle voit passer Henrique suivi de plusieurs valets ; elle frémit à cette vue ; et de peur de retomber au pouvoir d'Alonze, si elle suit la grande route, elle s'en détourne et s'enfonce dans les bois.

Les Alpuxares sont une chaîne de montagnes qui va depuis Grenade jusqu'à la Méditerranée : elles ne sont habitées que par des pâtres et des laboureurs. Un sol aride et pierreux, des chênes verts, épars çà et là, des torrens, des cascades bruyantes, et quelques chèvres suspendues à la cime des rochers, sont les seuls objets qui se présentent à Célestine aux premiers rayons du jour. Épuisée de lassitude et de douleur, les pieds déchirés par les cailloux, elle s'arrête sous un roc, au travers duquel filtrait une eau limpide. Le silence de cette grotte, le paysage agreste qui l'environnait, le bruit sourd et lointain de plusieurs cascades, le murmure de cette eau qui tombait goutte à goutte dans le bassin qu'elle s'était creusé, tout semblait se réunir pour faire mieux sentir à Célestine qu'elle était seule au milieu d'un désert, abandonnée de toute la nature. Couchée au bord de cette eau, où ses larmes tombaient par intervalles, songeant aux malheurs qui la menaçaient, mais songeant surtout à don Pèdre, elle se flattait encore de le retrouver un jour. Ce n'est pas lui, disait-elle, que j'ai vu fuir avec mes diamans ; en vain j'ai cru le reconnaître. Comment est-il possible que mon cœur ne m'ait pas avertie! Il me cherche, j'en suis sûre ; il pleure loin de moi, et je vais mourir loin de lui.

Comme elle disait ces mots, elle entendit au bas de la grotte le son d'une flûte champêtre : elle écoute ; et bientôt une voix douce, mais sans culture, chante sur un air rustique ces paroles :

> Plaisir d'amour ne dure qu'un moment ;
> Chagrin d'amour dure toute la vie.
> J'ai tout quitté pour l'ingrate Silvie :
> Elle me quitte, et prend un autre amant.
> Plaisir d'amour ne dure qu'un moment ;
> Chagrin d'amour dure toute la vie.
>
> Tant que cette eau coulera doucement
> Vers le ruisseau qui borde la prairie,
> Je t'aimerai, me répétait Silvie :
> L'eau coule encore, elle a changé pourtant.
> Plaisir d'amour ne dure qu'un moment ;
> Chagrin d'amour dure toute la vie.

Qui le sait mieux que moi ! s'écria Célestine en sortant de la grotte pour parler à celui qui chantait. C'était un jeune chevrier, assis au pied d'un saule, et regardant avec des yeux mouillés de pleurs l'eau qui serpentait sur les cailloux : dans ses mains était une flûte, à ses côtés un bâton d'épine et un petit paquet de hardes enveloppées dans une peau de chèvre. Berger, lui dit Célestine, on vous a sans doute abandonné; ayez pitié d'une étrangère que l'on abandonne aussi, et enseignez-moi dans ces montagnes un village, une habitation où je puisse trouver, non du repos, mais du pain. Hélas ! Madame, lui répondit le chevrier, je voudrais pouvoir vous conduire jusqu'au village de Gadara, situé derrière ces roches, mais vous n'exigerez pas que j'y retourne, quand vous saurez que ma maîtresse doit épouser aujourd'hui même mon rival. Je vais quitter ces montagnes pour n'y revenir de ma vie; et je n'emporte que ma flûte, un habit dans ce paquet, et le souvenir du bien que j'ai perdu. Ce peu de mots fit naître plusieurs idées à Célestine : mon ami, dit-elle au chevrier, vous n'avez point d'argent , et il vous en faudra quand vous serez sorti de ce pays : j'ai quelques pièces d'or que je vais partager avec vous, si vous voulez me donner l'habit renfermé dans ce paquet. Le chevrier accepte l'offre : Célestine lui donne une douzaine de ducats et, après s'être fait instruire du sentier qui menait à Gadara, elle dit adieu au chevrier, et rentre dans la grotte pour s'habiller en berger.

Elle en sortit avec la veste de peau de chamois, tailladée en bleu céleste, la panetière, le chapeau orné de rubans, et plus belle dans cet équipage qu'elle ne l'avait jamais été couverte de pierreries. Elle prend le chemin du village, arrive ; et s'arrêtant sur la grande place, elle demande aux paysans si quelqu'un d'eux n'a pas besoin d'un valet de ferme. On l'environne, on la regarde : les jeunes filles surtout considèrent ses beaux cheveux blonds qui flottent sur ses épaules, ses yeux doux et brillans, quoiqu'un peu abattus : sa taille svelte, sa démarche, tout les surprend et les ravit. Personne ne peut deviner d'où vient un si beau jeune homme. L'un pense que c'est un grand seigneur déguisé ; un autre, que c'est un prince amoureux de quelque bergère ; et le magister, qui était le poëte du lieu, assure que c'est Apollon réduit une seconde fois à venir garder les troupeaux.

Célestine qui prit le nom de Marcélio, ne fut pas long-temps à trouver un maitre. Ce fut le vieux alcade du village, regardé comme le plus honnête homme du pays. Ce bon laboureur, car les alcades ne sont pas autre chose, se sentit bientôt la plus tendre amitié pour Célestine. A peine la laissa-t-il un mois à la garde de son troupeau : il lui donna l'emploi de veiller sur sa maison ; et Marcélio s'en acquittait avec tant de douceur et de fidélité, que le maître et les valets s'en louaient également. Au bout de six mois, l'alcade, qui avait plus de quatre-vingts ans, laissa l'entière disposition de son bien à son cher Marcélio; il alla même jusqu'à le consulter sur toutes les causes qu'on lui portait à juger; et jamais l'alcade n'avait été si juste que depuis qu'il était guidé par Marcélio. Marcélio était l'exemple et l'amour du village; sa douceur, ses grâces, sa sagesse lui gagnaient tous les cœurs. Voyez, disaient toutes les mères à leurs fils; voyez ce beau Marcélio, il est toujours avec son maître; il s'occupe sans cesse de rendre heureuse sa vieillesse, et ne quitte pas ses devoirs, comme vous, pour courir après les bergères.

Deux ans se passèrent ainsi. Célestine, songeant toujours à don Pèdre, avait secrètement envoyé un berger dont elle était sûre, s'informer à Grenade de son amant, d'Alonze et d'Henrique. Le berger lui avait rapporté que le vieux Alonze était mort, qu'Henrique était marié, et que depuis deux ans Pèdre n'avait pas paru dans le pays. Célestine n'espérait plus le revoir; et, heureuse de passer ses jours au village, au sein de la paix et de l'amitié, elle tâchait d'accoutumer son cœur à ne vivre que de ce dernier sentiment, quand le vieux alcade, son maître tomba dangereusement malade. Marcélio lui rendit les soins du fils le

plus tendre, et le bon vieillard le traita comme
un père reconnaissant : il mourut en laissant tout
son bien au fidèle Marcélio. Ce testament ne con-
sola pas l'héritier.

Tout le village pleura son alcade : après lui
avoir rendu les honneurs funèbres, avec plus de
larmes que de pompe, on s'assembla pour élire
son successeur. En Espagne, certains villages ont
le droit de nommer leur alcade, c'est-à-dire le magistrat qui juge leurs procès, prend connaissance
des délits, fait arrêter les coupables, les interroge,
et les livre ensuite aux justices supérieures, qui
d'ordinaire confirment les sentences de ces paysans
magistrats : car les bonnes lois sont toujours d'accord avec la simple raison.

Le village assemblé élut tout d'une voix celui
que le dernier alcade semblait avoir désigné pour
successeur. Les vieillards, suivis de tous les jeunes
gens, vinrent en cérémonie porter à Marcélio la
marque de sa dignité : c'était une baguette blanche. Célestine l'accepta ; et, touchée jusqu'aux
larmes des témoignages d'affection que lui donnaient ces bonnes gens, elle résolut de consacrer
à leur bonheur une vie destinée d'abord à l'a-
mour.

Tandis que le nouvel alcade s'occupe des devoirs de son état, rappelons-nous le malheureux

don Pèdre, que nous avons laissé galopant sur la route de Portugal, et s'éloignant toujours de celle qu'il espérait rencontrer.

Il alla jusqu'à Lisbonne, sans apprendre aucune nouvelle de Célestine. Il revient sur ses pas, cherche de nouveau dans tous les lieux où il a cherché, retourne à Lisbonne, et n'est pas plus heureux. Après six mois de soins et de peines inutiles, s'étant assuré que sa chère Célestine n'avait pas reparu à Grenade, il s'imagina qu'elle était peut-être à Séville, où elle avait des parens. Il court à Séville : les parens de Célestine venaient de partir avec la flotte du Mexique. Pèdre ne doute pas que sa maîtresse ne soit au Mexique : il s'embarque sur le dernier vaisseau qui restait à partir, arrive à Mexico, trouve les parens de Célestine, mais ne trouve point celle qu'il cherchait. Il revient en Espagne : son vaisseau battu de la tempête fait naufrage sur les côtes de Grenade. Don Pèdre se sauve à la nage avec quelques passagers; ils abordent, pénètrent dans les montagnes pour demander du secours, et le hasard ou l'Amour les conduit à Gadara.

Don Pèdre et ses compagnons d'infortune entrent dans la première hôtellerie : ils se félicitent d'avoir échappé au danger; et tandis qu'on les questionne sur leur malheur, un des passagers prend

querelle avec un soldat du vaisseau, pour une cassette que le soldat avait sauvée, et que le passager
prétendait lui appartenir. Don Pèdre, qui veut
apaiser la dispute, fait déclarer au passager ce
que contient la cassette, et va l'ouvrir, pour s'assurer qu'il a dit vrai. Que devient-il en reconnaissant les pierreries de Célestine, et parmi elles
l'émeraude qu'il lui avait donnée ! Il demeure un
instant immobile, examine plus attentivement les
bijoux ; et fixant le maître avec des yeux pleins de
fureur : D'où vous viennent ces pierreries ? lui
dit-il d'une voix terrible. Que vous importe ? répond
fièrement le passager ; il suffit qu'elles m'appartiennent. Il veut alors les arracher à don Pèdre :
mais celui-ci, ne se possédant plus, le repousse,
met l'épée à la main ; et attaquant le passager :
Traître, lui dit-il, tu confesseras ton crime, ou tu
périras sur l'heure. En disant ces mots, il pousse
son ennemi qui se défend avec valeur, mais qui
tombe bientôt percé d'un coup mortel. Tout le
monde accourt à ce spectacle : on environne don
Pèdre, on le saisit, on le traîne au cachot ; et le
maître de l'hôtellerie envoie sa femme chercher le
curé pour assister le mourant, tandis qu'il court
lui-même chez l'alcade porter la cassette, et rendre
compte de tout ce qui vient d'arriver.

Quelles furent la surprise, la joie, la frayeur de

Célestine en reconnaissant ses diamans, et en apprenant l'attentat du cavalier prisonnier ! Sur-le-champ elle court à l'hôtellerie : le curé y était déjà ; et le mourant, touché de ses exhortations, déclara devant l'alcade que, deux ans auparavant, en passant la nuit dans une rue de Grenade, une femme, à une jalousie, lui avait présenté la cassette, en lui disant de la garder, tandis qu'elle allait descendre ; qu'il s'était enfui avec les bijoux, et qu'il demandait pardon de ce vol à Dieu, et à la dame qu'il ne connaissait point. Après ce récit il expira, et Célestine courut à la prison.

Comme son cœur palpitait pendant le chemin ! Elle précipite ses pas : tout lui dit que c'est don Pèdre qu'elle va revoir : mais elle craint d'en être reconnue. Elle enfonce son chapeau sur ses yeux, s'enveloppe dans son manteau ; et, précédée d'un greffier et du geôlier qui portait une lumière, elle descend dans le cachot.

A peine fut-elle au bas de l'escalier qu'elle reconnut don Pèdre. A cette vue, la joie lui ôte presque l'usage de ses sens : elle s'appuie contre le mur, sa tête tombe sur son épaule, et ses larmes coulent le long de ses joues. Elle les essuie, reprend haleine, et, s'efforçant de parler avec assurance, elle approche du prisonnier : Étranger, lui dit-elle, en déguisant sa voix, et prenant de longs intervalles pour respirer, vous avez tué votre compagnon!... Qui a pu vous porter... à une action si coupable? Après ce peu de mots elle ne peut se soutenir, et s'assied sur une pierre en couvrant son visage de sa main. Alcade, lui répond don Pèdre, je n'ai point fait un crime, c'était une justice; mais je demande la mort : la mort seule peut finir des longs malheurs dont le scélérat que je viens d'immoler fut la première cause. Condamnez-moi, je ne veux pas me défendre; délivrez-moi d'une vie qui m'est tout-à-fait odieuse depuis que j'ai perdu le seul bien que je chérissais, depuis que je n'espère plus retrouver... Il n'acheva pas, et ses lèvres murmurèrent tout bas : Célestine.

Célestine tressaillit en entendant prononcer son nom : elle n'est plus maîtresse de son transport; elle se lève, et va pour se précipiter dans les bras de son amant. Mais la présence des témoins l'arrête; elle détourne les yeux, étouffe ses sanglots, et demande à rester seule avec le prisonnier : elle est obéie. Laissant alors couler ses larmes avec plus de liberté, elle s'avance vers don Pèdre, le regarde, lui tend la main, et dit en sanglotant : Vous aimez donc toujours celle qui ne vit que pour toi?... A ce son de voix, à ces paroles, Pèdre lève la tête, et n'ose en croire ses yeux : O ciel! est-ce vous?

est-ce ma Célestine, ou un ange du ciel qui prend
sa figure ?... Ah ! c'est toi, je n'en doute plus,
s'écria-t-il en la serrant dans ses bras, en la baignant de ses larmes ; c'est mon épouse, mon amie :
tous mes malheurs sont finis.

Non, lui dit Célestine après quelques momens
de silence, tu es coupable d'un meurtre, et je ne
puis briser tes fers ; mais j'irai dès demain à la ville
tout révéler au juge de qui nous dépendons, je lui
découvrirai ma naissance, je lui raconterai nos
malheurs ; et, s'il me refuse ta liberté, je reviendrai finir mes jours en prison.

Aussitôt Marcélio ordonne que don Pèdre soit
tiré du cachot souterrain pour en occuper un autre
moins affreux : il pourvoit à ce qu'il ne puisse
manquer de rien ; et le tendre alcade, plus tranquille, retourne chez lui disposer son voyage du
lendemain. L'événement le plus terrible l'empêcha
de partir, et hâta la liberté de don Pèdre.

Quelques galères d'Alger, qui suivaient depuis
plusieurs jours le vaisseau de don Pèdre, étaient
arrivées sur la côte après son naufrage. Pour ne
pas perdre leur course, elles résolurent de faire
une descente pendant la nuit. Deux renégats qui
connaissaient les lieux se chargèrent de les conduire au village de Gadara, et ces malheureux ne
les guidèrent que trop bien. Vers une heure du

matin, temps de repos pour le laboureur, et de
réveil pour le scélérat, on entend crier : Aux
armes ! aux armes ! les Turcs ont débarqué, ils
massacrent nos habitans, ils brûlent nos maisons !
Ces tristes paroles, l'horreur de la nuit, les plaintes
des mourans, jettent la consternation dans tous les
cœurs. Les femmes tremblantes serrent leurs époux
dans leurs bras ; les vieillards vont se réfugier près
de leurs fils. Dans un moment le village est en feu.
C'est alors qu'à la lueur des flammes on voit briller
les terribles cimeterres, et que l'on distingue les
turbans blancs des infidèles. Ces barbares, le flambeau d'une main et la hache de l'autre, brisent, brûlent les portes des maisons, se précipitent à travers
les débris fumans pour aller chercher des victimes
ou des dépouilles, et reviennent couverts de sang et
chargés de butin.

Les uns pénètrent dans l'asile où deux jeunes
époux, unis seulement depuis le matin, viennent
d'être conduits par leur mère. Plus presses d'être
reconnaissans que d'être heureux, tous deux, à
genoux à côté l'un de l'autre, remercient le Ciel
d'avoir couronné leurs longues et chastes amours ;
tous deux lui demandent le bonheur de l'objet
aimé... Un barbare ose porter ses mains sanglantes
sur la timide épouse ; il fait enchaîner son malheureux amant, qu'il épargne par cruauté ; et malgré

ses cris, ses pleurs et ses gémissemens, il arrache,
à ses yeux, le prix qui n'était dû qu'à lui.

D'autres, plus cruels peut-être, vont enlever
l'enfant qui dort dans son berceau. La mère, au
désespoir, furieuse, hors d'elle-même, le défend
seule contre tous : rien ne l'étonne, rien ne l'épou-
vante; elle brave, elle provoque la mort, elle supplie, elle menace; tandis que le tendre enfant,
déjà saisi par ces tigres, les baigne de ses larmes,
leur tend ses petits bras, et demande avec des cris
que l'on ne tue pas sa mère.

Rien n'est sacré pour ces barbares : ils forcent
les portes de la maison de Dieu, brisent les taber-
nacles, arrachent l'or qui couvrait les reliques, et
foulent aux pieds les os des saints. Hélas ! de quoi
servent aux prêtres leur caractère sacré, aux vieillards leurs cheveux blancs, à la jeunesse ses grâces,
aux enfans leur innocence ? tout est poignardé ou
enchaîné; et bientôt le village ne sera plus qu'un
amas de pierres et de cadavres.

Aux premiers cris, au premier tumulte, l'alcade
réveillé se lève, court à la prison, fait ouvrir les
portes, et instruit don Pèdre du danger. Le brave
Pèdre demande une épée pour lui, et un bouclier
pour l'alcade. Il prend par la main Célestine, se
fait jour à travers le tumulte, et arrive à la grande
place. Là, il s'adresse aux fuyards : Amis, s'écrie-

t-il, vous êtes Espagnols, et vous fuyez! vous
fuyez en abandonnant vos femmes et vos enfans à
la fureur des infidèles! Il les arrête, les range autour de lui, leur inspire son audace, et fond le
sabre à la main sur un gros de Turcs qui s'avançait : il les rompt, il les disperse : il crie victoire.
Les habitans reprennent courage; ils viennent en
foule se joindre à leurs compagnons. Pèdre, sans
quitter Célestine, et toujours occupé de lui faire
un rempart de son corps, attaque les barbares,
les effraie par ses cris, les terrasse par ses coups,
immole tous ceux qui résistent, chasse le reste hors
du village, reprend les dépouilles, les prisonniers,
et quitte la poursuite des ennemis pour venir éteindre l'incendie.

Le jour commençait à naître, quand on vit
arriver de la ville prochaine un corps de troupes
averti trop tard de la descente des infidèles. Le
gouverneur les conduisait : il trouve don Pèdre
environné de femmes, d'enfans, de vieillards, qui
baisaient ses mains en pleurant, et le remerciaient
de leur avoir rendu leur époux, leur père, leur
fils. L'alcade, auprès de don Pèdre, jouissait du
plaisir si doux de voir aimer l'objet qu'on aime. Le
gouverneur, informé des exploits de Pèdre, le
comble d'éloges et de caresses : mais Célestine demande qu'on l'écoute, et déclare au gouverneur,

devant tout le village assemblé, son sexe, ses aventures, le meurtre qu'a commis don Pèdre, et les motifs qui le rendent si excusable. Tous les habitans attendris tombent aux pieds du gouverneur pour obtenir la grâce de celui qui les a sauvés. Cette grâce est accordée; et l'heureux Pèdre embrassait à la fois Célestine, le gouverneur et les principaux habitans, quand un des vieillards s'avance vers lui : Brave étranger, lui dit-il, vous êtes notre libérateur; mais vous nous enlevez notre alcade, et cette perte est peut-être plus grande que votre bienfait. Doublez nos biens au lieu de nous en ôter : restez dans ce village; daignez être notre alcade, notre maître, notre ami; honorez-nous en nous permettant de vous aimer à notre aise. Dans une grande ville, le lâche et le méchant, qui ont le même rang que vous, se croiront vos égaux : ici, chaque habitant vertueux vous regardera comme son père. Après Dieu, ce sera vous que nous honorerons le plus; et tous les ans, à pareil jour, nos pères de famille viendront vous présenter leurs enfans, en leur disant : Voilà celui qui a sauvé votre mère.

Pèdre se jette au cou du vieillard qui lui parlait ainsi : Oui, mes enfans, oui, mes frères, je reste ici; je ne vivrai plus que pour Célestine et pour vous. Mais mon épouse a des biens considérables à

Grenade : notre digne gouverneur nous les fera rendre; et ces biens seront employés à rebâtir les maisons brûlées par les infidèles. A cette seule condition j'accepte la place d'alcade; et quand je vous aurai consacré et nos richesses et ma vie, nous ne serons pas quittes : vous m'avez rendu Célestine.

Tout le village embrassa les genoux de don Pèdre. Le gouverneur se chargea de tout arranger selon ses desseins. Deux jours après on célébra le mariage de Célestine et de son amant. Malgré les malheurs récens, les habitans leur firent des fêtes; et les deux amans vécurent long-temps heureux, en rendant heureux tout le village.

FIN DE CÉLESTINE.

SOPHRONIME.

SOPHRONIME,

NOUVELLE GRECQUE.

———

Il faut être plus Grec que je ne le suis pour oser parler des Grecs. Je me contente d'admirer leurs livres, que je ne lis pourtant que traduits : l'Iliade, et surtout l'Odyssée, me transportent. Je pleure toujours en relisant la scène d'Ulysse et d'Eumée, celle avec la fidèle Euryclée, la reconnaissance du roi d'Ithaque et de Pénélope. Comme il connaissait la nature, celui qui n'a pas dédaigné de placer dans un poëme épique Argus, ce bon vieux chien, qu'on laissait périr sur du fumier à la porte du palais, et qui meurt de joie en revoyant son maitre !

Les Grecs modernes ne font plus de si beaux contes ; et malheureusement la nouvelle suivante est l'ouvrage d'un Grec moderne.

SOPHRONIME naquit à Thèbes : son père, d'une famille ancienne de Corinthe, était venu s'établir dans la capitale de la Béotie. Il y mourut ; sa femme le suivit bientôt : Sophronime, à douze ans,

se trouva sans parens, sans fortune et sans protecteur.

De tout ce qui lui manquait, il ne regrettait que
son père et sa mère. Le pauvre enfant allait pleurer
tous les jours sur leur tombe; il revenait ensuite
manger le pain que lui donnait par charité un
prêtre de Minerve.

Un jour que le malheureux orphelin s'était perdu dans la ville, il entra dans l'atelier du fameux
Praxitèle. Il est saisi d'un transport involontaire à
la vue de tant de chefs-d'œuvre : il regarde, il
admire ; et, s'adressant à Praxitèle avec cette hardiesse et ces grâces qui n'appartiennent qu'à l'enfance : Mon père, lui dit-il, donne-moi un ciseau,
et apprends-moi à devenir un grand homme comme
toi. Praxitèle regarde ce bel enfant; il est étonné
du feu qui brille dans ses yeux ; il l'embrasse avec
tendresse : Oui, je serai ton maître, lui répond-il;
reste avec moi, j'espère que tu me surpasseras.

Le jeune Sophronime, heureux et reconnaissant, ne quitta plus Praxitèle, et sentit bientôt se
développer le grand talent qu'il avait reçu de la
nature : à dix-huit ans, il faisait déjà des ouvrages
que son maître aurait avoués.

Malheureusement, à cette époque, Praxitèle
mourut, et laissa par son testament une somme
assez considérable à son élève favori. Sophronime

fut inconsolable : le séjour de Thèbes lui devint odieux; il quitta sa patrie, et employa le legs de son bienfaiteur à parcourir la Grèce.

Comme il portait dans toutes les villes cet amour du beau, ce désir d'apprendre, qui l'avaient enflammé dès l'enfance, chaque jour le rendait plus instruit; chaque chef-d'œuvre qu'il voyait lui apprenait quelque chose. Le besoin de plaisir acheva de polir son caractère et son esprit : plus modeste à mesure qu'il devenait plus savant, pensant toujours à ce qui lui manquait, et jamais à ce qu'il avait acquis, Sophronime à vingt ans fut le plus habile et le plus aimable des hommes.

Résolu de se fixer dans une grande ville, il choisit Milet, colonie grecque sur la côte d'Ionie. Il y acheta une petite maison, des blocs de marbre et fit des statues pour vivre.

La réputation, trop lente quelquefois à suivre le mérite, ne le fut pas pour Sophronime. Ses ouvrages furent estimés; l'on ne parla bientôt plus que de son talent. Le jeune Thébain, sans se laisser enivrer des éloges, redoubla d'efforts pour les mériter. Tranquille et solitaire dans son atelier, il consacrait sa journée au travail; le soir il se reposait en lisant Homère : ce plaisir utile élevait son âme, et fournissait à son génie les idées du lendemain. Satisfait du jour passé, et prêt pour le jour à venir, il remerciait les dieux, et se livrait au sommeil.

Ce bonheur ne dura pas : le seul ennemi qui
puisse ôter le repos à la vertu ne laissa pas Sophronime en paix. Carite, fille d'Aristée, premier magistrat de Milet, vint avec son père visiter l'atelier
du jeune Thébain.

Carite effaçait toutes les beautés d'Ionie, et son
âme était encore plus belle que son visage. Aristée,
son père, le plus riche des Milésiens, s'était consacré tout entier à l'éducation de sa fille; il n'eut
pas de peine à lui faire aimer la vertu ; ses trésors
prodigués lui donnèrent tous les talens qui l'em-
bellissent. Carite, avec seize ans, un esprit fin,
une âme tendre, une figure charmante, pensait
comme Platon, et chantait comme Orphée.

Sophronime, en la voyant, sentit un trouble,
une émotion, qui lui étaient inconnus. Il baissa
les yeux, il balbutia. Aristée, attribuant son embarras au respect, le rassura par des paroles pleines
de bonté : Montrez-nous, lui dit-il, votre plus belle
statue : tout le monde vante votre talent. Hélas !
répondit Sophronime, j'ai osé faire une Vénus
dont j'étais content jusqu'à ce jour; mais je vois
bien qu'il faut la refaire. En disant ces mots, il
découvrait sa Vénus, et jetait un coup-d'œil timide
sur Carite. Celle-ci, qui avait compris ses paroles,

faisait semblant de s'occuper de la statue, et pensait au jeune sculpteur.

Aristée, après avoir admiré les ouvrages de Sophronime, sortit de l'atelier, et lui promit de venir le revoir. Carite, en le quittant, le salua d'un
air gracieux : le pauvre Sophronime s'aperçut pour
la première fois, quand elle fut partie, qu'il restait
tout seul dans sa maison.

Ce soir là, il ne lut point Homère, il s'occupa
de Carite. Le lendemain, au lieu de travailler, il
courut toute la ville dans l'espérance de revoir
Carite. Il la revit ; et, dès ce moment, plus de repos, plus d'étude ; les statues imparfaites restaient
au fond de l'atelier : Apollon, Diane, Jupiter,
n'étaient plus rien pour Sophronime. Toujours
songeant à Carite, il passait sa vie dans les cirques,
dans les lieux publics, dans les promenades. Quand
il ne l'avait pas vue, il revenait penser à elle ; quand
il l'avait aperçue, il revenait s'occuper des moyens
de la revoir.

Enfin, sa réputation, sa constance, son adresse,
lui ouvrirent la maison d'Aristée. Il s'entretint avec
Carite ; il n'en fut que plus amoureux. Comment
oser le lui dire ? comment un sculpteur sans fortune, sans parens, pouvait-il prétendre au premier
parti de la ville ? Tout, jusqu'à sa délicatesse, lui
défendait de parler. Carite était si riche, qu'il n'é-

1ait pas permis à un homme pauvre de la trouver
belle. Sophronime savait tout cela : il était sûr de
se perdre en se déclarant; mais il fallait mourir ou
se déclarer. Il écrivit à Carite. Cette lettre si tendre, si soumise, si respectueuse, fut confiée à un
esclave d'Aristée, à qui Sophronime donna tout ce
qu'il avait amassé du prix de ses statues. L'infidèle
esclave, au lieu de porter la lettre à Carite, courut
la livrer à son père.

Le vieux Aristée, indigné de l'audace, abusa,
pour la première fois, du droit que lui donnait
sa charge : il supposa des crimes à Sophronime,
l'accusa lui-même dans le conseil, et le fit bannir
de la ville.

Le malheureux attendait chaque jour, en tremblant, la réponse de l'esclave : il reçut l'ordre de
quitter Milet. Il ne douta pas que Carite offensée
n'eût elle-même sollicité cette vengeance : J'ai mérité mon sort, s'écria-t-il, mais je ne puis me repentir de l'avoir mérité. O dieux ! rendez-la heureuse, et rassemblez sur ma tête tous les maux
qui pourraient troubler sa vie. Sans murmurer de
la rigueur de ses juges, il s'achemina tristement
vers le port, et s'embarqua sur un vaisseau crétois.

Cependant le père de Carite crut devoir cacher
à sa fille le véritable motif qui avait fait bannir
Sophronime. Carite s'en douta; elle avait lu dans

les yeux du Thébain tout ce qu'elle n'aurait osé lire
dans sa lettre : elle donna quelques pleurs au souvenir d'un homme devenu malheureux pour l'avoir
aimée. Mais Carite était bien jeune; elle l'oublia
bientôt; et Aristée, tranquille, ne songeait plus
qu'à marier sa fille, lorsqu'un événement extraordinaire répandit la consternation dans Milet.

Des pirates de Lemnos surprirent un quartier
de la ville. Avant que les citoyens armés fussent
accourus pour les chasser, ces barbares pillèrent
le temple de Vénus, et enlevèrent jusqu'à la statue de la déesse. Cette statue était le palladium de
Milet : à sa possession était attachée la félicité des
Milésiens.

Le peuple consterné envoie des ambassadeurs à
Delphes, pour consulter Apollon. L'oracle répond
que Milet ne sera en sûreté que lorsqu'une nouvelle statue de Vénus, aussi belle que la déesse
même, aura remplacé celle que l'on a perdue.

Sur-le-champ les Milésiens font publier dans
toute la Grèce que la plus belle fille de Milet et
quatre talens d'or seront la récompense du sculpteur qui remplira les conditions de l'oracle. Plusieurs fameux artistes arrivent avec leurs ouvrages;
on les expose sur la place publique; les magistrats,
le peuple, admirent : mais dès que la statue est
posée sur l'autel, un pouvoir surnaturel la ren-

verse. Les Milésiens désespérés regrettent alors
Sophronime ; ils demandent à grands cris que l'on
s'occupe de le chercher.

Aristée lui-même est obligé de prendre des in-
formations sur le vaisseau crétois où le malheureux banni s'était embarqué. L'on rapproche les
époques, les jours ; l'on envoie jusqu'en Crète,
et l'on apprend que ce vaisseau a péri avec tout
son équipage à la hauteur de l'île de Naxe.

Les Milésiens désolés s'en prennent à leur magistrat, et de son peu de vigilance, cause de l'in-
vasion des barbares, et de la mort de Sophronime,
qu'il avait fait bannir injustement. Le peuple passe
bientôt du murmure à la révolte : il court à la
maison d'Aristée, il l'entoure, il la force. Les larmes de Carite, ses cris, ses prières, ne peuvent
sauver son père : Aristée est saisi, chargé de fers,
et traîné dans un cachot. Le peuple décide qu'il
n'en sortira que lorsque la statue de Vénus aura
été remplacée.

Carite, au désespoir, veut aller elle-même à
Athènes, à Corinthe, ou à Thèbes, chercher un ar-
tiste qui puisse délivrer son père. Elle prend d'a-
bord des mesures pour adoucir sa prison : un esclave sûr doit veiller à tous ses besoins. Carite,
tranquille de ce côté, équipe un vaisseau, le charge
de trésors, et part.

Les premiers jours de sa navigation furent heureux ; les vents semblaient la protéger. Tout à coup un orage épouvantable détourne le vaisseau de sa route, et force le pilote de se réfugier dans une anse qui lui était inconnue. A peine y est-il que l'orage cesse : le soleil revient ; et Carite, invitée par la beauté du temps, veut descendre à terre pour se reposer quelques heures de la fatigue de la mer. Elle est bientôt sur le rivage. Un doux sommeil, sur un lit de gazon, la délasse, et lui fait oublier pour un moment toutes ses peines. Ce sommeil ne fut pas long : Carite s'éveille ; et voyant que ses esclaves dormaient encore, elle ne veut pas les troubler. Seule avec ses chagrins, elle se promène sur la rive ; et, désirant de connaître ces lieux inhabités, elle franchit les rochers qui mettaient à l'abri des flots l'intérieur de l'île.

Elle aperçoit une vallée délicieuse, traversée par deux petits ruisseaux, et couverte d'arbres fruitiers : elle s'arrête pour contempler ce beau spectacle. La nature était alors dans les plus beaux jours du printemps : tous les arbres sont fleuris, les gouttes d'eau de l'orage passé pendent encore à l'extrémité de chaque fleur ; et le soleil, en les frappant de ses rayons, parsème les branches de pierres précieuses. Les papillons, heureux de revoir le beau temps, recommencent à voler sur les primevères ; des légions d'abeilles bourdonnent au-dessus des arbres, et n'osent pas encore toucher aux fleurs, de peur de mouiller leurs ailes transparentes. Le rossignol et la fauvette, revenus de leur frayeur, font retentir l'écho de leur ramage, tandis que leurs femelles, plus tendres et ne songeant qu'à l'amour, voltigent sur la prairie, essaient avec leur bec le foin encore trop vert pour elles ; et lorsqu'elles ont trouvé un brin d'herbe sec et flexible, pleines de joie, elles l'emportent à tire-d'aile au nid qu'elles ont commencé.

Carite admira ce spectacle, et soupira. Elle descendit dans le vallon ; et traversant la prairie, elle aperçut une petite cabane entourée de noyers verts. Un bosquet lui en dérobait l'entrée : elle pénètre dans ce bosquet, elle entend le murmure d'un ruisseau qui serpentait à ses pieds. Bientôt les accens d'une lyre se mêlent à ce bruit si doux ; elle écoute : une voix douce et tendre chante ces paroles :

J'ai payé cher ce court moment d'erreur
Où j'ai cru que l'amour suffisait pour lui plaire.
    Je ressemble à ce téméraire
Dont la reine du ciel avait séduit le cœur :
    Junon, plus barbare que sage,
Feignit jusques à lui d'abaisser ses appas ;
    Il crut la presser dans ses bras :

Le malheureux n'embrassait qu'un nuage.
Tel est mon triste sort, hélas !
Et je sens trop que ma peine cruelle
Doit survivre même au trépas :
Si l'âme est immortelle,
L'amour ne l'est-il pas !

La voix n'avait pas achevé, que Carite, reconnaissant Sophronime, tombe évanouie. Au bruit qu'elle fait, il accourt, il la voit, il la prend dans ses bras ; il la regarde encore, et ne peut croire à son bonheur : il la porte au bord du ruisseau ; de l'eau jetée sur son beau visage la fait bientôt revenir à elle. Sophronime était à genoux : Êtes-vous Carite, lui dit-il, ou bien une divinité? Je suis la fille d'Aristée, lui répondit-elle avec douceur : mon père est en danger ; vous seul pouvez le sauver. Ah ! parlez, reprit Sophronime avec transport ; que faut-il faire ? ma vie est à lui comme à vous.

Carite alors lui raconta le service qu'il pouvait rendre à sa patrie et à son père. A mesure qu'elle parlait, la joie brillait dans les yeux de Sophronime : Rassurez-vous, lui dit-il d'un air fier ; j'ai dans ma cabane un ouvrage qui doit plaire à votre déesse, comme à vos citoyens : il est à vous, Carite ; mais j'exige que vous ne le voyiez que dans le temple de Milet.

La fille d'Aristée y consentit ; et Sophronime
lui raconta comment il s'était sauvé du naufrage,
seul avec ses outils de sculpture. Il avait trouvé
dans cette île déserte de l'eau, des fruits et du
marbre. Tranquille dans la cabane qu'il s'était
construite, il avait travaillé au chef-d'œuvre qui
devait délivrer Aristée. Venez, ajouta-t-il, venez
voir l'asile où je vivais en pensant à vous.

Carite suit Sophronime, et entre avec lui dans
sa chaumière : partout le nom de Carite était écrit ;
partout son chiffre et celui de Sophronime étaient
enlacés. Pardonnez, lui dit le sculpteur ; seul dans
cette île, j'osais tracer les sentimens de mon cœur ;
je n'avais pas peur d'être exilé. Ce mot fit venir
quelques larmes dans les yeux de la tendre Carite : elle regarda Sophronime ; et lui serrant
presque la main : Ah ! lui dit-elle, ce n'est pas moi...
Elle n'acheva pas ; et considérant une statue couverte d'une voile qui était sur une espèce d'autel :
Hâtons-nous, ajouta-t-elle, d'aller trouver mes
esclaves ; ils emporteront ce chef-d'œuvre, que je
ne dois voir qu'à Milet : vous viendrez avec moi ;
et, quel que soit l'événement, je sens que nous ne
nous quitterons plus.

Sophronime transporté osa baiser la main de
Carite, qui ne s'en fâcha pas. Ils allaient prendre
le chemin du rivage, quand ils furent joints par les

esclaves et les matelots qui, alarmés de l'absence de leur maîtresse, parcouraient l'île en la cherchant. Carite leur ordonna de porter avec précaution sur le vaisseau la statue voilée : on lui obéit. Sophronime ne quitta pas sa cabane sans remercier avec des larmes les divinités champêtres qui l'avaient protégé dans cet asile. Il posa sur l'autel où avait été la statue, tous ses outils, et les consacra au dieu Pan ; ensuite baisant respectueusement le seuil de la porte : Je reviendrai, s'écria-t-il, mourir ici, si je ne peux vivre pour Carite. Après ces adieux, ils gagnèrent le vaisseau, et reprirent la route de Milet.

La traversée ne fut pas longue, heureusement pour Carite qui voulait que Sophronime eût délivré son père avant de lui avouer sa tendresse. Si le voyage eût duré plus long-temps, peut-être le sculpteur eût-il été récompensé par cet aveu, avant d'avoir mérité de l'être. Mais la sagesse de Carite, le respect de Sophronime, et surtout le vent favorable, firent arriver les deux amans comme ils étaient partis de l'île déserte.

Le nom de Sophronime répandit la joie dans Milet. Le peuple, qui l'aimait, s'assemble, et décide que la statue n'a pas besoin d'être examinée par les citoyens, et qu'elle doit sur-le-champ subir l'épreuve de l'autel de Vénus. On se rend au

temple; une foule immense le remplit : Carite
suivait en tremblant Sophronime, qui s'avançait
avec la statue couverte d'un voile. Il la pose sur
l'autel, d'un air modeste mais non timide : la
statue reste debout. Alors il la découvre; et tout le
monde reconnait les traits de Carite. C'était elle ,
c'était sa maîtresse que l'amoureux sculpteur avait
prise pour modèle de sa Vénus. Le portrait de Carite était si bien dans son cœur, que, loin d'elle ,
dans son ile, il avait pu se passer d'original; et,
en la faisant ressemblante, il avait rempli les conditions de l'oracle, qui exigeait une statue aussi
belle que Vénus même.

La déesse satisfaite et non jalouse, accepte l'of-
frande, et manifeste, par la bouche de son grand-
prêtre, que l'oracle est accompli. Le peuple pousse
des cris de joie; il environne Sophronime, il lui
demande avec transport de choisir sa récompense.
Délivrez Aristée, répondit-il, et je suis trop payé.
On vole à la prison du vieillard. Carite veut être la
première à briser les fers de son père; elle l'embrasse, elle l'instruit de son bonheur, et baisse
les yeux toutes les fois qu'elle prononce le nom de
Sophronime. Aristée, reconnaissant, demande son
libérateur; il se jette dans ses bras, il le baigne de
ses larmes : Mon ami, lui dit-il, je fus bien coupable; mais Carite doit réparer mon crime. En

disant ces mots, il joint dans ses mains celles des
deux amans. Tout le peuple applaudit ; tous sont
heureux de leur bonheur ; et Sophronime et Carite
vont se jurer une éternelle félicité au pied de cette
statue, preuve certaine de la beauté de Carite et de
l'amour de son époux.

FIN DE SOPHRONIME.

SANCHE.

SANCHE.

NOUVELLE PORTUGAISE.

———

Les Portugais avaient bien leur mérite quand
ils doublaient le cap des Tourmentes, qu'ils dé-
couvraient le Brésil, soumettaient les rois de l'Inde,
défendaient Diu, et gardaient leurs conquêtes malgré l'Europe jalouse. Ils ont eu des Gama, des Al-
buquerque, des Almeyda, des Silveira, et un Ca-
moëns. Tant de gloire n'a pas duré : leurs héros
sont morts en prison, leur Virgile à l'hôpital ; leurs
découvertes ont passé à des républicains marchands.
Le Portugal a vu détruire sa puissance presque
aussi rapidement qu'elle s'était formée. Il ne lui
reste plus de tant de prospérités que les diamans
du Brésil, quelques villes dans l'Asie, le souvenir
de tant d'exploits, un poëme épique, et un inqui-
siteur à Goa.

Ce qui vaut peut-être mieux que tout cela, c'est
le caractère de tendresse qui a toujours distingué
les Portugais. Ils semblent nés pour l'amour ; c'est
la grande affaire de leur vie : les plus grands sa-
crifices ne leur coûtent rien dès qu'il s'agit de cette

passion. Chaque peuple a ses qualités : et la France, l'Espagne et le Portugal ont de quoi fournir aux dames les trois choses les plus nécessaires au bonheur ; car les époux français sont assurément les plus aimables, les amis espagnols les plus sûrs, et les amans portugais les plus tendres. Le petit conte suivant, dont je garantis la vérité, prouvera ce que j'avance.

Du temps qu'Aliaton régnait en Portugal, Sanche de Guimaraëns était le plus terrible et le plus aimable des guerriers. Dès sa plus tendre jeunesse, la gloire avait été le besoin le plus pressant de son cœur : son âme de feu n'était jamais assez remplie. Il avait beau parcourir rapidement les Espagnes, vaincre des géans, forcer des châteaux, délivrer des belles, l'inquiet guerrier se plaignait de n'être pas assez occupé : l'amour ne tarde guère à venir au secours de ces bouillans désœuvrés.

Un jour qu'il traversait la forêt de Tomar, fameuse par mille détours où les voyageurs s'égarent, Sanche atteignit un chevalier qui faisait la même route que lui, mais qui la faisait plus doucement. Notre héros n'allait si vite que parce qu'il s'ennuyait. Charmé de trouver un compagnon de voyage, il ralentit sa course, et salua le chevalier. Celui-ci lui rendit son salut en détournant son cheval pour le laisser passer. Sanche lui demanda s'il n'allait pas à Lisbonne. Non, lui répondit l'inconnu. En suis-je encore loin ? reprit Sanche. Oui, lui dit le chevalier. Et l'entretien aurait fini, si notre paladin n'avait brûlé de le continuer, précisément parce que l'autre paraissait ne pas s'en soucier.

Après plusieurs questions inutiles, Sanche prit le parti de louer l'inconnu sur la beauté de ses armes et de son cheval. Celui-ci le remercia très-modestement, et surtout très-laconiquement. Sanche était au désespoir ; il donnait cent coups d'éperon à son coursier pour que l'inconnu lui en demandât au moins la raison. Le pauvre cheval faisait des bonds inutiles : le tranquille voyageur allait au pas sans seulement tourner la tête de son côté. Les deux guerriers firent ainsi une lieue qui fatigua davantage Sanche et son cheval que dix journées de route.

Enfin notre héros ne put y tenir ; et s'adressant au taciturne chevalier : Seigneur, lui dit-il d'une voix très-animée, la froideur avec laquelle vous me traitez prouve clairement que vous avez peu d'estime pour moi. Je ne puis souffrir un pareil mépris ; et, puisque vous ne me trouvez pas digne de causer avec vous, vous me ferez au moins la grâce de rompre une lance. Je ne puis vous mépriser, lui répondit l'inconnu sans s'émouvoir ;

puisque je ne vous connais pas : les longues con-
versations me fatiguent; mais un défi ne me dé-
plaît jamais. Dépêchons-nous seulement; car la nuit
vient, et je veux aller coucher loin d'ici, Je suis
fâché de vous retarder, dit Sanche d'un ton piqué.
Aussitôt, mettant sa lance en arrêt, il vole pour
prendre du champ, et revient comme un tonnerre
sur le tranquille inconnu. Les lances des deux
guerriers se brisent ; leurs cimeterres brillent, et
mille coups redoublés font jaillir le feu de leurs
armes.

Sanche était jaloux de la beauté des siennes. Sa
cuirasse, de l'acier le plus poli, était parsemée de
clous d'argent : son casque était surmonté d'un
coq d'or qui soutenait un panache superbe ; ce
même coq était sur son bouclier, avec ces mots :
GUERRE ET AMOUR. Les coups d'épée de l'inconnu
avaient déjà défiguré le beau casque de Sanche.
Furieux de voir sa parure brisée, il abandonne les
rênes de son cheval ; et prenant son épée à deux
mains, il la fait tomber sur la tête de son ennemi,
de tout son poids et de toute sa rage. Le coup fut
terrible ; mais il glissa sur l'acier, et ne brisa que
le morion. Le casque se détache et roule sur la
poussière. De longs cheveux blonds tombent sur
les épaules du guerrier désarmé : de grands yeux
bleus, dont les longues paupières s'étaient baissées

par la force du coup, se relèvent sur Sanche, et reprennent la victoire dont il se félicitait déjà. Notre héros tremblant laisse échapper son épée : il descend de cheval ; et jetant loin de lui son casque, ce vainqueur interdit est à genoux devant celle qu'il vient de vaincre.

Sanche était beau : le feu du courage qui brillait dans ses yeux, cette émotion que lui causaient et le plaisir d'avoir vaincu et la crainte d'avoir blessé ; son attitude, sa surprise, tout l'embellissait encore. La guerrière le regarde, et rougit : elle se pressa de sourire pour que Sanche ne vît pas sa rougeur ; et lui tendant la main avec grâce : Levez-vous, chevalier, lui dit-elle, vous êtes vainqueur ; c'est à moi de vous demander la vie. Hélas ! répondit Sanche, je sens trop que la mienne va dépendre de vous. En disant ces mots, il lui rendit son casque ; et remontant à cheval, ils poursuivirent leur route sans se parler, mais en pensant tous les deux que c'était la dernière fois qu'ils se battraient.

Cette belle guerrière était la fille du roi de Galice, la princesse Elvire. Aucun paladin ne la surpassait en courage ; aucune belle ne l'égalait en beauté. Son cœur n'avait encore rien aimé ; mais ce cœur sensible ne devait aimer qu'une fois.

Le beau visage de Sanche, le respect, l'amour

qu'elle avait lus dans ses yeux, occupaient Elvire.
Pour la première fois elle désira de plaire; et sous
prétexte que son casque brisé la gênait, elle le
pendit à l'arçon de sa selle pour se laisser voir à
l'amoureux Sanche. Notre héros, qui, quelques
instans auparavant, ne s'était battu avec elle que
pour la faire parler, maintenant timide, embarrassé, la regarde et baisse la vue : mille questions,
mille pensées se présentent en foule; elles expirent
sur ses lèvres. Ses yeux cherchent les yeux d'Elvire; mais dès qu'ils les ont rencontrés ils se bais-
sent avec frayeur. Ah ! que le chemin parut court
à Sanche, et même à Elvire ! Le soleil était couché
depuis long-temps; la nuit allait leur dérober le
plaisir de se voir, quand ils arrivèrent à un superbe
château.

L'on était alors au fort de l'été : le soleil avait
brillé sans nuage depuis son lever. Ce jour, le
plus beau des jours de Sanche, avait été beau pour
toute la nature. Mille vapeurs, que la terre brûlante avait exhalées, s'enflammaient et voltigeaient
sur l'horizon. On entendait dans le lointain le bruit
sourd de quelques coups de tonnerre. Les arbres
s'agitaient doucement et par degrés depuis leurs
racines jusqu'à leur sommet; leurs rameaux en se
pressant les uns contre les autres, semblaient se
plaindre du sort qui les menaçait. Le ciel, devenu

sombre, perdait à chaque instant quelque étoile :
sa voûte noircie se sillonnait de traits enflammés;
tout annonçait un affreux orage, et nos voyageurs
n'y pensaient pas.

Un coup de tonnerre leur fit apercevoir le château. Sanche propose d'y chercher un asile ; Elvire
y consent : mais le pont est levé, et des fossés lar-
ges et profonds défendent l'entrée. Notre héros
sonne du cor. Aussitôt l'on voit paraître au haut
d'une tour, et à la clarté du flambeau le plus brillant, non pas un nain difforme tel que ceux qui
servaient de pages aux seigneurs de ce temps-là,
mais un enfant, le plus beau des enfans. D'une
main il tenait ce flambeau dont la clarté était si
vive ; de l'autre il portait un petit arc. Chevaliers,
leur cria-t-il, je suis le maître de ce château, et
seul je suffis pour en défendre l'entrée. C'est en
vain que tous les rois des Espagnes voudraient s'en
rendre maîtres ; avec cet arc je viendrais à bout de
tous les paladins de l'univers. Il est cependant un
moyen, ajouta-t-il en souriant, de trouver un
asile chez moi : deux amans qui font à ma porte
le serment de s'aimer toujours sont sûrs de devenir mes hôtes ; c'est à vous de voir si vous voulez entrer.

A ces mots Sanche regarde Elvire, qui, sans
répondre, tourne bride, et reprend au petit pas

le chemin qu'elle vient de parcourir. Notre héros remercie l'enfant, et suit tristement sa maîtresse.

Cependant le tonnerre gronde, les éclairs brillent, les vents sifflent, et les nuages répandent des torrens. La fière Elvire descend de cheval, s'assied près d'un arbre, et, malgré la foudre et la tempête, elle s'endort, ou fait semblant de dormir. Sanche, debout près d'elle ne songe pas à prendre du repos : il regarde tristement ce beau château où ils auraient pu être à couvert; et, sans oser murmurer de passer la nuit dans les bois, il s'occupe des moyens de ramener quelque jour Elvire à la porte du beau château.

Tandis qu'ils se livraient tous deux à leurs rêveries, et peut-être aux mêmes idées, le bruit d'un cor se fait entendre. Elvire est à l'instant sur pied : ils regardent, ils voient, à la lueur des éclairs, un chevalier qui sonnait de toute sa force. Bientôt le même enfant paraît sur la tour, et dit au chevalier les mêmes choses qu'il avait dites à Sanche. Ouvrez, ouvrez répond une jeune dame que le paladin avait en croupe, ouvrez bien vite : je suis Xarifé; voici mon cher Abindarraés; nous nous sommes juré depuis long-temps un amour éternel. Aussitôt les flèches du pont s'abattent; Xarifé et son amant passent, le pont se relève. Sanche, retombé dans la nuit, soupire. Elvire n'ose

soupirer : elle se rassied au pied de l'arbre; et la
pluie tombe plus fort que jamais.

Nos deux amans attendaient le jour en silence ; il vint enfin, et la pluie cessa. A peine l'aurore avait teint l'horizon, qu'Elvire était à cheval
et Sanche la suivait. Comme ils passaient devant le
château de l'Amour, l'heureux Abindarraès et la
tendre Xarifé en sortaient pour continuer leur
route. Ces deux amans, tous deux à la fleur de
l'âge, beaux, frais, et charmés du gite qu'ils avaient
trouvé, saluèrent en souriant Elvire et Sanche,
qui, tout mouillés, pâles et défaits, leur rendirent
gravement le salut. Je me reproche, dit Elvire d'un
ton piqué, de n'avoir pas employé la force pour
obtenir un asile dans ce château. Si nous y reve-
nons, reprit Sanche, je vous promets de ne rien
épargner pour vous y faire recevoir.

En effet le guerrier ne s'occupait que de ramener Elvire au beau château; mais il craignait de
n'en plus trouver le chemin. Les détours de la
forêt de Tomar en faisaient presque un labyrinthe.
Sanche eût voulu pouvoir laisser sur le chemin
quelque chose de reconnaissable pour lui seul ;
mais un chevalier qui n'a que ses armes n'a rien
à laisser sur les chemins. L'Amour lui inspira une
idée qui pensa lui coûter bien cher.

Il imagina de dévisser tous les clous d'argent

qui tenaient les pièces de son armure. A mesure
qu'il les ôtait, il les semait sur la route. Elvire ne
s'en apercevait pas; et voulant rompre un silence
qui la gênait, elle lui demanda son histoire. Sanche
la lui raconta avec cette sensibilité et ce charme
que les amans mettent à tous les récits faits à leur
belle. Il parla peu de ses exploits, point du tout des
maîtresses qu'il avait eues, et beaucoup du bonheur d'avoir rencontré Elvire.

Cette belle guerrière lui apprit à son tour et sa
naissance et la raison qui l'obligeait à mener une
vie errante. Elle avait quitté la cour du roi son
père pour se dérober aux poursuites d'un chevalier
fameux par sa férocité. Le redoutable Rostubalde,
fils de Ferragus, fier de sa naissance, de sa taille
gigantesque, et d'une force peu commune, avait
osé demander Elvire à son père. Le roi de Galice,
trop timide pour mécontenter Rostubalde, lui avait
promis sa fille; et la jeune princesse, n'écoutant
que son aversion pour le barbare, fuyait de tous
les lieux où elle pouvait rencontrer son terrible
amant.

Le récit de la belle guerrière enflamma de plus
en plus le jeune Sanche. Quand on commence
d'aimer on craint si fort que le cœur qu'on veut
conquérir ne soit à quelqu'un ! on demande en
tremblant tout ce qui peut éclairer sur ce doute;

et, le doute éclairci, l'amour et l'espoir sont doublés. Sanche écoutait Elvire avec transport : Elvire se plaisait à lui redire les mêmes choses ; et, n'osant avouer qu'elle l'aimait, elle s'en dédommageait en répétant qu'elle détestait Rostubalde.

Pendant cette douce conversation, notre paladin avait achevé de détacher toutes les vis de son armure. Ses brassards, sa cuirasse ne tiennent plus à rien : mais que lui importe ! il ne pense qu'à Elvire, il ne voit qu'elle ; il n'est occupé que de l'engager à reprendre la route du beau château.

Comme ils tournaient dans une route, ils virent venir de loin un chevalier monté sur un superbe coursier. Ce chevalier ne les eut pas plus tôt aperçus, qu'il vole au grand galop vers eux. Elvire l'envisage, et jette un cri : c'était Rostubalde. Deux rivaux se reconnaissent sans s'être jamais vus. Le farouche Rostubalde lance un coup d'œil terrible à Elvire, et vient l'épée haute sur Sanche : il frappe, il est frappé. Le coup de Sanche fait chanceler Rostubalde, mais ses armes résistent; celles de Sanche, au contraire, ne tiennent à rien ; il en a ôté lui-même les vis : l'épée du barbare les ouvre sans résistance, et sa pointe cruelle fait une blessure épouvantable à la poitrine du téméraire amant. Il tombe baigné dans son sang ; ses yeux mourans se tournent vers Elvire, et ce n'est pas

pour demander vengeance. Le féroce vainqueur
l'insulte : Faible rival, lui dit-il, tu comptais sur
le courage de ta maîtresse ; tu t'es cru dispensé de
la savoir défendre : meurs ; mais, avant de mourir,
vois-la passer dans mes bras.

En disant ces mots, il descend de cheval et s'a-
vance vers Elvire. Le désespoir, l'amour, la rage,
étaient dans les yeux et dans le cœur de la guerrière. N'approche pas, lui cria-t-elle, et défends-
toi. Elle s'élance à terre ; elle fait tomber mille
coups d'épée sur le farouche Rostubalde. Celui-ci
les pare, et craint de les rendre à la belle Elvire ;
mais la belle Elvire n'était plus une femme, c'était
Mars en fureur qui brise tout ce qui s'oppose à sa
rage. Les armes de Rostubalde volent par éclats ;
son sang rougit sa cuirasse ; il ne sait encore s'il
doit fuir devant la guerrière, ou la traiter en ennemi. A la fin la douleur et la nécessité l'emportent : Rostubalde n'écoute plus rien ; il attaque à
son tour Elvire, il lui rend tous les coups qu'il reçoit, et les deux champions semblent acharnés à ne
cesser de combattre qu'en cessant de vivre.

La justice et l'amour l'emportèrent. Rostubalde,
déjà étourdi par le coup de Sanche et par ceux
d'Elvire, ne peut plus résister à la vaillante ama-
zone : il chancèle au moment où elle allait chanceler. Elvire s'en aperçoit, et ses forces redoublent :

elle le presse ; il tombe à genoux, il demande grâce.
Non, traitre, répond-elle en lui plongeant son épée
dans le sein. Elle court vers Sanche ; Sanche était
sans connaissance : elle se met à genoux près de
lui ; ses larmes tombent sur sa blessure, et ce
baume né la guérit pas. Le malheureux Sanche,
les yeux fermés, la bouche à demi ouverte, ne respire presque plus ; son sang s'écoule à gros bouil-
lons. Elvire l'arrête, l'étanche ; elle déchire les
voiles qui la couvraient sous ses armes, pour ban-
der la plaie de son amant ; elle soulève sa tête, elle
met sa main sur son cœur pour voir s'il palpitait
encore. Rien ne la rassure ; elle craint que Sanche
n'ait rendu le dernier soupir : elle approche sa
bouche de la sienne ; et, en voulant s'assurer s'il
ne respire plus, ses lèvres touchent celles du mo-
ribond. Ah ! Sanche, ce baiser vous sauva la vie ;
tout ce qui vous restait de sentiment se réveilla
par ce baiser. Sanche ouvre les yeux ; Elvire trans-
portée court chercher de l'eau dans son casque :
Mon ami, lui dit-elle, vivez pour moi, vivez pour
mon bonheur. Ces paroles le raniment ; il regarde
Elvire, il presse sa main, et ses yeux lui disent
tout ce que sa bouche ne peut prononcer.

Elvire alors veut aller appeler du secours pour
faire porter son amant au plus prochain village.
Non, non, lui dit Sanche d'une voix faible et ten-

dre; non, retournons plutôt au château de cet enfant. Elvire rougit, et avoue qu'elle n'est pas bien sûre du chemin. Je l'ai prévu, répond le blessé : mais les clous brillans de mes armes vous guideront jusqu'au château; je les ai semés sur la route pour pouvoir vous y reconduire. Je n'espérais pas que ce fût sitôt.

Elvire, qui comprit alors la cause de la prompte défaite de Sanche, versa des larmes d'attendrissement et d'amour. Sans lui répondre, elle coupe plusieurs branches dont elle fait un brancard, elle l'attache au cheval de Sanche et à celui de Rostubalde; et posant dessus le malheureux blessé, elle conduit ce convoi si cher à son cœur, en suivant la trace des clous d'argent.

A peine est-elle arrivée que l'enfant paraît sur la tour. Elvire ne lui donne pas le temps de parler : Ouvrez, dit-elle, nous nous aimons pour toujours. Au mot *toujours* les portes s'ouvrent. Le cœur du pauvre Sanche palpitait en passant sur le pont. Les soins que l'on prit de lui dans le château, et ceux que lui prodiguait Elvire, lui rendirent bientôt la santé. Après un mois de convalescence ils remercièrent le bel enfant, et coururent à la cour du père d'Elvire, qui les unit l'un à l'autre.

FIN DE SANCHE.

BATHMENDI.

BATHMENDI,

NOUVELLE PERSANE.

LES MILLE ET UNE NUITS m'ont toujours paru
des contes charmans ; mais je les aimerais encore
davantage s'ils avaient plus souvent un but moral.
Je sais bien que Schéhérazade est trop belle pour
se soucier d'être raisonnable ; je n'ignore pas qu'avec
un aussi joli visage on peut se passer du sens commun, et que le sultan n'en serait peut-être pas si
amoureux si elle était un peu moins folle : je crois
et respecte ces grandes vérités ; et je me borne à
répéter que, pour mon goût, qui est peut-être
fort mauvais, et à coup sûr très-peu important,
j'aimerais à lire des contes qui, en m'amusant,
me fissent un peu réfléchir. L'extravagance est
admirable, sans doute ; mais il faut des ombres
dans un tableau, et je voudrais que la raison se
montrât de temps en temps pour mieux faire res-
sortir la folie.

J'avais un oncle qui pensait ainsi. Mon oncle
avait beaucoup voyagé dans le Levant, et s'était
amusé, pendant ses voyages, à faire des contes

persans. Ces contes sont bien au-dessous des Mille
et une Nuits pour l'imagination ; mais ils l'emportent infiniment par le nombre ; car mon oncle a
fait dans sa vie quatre mille sept cent quatre-vingt-
dix-huit contes, parmi lesquels j'ai fait un choix :
et je n'ai gardé que celui-ci.

Sous le règne d'un roi de Perse dont mon oncle
ne dit pas le nom, un marchand de Bassora fut
ruiné par de mauvaises entreprises. Il recueillit les
débris de sa fortune, et se retira au fond de la
province de Kousistan. Là il acheta une petite
maison de campagne, et un champ qu'il laboura
fort mal, parce qu'il regrettait toujours le temps
où il ne labourait point. Le chagrin abrégea les
jours de ce marchand : il se sentit près de sa fin ;
et, appelant auprès de lui quatre fils qu'il avait,
il leur dit ces paroles : Mes enfans, je n'ai d'autre
bien à vous laisser que cette maison, et la connaissance d'un secret que je n'ai dû vous révéler qu'à
présent. Dans le temps de mon opulence j'avais
pour ami le génie Alzim : il me promit d'avoir soin
de vous après moi, et de vous partager un trésor.
Ce génie habite à quelques milles d'ici, dans la
grande forêt de Kom. Allez le trouver ; demandez-
lui ce trésor : mais gardez-vous bien de croire...
La mort ne lui permit pas d'achever.

Les quatre fils du marchand, après avoir pleuré
et enterré leur père, gagnèrent la forêt de Kom.
Ils s'informèrent de la demeure du génie Alzim; on
la leur indiqua facilement. Alzim était connu de
tout le pays ; il accueillait avec bonté tous ceux qui
venaient le voir ; il écoutait leurs plaintes, les consolait, leur prêtait de l'argent quand ils en avaient
besoin. Mais ces bienfaits étaient à une condition ;
il fallait suivre aveuglément le conseil qu'il donnait : c'était sa manie. L'on n'était reçu dans son
palais qu'après en avoir fait le serment.

Ce serment n'effraya point les trois fils aînés du
marchand ; le quatrième, qui se nommait Taï,
trouva cette cérémonie fort ridicule. Cependant il
fallait entrer et aller recevoir le trésor ; il jura
comme ses trois frères ; mais, réfléchissant aux
dangereuses conséquences de cet indiscret serment,
se souvenant que son père, qui visitait souvent ce
palais, avait passé sa vie à faire des sottises, il voulut, sans être parjure, se mettre à l'abri de tout
danger ; et, tandis qu'on les conduisait vers le génie, il boucha ses oreilles avec de la cire odorifé-
rante. Muni de cette précaution, il se prosterna
devant le trône d'Alzim.

Alzim fit relever les quatre fils de son ancien
ami, les embrassa, leur parla de leur père, donna
des larmes à sa mémoire, et fit apporter un grand

coffre rempli de dariques. Voici, dit-il, le trésor
que je vous ai destiné : je vais vous le partager, et
ensuite je dirai à chacun de vous la route qu'il doit
prendre pour être parfaitement heureux.

Taï n'entendait pas ce que disait le génie; mais
il l'observait avec attention, et voyait dans ses yeux
et sur son visage un air de finesse et de malignité
qui lui donnait beaucoup à penser. Cependant il
reçut avec reconnaissance la part du trésor qui lui
revenait. Alzim, après les avoir ainsi enrichis, prit
un ton affectueux, et leur dit : Mes chers enfans,
votre bonne ou mauvaise destinée tient à ce que
vous rencontriez plus tôt ou plus tard un certain
être, nommé Bathmendi, dont tout le monde parle,
et que bien peu de gens connaissent. Les malheureux humains le cherchent tous à tâtons; moi, qui
vous aime, je vais dire à l'oreille de chacun de
vous où il pourra le trouver. A ces mots, Alzim
prend en particulier Békir, l'aîné des quatre
frères : Mon fils, lui dit-il, tu es né avec du courage et de grands talens pour la guerre : le roi de
Perse vient d'envoyer une armée contre le Turc;
joins cette armée; c'est dans le camp des Perses
que tu pourras trouver Bathmendi. Békir remercie
le génie, et brûle déjà de partir.

Alzim fait signe au second fils d'approcher;
c'était Mesrou : Tu as de l'esprit, lui dit-il, de

l'adresse et de grandes dispositions pour mentir,
prends le chemin d'Ispahan : c'est à la cour que tu
dois chercher Bathmendi.

Il appelle le troisième frère, qui s'appelait Sadder : Toi, lui dit-il, tu fus doué d'une imagination
vive et féconde, tu vois les objets non comme ils
sont, mais comme tu veux qu'ils soient; tu as
souvent du génie, et pas toujours le sens commun : tu seras poëte. Prends le chemin d'Agra :
c'est parmi les beaux esprits et les belles dames
de cette ville que tu pourras trouver Bathmendi.

Taï s'avance à son tour; et, grâce aux boules
de cire, il n'entendit pas un mot de ce que lui disait Alzim. On a su depuis qu'il lui avait conseillé
de se faire derviche.

Les quatre frères, après avoir remercié le bien-
faisant génie, retournèrent dans leur demeure.
Les trois aînés ne rêvaient qu'à Bathmendi. Taï
déboucha ses oreilles, et les entendit arranger
leur départ, et proposer de vendre au premier of-
frant leur petite maison, pour s'en partager le
prix. Taï demanda d'être l'acquéreur; il fit esti-
mer la maison et le champ, paya de son or la portion qui en revenait à chacun de ses frères, leur
souhaita mille prospérités, les embrassa tendrement, et resta tout seul dans la maison paternelle.

Ce fut alors qu'il s'occupa d'exécuter un projet

auquel il pensait depuis long-temps. Il était amoureux de la jeune Amine, fille d'un laboureur son
voisin. Amine était belle et sage : elle avait soin du
ménage de son père, soulageait sa vieillesse, et ne
demandait à Dieu que deux choses : la première,
que son père vécût long-temps; la seconde, de devenir la femme de Taï. Ses souhaits furent exau-
cés : Taï la demanda, et l'obtint. Le père d'Amine
vint demeurer chez son gendre, et lui apprit l'art
de faire rendre à la terre tout ce qu'elle peut donner à ses cultivateurs. Taï avait encore un peu
d'or de sa portion; on l'employa à agrandir le
champ, à acheter un troupeau. Le champ doubla
de valeur; la toison des brebis se vendit; l'abondance régna dans la maison de Taï; et, comme il
était laborieux et sa femme économe, chaque année
augmenta leur revenu. Amine avait un enfant tous
les dix mois. Les enfans, qui ruinent les riches
oisifs des villes, enrichissent les laboureurs. Au
bout de six ans, Taï, père de sept enfans les plus
jolis du monde, époux d'une femme bonne et vertueuse, gendre d'un vieillard encore vert et aimable, maître de plusieurs esclaves, et possesseur de
deux troupeaux, était le plus heureux et le plus
aisé fermier du Kousistan.

Cependant ses trois frères couraient après Bathmendi. Békir était arrivé au camp des Perses : il

se présente au grand visir, et demande à servir
dans le corps que l'on expose le plus. Sa figure, sa
bonne volonté plaisent au visir, qui l'admet dans
une troupe de cavalerie. Peu de jours après la bataille se donna, elle fut sanglante : Békir y fit des
prodiges, sauva la vie à son général, et prit de sa
main celui des ennemis. Tout retentit des louanges
de Békir; tous les soldats l'appelèrent le héros de la
Perse; et le visir reconnaissant éleva son libérateur
au grade d'officier général. Alzim avait raison,
disait tout bas Békir; c'est ici que la fortune
m'attendait : tout m'annonce que je vais rencontrer
Bathmendi.

La gloire de Békir, et surtout son élévation,
excitèrent l'envie et les murmures de tous les satrapes. Les uns venaient lui demander des nouvelles de son père, en se plaignant d'avoir été
compris dans sa banqueroute; les autres prétendaient avoir eu pour esclave madame sa mère :
tous refusaient de servir sous lui, parce qu'ils
étaient ses anciens. Békir, malheureux par ses
succès mêmes, vivait seul, toujours sur ses gardes,
toujours au moment de recevoir un outrage qu'il
aurait bien ‘su venger, mais qu'il ne pouvait prévenir. Il regrettait le temps où il n'était que simple
soldat, et attendait avec impatience la fin de la
guerre, quand les Turcs, renforcés par de nou-

velles troupes et guidés par un nouveau général,
vinrent attaquer la division que commandait Békir.

C'était l'occasion qu'attendaient depuis long-
temps les satrapes de l'armée. Ils employèrent
cent fois plus d'habileté à faire battre leur chef,
qu'ils n'en avaient montré pendant tout le cours
de leur vie pour n'être pas battus eux-mêmes.
Békir se défendait comme un lion; mais il n'était
ni obéi, ni secondé. Les soldats persans voulaient
en vain résister; leurs officiers les retenaient, et
ne les guidaient que dans la fuite. Le brave Békir,
abandonné, couvert de blessures, accablé sous le
nombre, fut pris par les janissaires. Le général
turc eut l'indignité de le faire charger de fers aussitôt qu'il put les porter, et l'envoya à Constanti-
nople, où il fut jeté dans un affreux cachot. Hélas !
s'écriait-il dans sa prison, je commence à croire
qu'Alzim m'a trompé; car je ne puis espérer de
rencontrer ici Bathmendi.

La guerre dura quinze ans, et les satrapes empêchèrent toujours l'échange de Békir : sa prison
ne fut ouverte qu'à la paix. Il courut bien vite à
Ispahan chercher le visir son protecteur, à qui il
avait sauvé la vie. Il fut trois semaines sans pouvoir lui parler : au bout de ce temps, il obtient
une audience. Quinze ans de prison changent un
peu la figure d'un beau jeune homme. Békir n'é-

tait plus reconnaissable ; aussi le visir ne le reconnut pas. Cependant, à force de se rappeler les différentes époques de sa glorieuse vie, il se souvient que Békir lui avait autrefois rendu un petit service. Oui, oui, mon ami, lui dit-il, je vous remets ; vous êtes un brave homme : mais l'état est bien obéré ; une longue guerre et de grandes fêtes ont épuisé nos finances : cependant revenez me voir ; je tâcherai, je verrai... Eh ! Monseigneur, je n'ai pas de pain ; et depuis quinze jours que j'attends le moment de parler à Votre Grandeur, je serais mort de misère sans un soldat de la garde, mon vieux camarade, qui a partagé avec moi sa paie. C'est fort bien à ce soldat, répondit le visir : comment donc ! cela est touchant ; j'en rendrai compte au roi. Revenez me voir ; vous savez que je vous aime... En disant ces mots il lui tourna le dos. Békir revint le lendemain, et trouva la porte fermée. Au désespoir, il sortit du palais et de la ville, résolu de n'y rentrer jamais.

Il se laissa tomber au pied d'un arbre sur le bord du fleuve Zenderou : là il réfléchit à l'ingratitude des visirs, à tous les malheurs qu'il avait éprouvés, à ceux qui le menaçaient encore ; et ne pouvant plus soutenir ces tristes idées, il se lève pour se précipiter dans le fleuve... Mais il se sent embrasser par un mendiant qui baignait son visage

de ses pleurs, et s'écriait en sanglotant : C'est mon
frère, c'est mon frère Békir! Békir regarde; il reconnaît Mesrou.

Tout homme a du plaisir, sans douté, à retrouver un frère qu'il a perdu depuis long-temps;
mais un malheureux, sans ressource, sans ami,
qui va finir ses jours de désespoir, croit voir un
ange du ciel en retrouvant un frère qu'il aime.
C'est le sentiment qu'éprouvèrent à la fois Békir
et Mesrou : ils se pressent mutuellement contre
leur poitrine; ils confondent leurs larmes; et,
après les premiers momens donnés à la tendresse,
ils se regardent avec des yeux surpris et affligés.
Tu es donc aussi malheureux? s'écria Békir. Voici,
lui répondit Mesrou, le premier instant de bonheur
dont j'ai joui depuis que nous nous sommes quittés. A ces mots les deux infortunés s'embrassent
encore; ils s'appuient l'un contre l'autre, et Mesrou, assis près de Békir, commença ainsi son
histoire :

Tu te souviens de ce jour fatal où nous allâmes
chez Alzim. Ce perfide génie me dit que je pourrais trouver à la cour ce Bathmendi que nous
désirions tant de rencontrer. Je suivis son funeste
conseil, et j'arrivai bientôt à Ispahan. Je fis connaissance avec une jeune esclave qui appartenait à
la maîtresse du premier secrétaire du grand visir.

Cette esclave m'aima, et me fit connaître de sa maîtresse, qui, me trouvant plus jeune et mieux fait que son amant, me logea chez elle en me faisant passer pour son petit frère. Bientôt le petit frère fut présenté au visir : quelques jours après, il obtint un emploi dans le palais.

Je n'avais plus qu'à me laisser aller, et me souvenir surtout du chemin qui m'avait mené où j'étais. Je ne quittai point ce chemin ; et, comme la sultane-mère était vieille, laide et toute puissante, je ne manquai pas de lui faire assidûment ma cour. Elle me distingua, et me prit dans une amitié aussi intime que l'avait été celle de l'esclave et de sa maîtresse. Dès ce moment les honneurs, les richesses commencèrent à pleuvoir sur moi. La sultane me faisait donner par le sophi tout l'argent du trésor, toutes les dignités de l'état. Le monarque lui-même me témoigna de l'affection ; il aimait à causer avec moi, parce que je le flattais avec adresse, et que je lui conseillais toujours ce qu'il avait envie de faire. C'était le moyen de lui faire faire bientôt ce que je voudrais ; cela ne manqua point d'arriver. Au bout de trois ans, je me vis à la fois premier ministre, favori du roi, amant de sa mère, maître de nommer et de déplacer les visirs, décidant tout par mon crédit, et recevant tous les matins les grands de l'empire qui venaient

attendre mon réveil pour obtenir de moi un sourire
de protection.

Au milieu de ma gloire et de ma fortune, je
m'étonnais de ne pas rencontrer ce Bathmendi
que je cherchais. Rien ne me manque, me disais-
je, pourquoi Bathmendi me manque-t-il? Cette
idée et la gêne affreuse où je passais ma vie em-
poisonnaient tous mes plaisirs. Plus la sultane
vieillissait, plus elle devenait exigeante, et plus
ma reconnaissance devenait pénible; la tendresse
qu'elle avait pour moi faisait mon supplice. C'é-
taient des emportemens, des éclats, des reproches
d'ingratitude, et puis des larmes, et puis des caresses cent fois pires que les fureurs. D'un autre
côté, ma place me donnait mille courtisans en-
nuyeux, et cent mille ennemis puissans. A chaque
grâce que j'accordais, une seule bouche me remerciait à peine; et mille me maudissaient. Les
généraux que je plaçais étaient battus, et l'on s'en
prenait à moi. Le bien que faisait le roi n'appartenait qu'à lui; mais tout le mal était à moi seul.
Le peuple me détestait, toute la cour m'abhorrait,
cent libelles me déchiraient; mon maître me bou-
dait souvent, la sultane-mère m'excédait toujours,
et Bathmendi semblait s'être éloigné de moi pour
jamais.

La passion du roi pour une jeune Mingrelienne

est venue mettre le comble à mon infortune. Toute
la cour s'est tournée de ce côté, dans l'espérance
que la maîtresse chasserait le ministre. J'ai paré le
coup en me liant avec la Mingrelienne, et en flat-
tant l'amour du roi. Mais cet amour est devenu
si violent, que le monarque, décidé à épouser sa
maîtresse, m'a demandé mon avis. J'ai tergiversé
quelques jours. La sultane-mère, qui a craint de
perdre son crédit en voyant marier son fils, est
venue me déclarer que, si je ne rompais pas cet
hymen, elle me ferait assassiner le jour même de
la cérémonie. Une heure après la Mingrelienne est
venue me jurer que, si je ne la faisais pas épouser
par le roi dès le lendemain, je serais étranglé le
jour d'après. Ma position était embarrassante : il
fallait choisir du poignard, du cordon, ou de la
fuite, j'ai pris ce dernier parti. Je me suis déguisé
comme tu vois, et me suis échappé du palais avec
quelques diamans dans mes poches, qui me feront
vivre avec toi dans un coin de l'Indoustan, loin
des sultanes-mères, des Mingreliennes et de la
cour.

Après ce récit, Békir raconta ses aventures à
Mesrou. Ils convinrent tous deux qu'ils auraient
aussi bien fait de ne pas courir le monde, et que
le plus sage parti était de retourner dans le Kousistan, auprès de leur frère Taï, où les diamans

de Mesrou leur procureraient une vie douce et aisée. Après cette résolution, ils se mirent en route, et marchèrent pendant plusieurs jours sans aventure.

Comme ils traversaient la province du Farsistan, ils arrivèrent vers le soir à un petit village où ils comptaient passer la nuit. C'était un jour de fête. En entrant dans le village, ils virent plusieurs enfans de paysans qui revenaient de la promenade, conduits par une espèce de magister mal vêtu, marchant la tête basse, et ayant l'air de rêver tristement. Les deux frères s'approchent de ce magister, le regardent, le considèrent... Quelle est leur surprise ! c'est Sadder, c'est leur frère Sadder qu'ils embrassent.

Eh quoi ! mon ami, lui dit Békir, c'est ainsi qu'on récompense le génie ! Tu vois, lui répondit Sadder, qu'on le traite à peu près comme la valeur. Mais la philosophie y trouve un grand sujet de réflexions, et cela console beaucoup. En parlant ainsi, il fit rentrer tous ses enfans chez leurs pères, conduisit Békir et Mesrou dans sa petite cabane, leur apprêta lui-même un peu de riz pour leur soupé ; et, après s'être fait raconter leurs histoires, il leur dit la sienne en ces mots :

LE génie Alzim, que je soupçonne beaucoup d'aimer le mal d'autrui, me conseilla de chercher

cet introuvable Bathmendi dans la grande ville
d'Agra, parmi les beaux esprits et les belles dames. J'arrivai dans Agra ; et, avant de me répandre dans le monde, je voulus m'annoncer par un
ouvrage d'éclat. Au bout d'un mois, mon ouvrage
parut : c'était un cours complet de toutes les
sciences humaines, en un petit volume in-18 de
60 pages, divisé par chapitres : chaque chapitre
était un conte, et chaque conte apprenait parfaitement une science.

Mon livre eut un succès prodigieux. Quelques
journaux le critiquèrent et dirent qu'il y avait des
longueurs ; mais tout le beau monde l'acheta, et
je me consolai des critiques. Mon livre et moi nous
devînmes à la mode ; on me rechercha, on m'in-
vita dans toutes les sociétés qui se piquaient d'a-
voir un peu d'esprit : tout ce que je faisais était
charmant ; on ne parlait que de moi, on ne désirait que moi ; et la sultane favorite m'écrivit de sa
main un billet sans orthographe, pour me prier de
venir à la cour.

Courage ! me disais-je ; Alzim ne m'a pas trompé ; ma gloire est au comble ; je m'y soutiendrai
par des moyens plus sûrs que ceux de l'intrigue :
je plairai, je séduirai, je trouverai Bathmendi.

Je fus parfaitement accueilli dans le palais du
grand Mogol : la sultane favorite se déclara haute-

ment ma protectrice, me présenta à l'empereur, me commanda des vers, me donna des pensions, m'admit à ses petits soupés, et me jura cent fois le jour une amitié à toute épreuve. De mon côté, je me livrai à la reconnaissance avec toute la vivacité de mon cœur ; je me promis de consacrer mes jours à chanter, à célébrer ma bienfaitrice, et je fis un poëme en son honneur, où le soleil n'était qu'un faux brillant près de ses yeux ; où l'ivoire, le corail, les perles du golfe persique n'avaient plus d'éclat auprès de son visage, de sa bouche et de ses dents. Ces louanges fines et délicates achevèrent de m'assurer pour jamais son appui.

Je croyais toucher au moment de rencontrer Bathmendi, quand ma protectrice se brouilla avec le visir, pour un gouvernement de province que celui-ci refusa au fils du confiseur de la favorite. La sultane, outrée de l'audace, demanda à l'empereur l'exil de l'insolent ministre ; mais l'empereur aimait son visir, et refusa la favorite. Alors il fallut établir une intrigue en règle pour perdre le visir soutenu. Je fus du complot, et je reçus l'ordre de composer, contre le ministre, une satire sanglante, et de la répandre dans le public. La satire fut bientôt faite ; cela n'est pas difficile : elle était même bonne, ce qui est encore aisé : elle fut lue avec avidité ; ce qui est immanquable.

Le visir sut bientôt que j'en étais l'auteur : il va trouver la favorite, lui porte le brevet qu'il avait d'abord refusé, une ordonnance de cent mille dariques sur le trésor royal, et ne lui demande pour récompense que la permission de me faire mourir dans un cul de basse fosse. C'est une misère, lui répondit la favorite, et je suis trop heureuse de pouvoir faire quelque chose qui vous soit agréable. Je vais, si vous voulez, envoyer chercher tout à l'heure cet insolent qui a osé vous insulter malgré mes défenses expresses, et je le remettrai entre vos mains. Heureusement un esclave de la favorite, qui était présent, vint me raconter cette conversation : je n'eus que le temps de me sauver.

Depuis cette époque j'ai parcouru tout l'Indoustan, gagnant à peine ma vie à écrire des romans, à faire des vers, à travailler pour des libraires qui me friponnaient, et qui, plus difficiles pour mon talent que pour leur conscience, me disaient encore que mon style n'était pas assez pur. Tant que j'avais eu de l'argent, mes ouvrages avaient été des chefs-d'œuvre ; sitôt que je fus dans la misère, je ne fis plus que des sottises. Enfin, dégoûté d'instruire l'univers, j'ai mieux aimé apprendre à lire à des paysans, et je me suis fait magister dans ce petit village, où je mange du pain noir, et où je n'espère pas voir arriver Bathmendi.

Il ne tient qu'à toi de le quitter, lui dit Mesrou, et de retourner avec nous dans le Kousistan, où quelques diamans que j'emporte nous assurent une existence douce et tranquille. Il n'eut pas de peine à déterminer Sadder. Dès le lendemain les trois frères sortirent avant le jour du village, et prirent la route du Kousistan.

Ils étaient à leur dernière journée, et près d'arriver à la petite maison de Taï : cette idée les consolait; mais leur espoir était mêlé de crainte. Trouverons-nous notre frère? nous l'avons laissé bien pauvre; il n'aura pas rencontré Bathmendi, puisqu'il n'a pu le chercher. Mes chers amis, leur dit Sadder, j'ai beaucoup réfléchi à ce Bathmendi dont Alzim nous a parlé : franchement, je crois que le génie s'est moqué de nous. Bathmendi n'existe point et n'a jamais existé : car, puisque mon frère Békir ne l'a pas rencontré dans le temps qu'il commandait la moitié de l'armée persane; puisque Mesrou n'en a pas entendu parler lorsqu'il était le favori du grand roi; puisque moi-même je n'ai pu deviner seulement ce que c'était, dans le moment où j'étais comblé des faveurs de la gloire et de la fortune; il est clair que Bathmendi est un être imaginaire, une illusion, une chimère après laquelle tous les hommes courent, parce qu'ils aiment les chimères et à courir.

Il en était là, et allait prouver que Bathmendi n'habitait point dans le monde, lorsqu'une troupe de voleurs sort des rochers qui bordaient le chemin, environne les trois voyageurs et leur commande de se dépouiller. Békir voulut résister, mais il fut désarmé ; et quatre de ces messieurs, lui tenant le poignard sur le cœur, le déshabillèrent, tandis que leurs camarades en faisaient autant à Mesrou et à Sadder. Après cette cérémonie, qui fut l'affaire d'un instant, le chef des brigands leur souhaita bon voyage, et les laissa tous trois, nus comme des vers, au milieu du grand chemin.

Ceci vient à l'appui de ma proposition, dit Sadder en regardant ses frères. Ah ! les lâches ! s'écriait Békir, ils m'ont arraché mon épée. Eh ! mes pauvres diamans ! répondit Mesrou en pleurant.

Il faisait nuit ; les trois infortunés se pressèrent de gagner la maison de leur frère. Ils arrivèrent ; et la vue de cette maison fit couler leurs larmes. Ils s'arrêtèrent à la porte ; ils n'osaient frapper : toutes leurs frayeurs, toutes leurs incertitudes recommencèrent. Tandis qu'ils balançaient, Békir roula une grosse pierre, monta dessus ; et, trouvant une fente dans le contrevent de la fenêtre, il regarde : il aperçoit, dans une chambre propre et simplement meublée, son frère Taï à table, au milieu de

dix-sept enfans qui mangeaient, riaient et babil-
laient à la fois. Taï avait à sa droite sa femme
Amine, qui coupait les morceaux de son dernier
fils; et à sa gauche était un petit vieillard d'une
physionomie douce et gaie, qui versait à boire à
Taï. Békir, à ce spectacle, se précipite dans les
bras de ses frères, et frappe à la porte de toutes
ses forces. Un valet vient ouvrir; il jette des cris
de frayeur en voyant trois hommes tout nus. Taï
accourt, on lui saute au cou, on l'appelle mon
frère, on le baigne de pleurs. Il est troublé
d'abord; mais bientôt il reconnaît Békir, Mesrou,
Sadder; il les serre dans ses bras, il ne peut suffire
à leurs embrassemens. Tous les enfans accourent
à ce spectacle : Amine vient, mais elle se retire avec
ses filles à l'aspect des trois frères nus. Il n'y eut
que le petit vieillard qui ne quitta point la table.

Taï donne des habits à ses frères, les présente
à sa femme, et leur fait baiser ses enfans. Hélas!
lui dit Békir attendri, ton heureux sort nous console de tout ce que nous avons souffert. Depuis
l'instant de notre séparation, notre vie n'a été
qu'un enchaînement d'infortunes, et nous n'avons
seulement pas entrevu ce Bathmendi après lequel
nous avons tous couru. Je le crois bien, dit alors
le petit vieillard qui demeurait toujours à table,
je n'ai pas bougé d'ici. Comment! s'écria Mesrou;

vous êtes... Je suis Bathmendi, reprit le vieillard :
il est tout simple que vous ne me reconnaissiez
pas, puisque vous ne m'avez jamais vu ; mais demandez à Taï, demandez à la bonne Amine, et à
tous ces petits enfans; il n'en est pas un qui ne
sache mon nom. Il y a quinze ans que je demeure
avec eux ; je suis ici comme chez moi : je n'en ai
sorti qu'un seul jour; ce fut celui où Amine perdit
son père; mais je revins, et je me suis bien promis
de ne plus m'éloigner d'un seul pas. Il ne tiendra
qu'à vous, messieurs les aventuriers, de faire connaissance avec moi : si cela vous fait plaisir, j'en
serai fort aise ; si vous ne vous en souciez pas, je
m'en passerai. Je ne suis pas gênant ; je me tiens
dans mon coin, ne dispute jamais, et déteste le
bruit. Les trois frères, qui ne se lassaient point de
considérer le petit vieillard, voulurent l'embrasser.
Oh ! doucement, leur dit-il, je n'aime point tous
ces grands mouvemens ; je suis délicat, et dès
qu'on me serre, j'étouffe. D'ailleurs il faut être
amis avant de se caresser. Si vous voulez que nous
le devenions, ne vous occupez pas trop de moi.
Je fais plus de cas de la liberté que de la politesse,
et tout ce qui n'est pas modéré m'est antipathique.
En disant ces mots, il se leva, baisa chaque enfant
sur le front, fit un petit salut aux trois frères, un

sourire à Amine et à Taï, et il alla les attendre
dans leur chambre à coucher.

Taï se remit à table avec ses frères, et leur fit
préparer des lits. Le lendemain il leur montra ses
champs, ses troupeaux, ses attelages, et leur dé-
tailla tous les plaisirs dont il jouissait. Békir voulut labourer le jour même; aussi fut-il le premier
qui devint l'ami de Bathmendi. Mesrou, qui avait
été premier ministre, fut premier berger de la
ferme; et le poëte se chargea d'aller vendre à la
ville le blé, la laine, le lait que l'on envoyait au
marché : son éloquence attirait les chalands, et il
était aussi utile que les autres. Au bout de six
mois Bathmendi se plut avec eux, et leurs jours
nombreux et tranquilles coulèrent doucement au
sein du bonheur.

Il est inutile de dire ici que BATHMENDI en persan signifie
BONHEUR.

FIN DE BATHMENDI.

ROSALBA.

ROSALBA,

NOUVELLE SICILIENNE.

———

Depuis que, dans notre France, on s'est mis à philosopher, à mêler partout du raisonnement, à ne vouloir croire que le vrai, la magie et bien d'autres choses ont infiniment perdu de leur prix. Les sortiléges, les philtres, les enchantemens, si célèbres autrefois, si redoutés de nos aïeux, n'ont presque plus aucun crédit. On se moque des Bohémiens qui disent la bonne aventure, des bergers qui donnent des sorts; on ne va guère plus chez les tireuses de cartes; on rit même de celles qui, plus habiles, lisent l'avenir dans un blanc d'œuf, ou dans du marc de café; on en rit; moi, je n'en ris pas. Sans vouloir rapporter ici une foule d'histoires attestées par mille témoins, je vois arriver tous les jours des événemens qui me démontrent la vérité de la magie. Par exemple, lorsque deux amans que l'absence, les persécutions, les obstacles de toute espèce n'avaient rendus que plus passionnés, sont enfin parvenus, par leur

longue constance, à serrer les nœuds de l'hymen,
et que tout à coup, dégoûtés l'un de l'autre, ils
deviennent infidèles aussitôt que la fidélité leur est
ordonnée, dira-t-on qu'il n'y a point là de magie? Lorsqu'une veuve désolée, prête à mourir de
sa douleur sur la tombe de son époux, et qui fait
craindre à tous ses amis que son désespoir ne fi-
nisse par aliéner sa raison, retrouve en un moment
cette raison perdue, à l'aspect d'un beau jeune
homme ; et qu'essuyant les pleurs dont elle est
noyée, elle remet dans les mains du consolateur
sa cassette dont il a grand soin, son bonheur dont
il ne se soucie guère, n'est-il pas évident que c'est
l'effet de quelque philtre ? Oui, sans doute ; et cent
traits pareils viendraient à l'appui de mon asser-
tion. Aussi l'Espagne, l'Italie, la Sicile, conservent-
elles un tribunal chargé de sévir contre les sorcières et les magiciens ; preuve nouvelle que leur
art n'est pas aussi chimérique qu'on le dit. On en
pourra juger encore par cette anecdote très-véri-
table, que je tiens de témoins oculaires.

Rosalba naquit à Palerme d'une famille illustre
et puissante. La fortune fit beaucoup pour elle, la
nature fit encore plus. Dès son enfance, sa beauté
naissante, sa grâce, sa douceur, son esprit, la
rendaient l'idole d'un père dont elle était l'unique
enfant. L'éducation la plus soignée, les maîtres

les plus habiles, développèrent les heureux talens
que Rosalba reçut du ciel. A quatorze ans elle
effaçait déjà toutes les beautés siciliennes ; elle
entendait et parlait la langue de Racine, celle de
Pope, celle de Cervantes, et même un peu celle de
Gessner ; elle faisait des vers qu'elle ne montrait
qu'à son père ; et d'autres que son père en eussent
été contens ; elle chantait les airs de Léo, avec une
voix plus touchante que celle de la fameuse Faus-
tine ; et lorsqu'elle s'accompagnait de la harpe, les
cardinaux, les prélats qui se connaissaient le mieux
en musique, convenaient que les anges du ciel ne
pouvaient surpasser Rosalba.

A tant d'attraits, à tant de talens, la jeune Rosalba joignait cent mille ducats de rente. On juge
qu'elle fut recherchée par les premiers seigneurs
de Sicile. Le vieux comte de Scanzano, son père,
assez sage pour imaginer qu'un mariage brillant
n'est pas toujours un mariage heureux, se garda
bien de calculer les titres ou les richesses de ceux
qui lui demandaient sa fille. Il ne voulut en protéger aucun ; et, se contentant de les admettre chez
lui, dans les concerts, dans les bals qu'il donnait
souvent, ce bon père laissa Rosalba maîtresse ab-
solue de son choix.

Rosalba fut long-temps incertaine. Elle était née
tendre, vive, passionnée comme une Sicilienne ;

mais elle avait à peine seize ans, et son cœur, qui
lui parlait déjà, ne s'expliquait encore pour personne. Cependant ses yeux avaient distingué le
jeune duc de Castellamare. Une taille haute, svelte,
une belle figure, de l'esprit, de la valeur, un grand
nom et dix-neuf ans, donnaient au duc de l'avantage sur des rivaux plus sages que lui. Privé de ses
parens au berceau, la liberté dont il avait joui de
trop bonne heure pouvait excuser les écarts d'une
jeunesse impétueuse. D'ailleurs ses écarts étaient
ignorés, et le comte de Scanzano, qui l'avait vu,
d'abord avec répugnance, briguer la main de
Rosalba, s'aperçut à peine qu'il était préféré,
qu'il le préféra lui-même. Il parla le premier du
duc, il en fit un pompeux éloge, et suivit, dans
cette occasion, l'usage où il était dès long-temps
de conseiller toujours à sa fille ce qu'il avait deviné
qui lui plaisait davantage.

Le mariage fut bientôt conclu. Le comte de
Scanzano le célébra par des fêtes magnifiques. La
jeune duchesse parut à la cour du vice-roi, dont
elle devint le plus bel ornement. On ne parlait que
de ses charmes; on enviait le destin du duc.
L'heureuse Rosalba se livrait aux plaisirs de toute
espèce qui remplissaient et variaient ses instans.
Jeune, belle, riche, adorée, elle voyait devant
elle une longue carrière de félicité. Son époux

n'était occupé que de l'aimer; tout ce qui l'entou-
rait ne songeait qu'à lui plaire; et son vieux père,
transporté de joie, remerciait tout haut le ciel,
embrassait son gendre, contemplait sa fille, et
s'applaudissait d'être sûr de mourir avant qu'aucun événement pût venir troubler son bonheur.

Six mois après cet hyménée, ce bonheur n'était
déjà plus. Le duc, entraîné par les dangereux
amis, corrupteurs de sa jeunesse, reprit le goût
des tristes plaisirs qu'il avait quittés sans y renoncer. Il abandonna son épouse pour lui donner d'indignes rivales. D'abord il prit soin de cacher les
outrages faits à l'amour; mais bientôt, perdant
toute retenue, il prodigua ses trésors aux vils objets de ses feux passagers; il publia lui-même ses
désordres, et sembla tirer vanité du prix qu'il
mettait à son abjection.

La malheureuse Rosalba n'eut pas besoin d'être
instruite par ces personnes officieuses qui se plaisent à déchirer le cœur des épouses délaissées. Elle
aimait le duc; elle s'aperçut aussitôt que lui de
son changement. Dévorant en secret ses larmes,
cachant sa douleur à tous les regards, elle s'occupa
surtout de tromper les yeux de son père, d'épargner au tendre vieillard un chagrin qui l'eût mis
au tombeau. Feignant devant lui d'être heureuse,
souriant quand les pleurs l'étouffaient, elle excu-

sait les fréquentes absences du duc lorsque le vieux
comte s'en plaignait; elle leur trouvait des motifs;
elle inventait des prétextes à sa solitude profonde,
à sa santé qui dépérissait. Ce bon père ne la
croyait point; mais il faisait semblant de la croire;
il lui dérobait à son tour ses alarmes, ses inquiétudes; et tous deux, craignant de se dire ce qui
se passait dans leurs âmes, se trompaient par délicatesse.

Rosalba n'avait qu'une amie, confidente de tous
ses secrets. Cette amie, qui s'appelait Laure, était
sa plus fidèle domestique. Mieux instruite que sa
maîtresse des désordres du jeune duc, désespérant
de le voir jamais revenir à son épouse, Laure avait
tenté plusieurs fois d'éteindre, ou du moins d'affaiblir la passion de la duchesse. Elle l'avait exhor-
tée à vivre enfin pour elle-même, pour son père,
pour l'amitié. Rosalba ne pouvait suivre ce conseil:
le besoin d'aimer, le plaisir si doux d'accorder son
devoir et son penchant, cette reconnaissance involontaire qu'une jeune fille innocente éprouve
pour le premier homme qui lui fit connaître l'a-
mour, tout venait enflammer le cœur de Rosalba,
tout lui rendait cher un époux coupable. Elle
s'attribua la cause de son malheur; elle se reprocha d'avoir cru qu'il suffisait de toujours aimer
pour être toujours aimable, d'avoir négligé, de-

puis son hymen, ces talens qu'elle estimait peu,
mais qui séduisent, qui flattent, et retiennent
souvent, plus que la constance, l'amant qu'ils rendent orgueilleux. Rosalba se para davantage, elle
trouva le secret de s'embellir ; elle reprit sa harpe,
ses chants, et fit verser des pleurs à son père, en
chantant les beaux vers du Tasse où Armide rappelle Renaud. Ses efforts furent inutiles : sa douceur, sa patience, ses tendres soins ne touchèrent
point son époux. Livré à ses honteux égaremens,
passant les jours et les nuits loin de sa maison, loin
de la duchesse, à peine il la voyait quelques instans ; à peine apprenait-il par les autres jusqu'à
quel point de perfection elle portait ces talens
enchanteurs qu'elle ne cultivait que pour lui.

Enfin, réduite au désespoir, Rosalba désirait la
mort, et Laure commençait à craindre que la douleur ne terminât sa vie. Ma chère maîtresse, lui
dit-elle un jour, puisqu'il n'est pas en votre pouvoir de vous guérir d'une passion funeste qui vous
conduit au cercueil, puisque vous avez épuisé,
pour ramener un ingrat, tout ce que l'amour et
la vertu ont de plus fort, de plus touchant, il faut,
plutôt que de mourir, avoir recours à d'autres
moyens. Je connais une vieille juive, établie à Palerme depuis deux ans, et célèbre par ses sortiléges, surtout par les philtres qu'elle compose ;

nos prétendus esprits forts se moquent des prodiges qu'elle opère, et ne veulent pas y croire;
mais moi, grâce au ciel, je crois tout, et je ne puis
douter de ce que j'ai vu. Vous vous rappelez cette
jeune Lisbette qui venait vous vendre des gazes,
l'hiver dernier, et qui semblait vous intéresser.
Elle était sage autant que belle; elle demeurait
chez ma sœur, qui m'a répété mille fois qu'elle
était l'exemple de tout le quartier. Un jeune seigneur la vit à l'église, il osa lui parler d'amour.
Lisbette ne l'écouta point, lui renvoya ses lettres
cachetées, évita partout sa rencontre. L'amant
rebuté courut implorer le secours de la vieille
juive, lui raconta ses chagrins, lui fit un fort beau
présent. La sorcière remit dans ses mains une petite bougie verte, qu'elle lui dit d'allumer toutes
les fois qu'il désirerait de voir l'objet de son amour.
J'ignore si cette nuit même il alluma la bougie
verte; mais je sais que, depuis ce temps, Lisbette, toutes les nuits, s'en va seule chez son
amant, d'où elle ne revient qu'à l'aube du jour.
Ma sœur, après s'en être assurée, a voulu lui faire
quelques reproches; mais la pauvre Lisbette l'a
désarmée, en lui contant ingénuement qu'aussitôt
qu'elle est endormie, elle se relève, s'habille par
une force surnaturelle, sort de la maison sans le
vouloir, et s'en va trouver, malgré elle, le jeune

seigneur qu'elle n'aime point du tout. Là, dit-
elle, est une bougie verte qui brûle sans se consû-
mer, et qui s'éteint avec bruit aussitôt que le jour
paraît. Alors je reprends ma raison, je crois sortir
d'un rêve terrible, et je reviens chez moi, baignée
de larmes.

Vous devez juger, ma chère maîtresse, par ce
récit qui n'est que trop vrai, de la force des enchantemens de cette juive. Pourquoi ne pas la consulter? Si vous désirez n'être point connue, prenez mes habits; si vous craignez d'aller chez elle,
je me charge de vous l'amener.

La duchesse écouta Laure avec un triste souris:
elle rejeta son offre, et ne voulut point d'un remède que son esprit et sa raison lui présentaient
comme insensé. Mais, quand on aime, l'esprit,
la raison, ne servent pas à grand'chose, et rien
ne paraît insensé lorsqu'il s'agit de parvenir à
plaire. Rosalba rêvait à la juive. Son imagination, naturellement ardente, s'enflammait encore
par l'amour. Crédule, puisqu'elle était tendre,
elle payait aux mœurs de son pays le tribut de su-
perstition que toute Sicilienne leur doit: elle n'a-
vait plus d'espoir; Laure lui contait chaque jour
un nouveau miracle de la sorcière. Rosalba, décidée enfin, dit à Laure de l'aller chercher.

La vieille ne vint qu'à la nuit. Elle fut intro-

duite avec mystère dans un appartement secret,
éclairé de peu de bougies. La duchesse s'y rend
aussitôt, accompagnée de la seule Laure : elle pensa
reculer d'effroi à l'aspect d'une petite figure cour-
bée sur un bâton d'épine noire, et vêtue d'une robe
garance que nouait une ceinture jaune. Sur sa tête,
qui tremblait toujours, une vieille cape avancée
cachait à peine quelques cheveux gris. Un os
pointu, couvert de peau sèche, qui jadis avait été
son nez, venait joindre un autre os semblable qui
servait encore de menton. Ses yeux ardens, quoiqu'éraillés, étaient surmontés de quelques sourcils
blancs, et deux cavités ridées marquaient la place
où avaient été ses joues.

La duchesse, après s'être remise de sa frayeur,
fit asseoir la pythonisse ; et, sans chercher à lui
rien déguiser : J'adore mon époux, dit-elle en répandant quelques larmes ; il m'a aimée ; oui, je
suis sûre qu'il m'a aimée. Il m'abandonne à présent pour de vils objets indignes de lui ; si vous
pouvez le ramener à moi, si vous pouvez me le
rendre comme il était aux jours de mon bonheur,
mon or, mes diamans, tout ce que je possède vous
appartient.

La sorcière baissa la tête, fronça ses sourcils
blancs, et se frotta le front avec une main dessé-
chée. Après un moment de silence : Madame, dit-

elle d'une voix enrouée, j'ai des philtres dont l'effet est sûr pour ramener les amans ; mais je n'en connais guère d'assez forts pour les maris. Cependant l'hiver dernier je fus appelée par une jeune princesse qui se trouvait dans votre position. Son époux était amoureux d'une cantatrice romaine assez laide et sur le retour. J'essayai deux philtres en vain. Surprise de les voir sans succès, je me doutai que la cantatrice se mêlait aussi de magie, et qu'elle employait de son côté des sortiléges qui détruisaient l'effet des miens. Piquée alors de cet amour-propre qui seul anime les talens, je m'introduisis chez la cantatrice. Je montai jusqu'à son grenier ; il était fermé par trois portes ; vous jugez que je n'avais pas besoin des clefs pour les ouvrir. Parvenue dans ce grenier, j'aperçus bientôt ce qui s'opposait à mes philtres. Je vis un beau coq enchaîné par le cou, par les ailes et par les pates. Ce coq avait sur les deux yeux deux lunettes de cuir bouilli, qui le privaient entièrement de la vue. Je ris de pitié. Je saisis le coq, et me contentai seulement de lui ôter ses lunettes. Je revins chez moi, bien certaine que tous mes désirs allaient être remplis. En effet, dans le même instant où le coq cessa d'être aveugle, l'époux de la jeune princesse ne le fut plus pour sa cantatrice. Il la vit tel qu'elle était, laide, vieille, méchante, perfide ; et, revoyant aussi son épouse belle, jeune, fidèle, charmante, il en devint plus épris que jamais.

Aujourd'hui nous avons à faire une cure plus difficile. Vous ne pouvez me désigner aucune femme en particulier qui soit aimée de votre époux. Plusieurs le sont à la fois, et mes enchantemens ainsi divisés perdraient sûrement de leur force. Ne désespérons pourtant point. Je suis maîtresse d'un secret terrible ; et si je pouvais posséder des cheveux coupés par vous-même sur la tête d'un criminel mort au gibet, je serais sûre de vous faire aimer, pour la vie, de celui que vous adorez.

La duchesse frémit à ces paroles, et congédia la sorcière ; mais elle n'était pas sortie, que Laure courut la rappeler. Rosalba désespérée, après avoir épuisé toutes les offres, toutes les instances, pour qu'elle trouvât d'autres moyens, vaincue enfin par l'opiniâtreté de la juive, qui s'obstinait à répéter que celui-là seul était infaillible, Rosalba finit par lui demander comment elle pourrait parvenir à se procurer ces horribles cheveux. Ecoutez, lui dit la sorcière :

A une demi-lieue de Palerme, sur le chemin de Corlione, est une petite chapelle environnée d'un fossé profond : un pont de bois conduit à la chapelle, autour de laquelle règne en dehors un cordon de pierre, de la largeur d'un demi-pied.

Au-dessus de ce cordon sont suspendus aux murailles les corps des criminels exécutés à Palerme. Ils demeurent là, pour l'exemple, jusqu'à ce qu'ils tombent dans le fossé qui sert de sépulture à leurs débris. Si vous avez assez de courage, ou plutôt assez d'amour pour aller à cette chapelle, seule, au milieu de la nuit ; pour vous avancer sur le cordon de pierre, et couper de votre main gauche les cheveux du premier cadavre qui s'offrira devant vous, je réponds ensuite du reste ; mais personne ne doit vous accompagner : il est nécessaire que vous y alliez seule, et que ce soit à l'heure de minuit.

Rosalba réfléchit quelques instants ; puis, saisissant avec force la main de la vieille juive, elle lui répondit : J'irai.

Onze heures sonnaient : Rosalba veut sur-le-champ tenter l'entreprise ; elle demande sa mante : Laure tremble en la lui donnant. Elle prend une lanterne sourde, s'arme de ciseaux, d'un poignard, ordonne à la sorcière de l'attendre, défend à Laure de la suivre, et, s'échappant par une porte du jardin, elle sort aussitôt de la ville, prend le chemin de Corlione, et la voilà dans la campagne, seule, au milieu des ténèbres, marchant d'un pas rapide et ferme, en éloignant toute autre idée que celle de son époux.

Elle arrive, voit la chapelle ;... un tremblement la saisit : sans s'arrêter cependant, elle cherche avec sa lanterne l'entrée du pont de bois. Elle le traverse, s'avance ; et, parvenue au cordon de pierre, elle s'arrête pour le regarder à la lueur de son faible flambleau. Ce cordon avait à peine un demi-pied de largeur ; il était fait en talus, incliné vers le fossé. La duchesse dirige sa lumière, et jette les yeux sur ce précipice : des ossemens blanchis se distinguent à vingt toises au-dessous d'elle.

Rosalba, prête à défaillir, se ranime, fait un effort, pose un pied sur l'étroit cordon ; au second pas, elle chancelle : son premier mouvement est de porter la main pour s'attacher à la muraille... Sa main rencontre la jambe d'un des cadavres suspendus ; elle la saisit, s'y soutient, passe sa lanterne de sa main gauche dans celle qui serrait cette jambe, prend ses ciseaux, et, s'élevant sur la pointe de ses pieds mal assurés, elle s'efforce d'arriver à la tête du cadavre pour couper les cheveux dont elle a besoin.

Au milieu de cette horrible occupation, une calèche à six chevaux passe sur la grande route. Dans cette calèche était un jeune homme qui conduisait deux cantatrices à sa maison de campagne : il aperçoit, du chemin, l'éclat de la pâle lumière, et distingue bientôt une femme qui semblait vou-

loir détacher le corps d'un de ces malheureux.
Saisi d'horreur et d'effroi, le jeune homme prend
cette femme pour une sorcière qui médite quelque
maléfice; il fait arrêter ses chevaux, sort de la
voiture, s'avance; et superstitieux, même dans la
débauche, il crie, d'une voix de tonnerre : Infâme
pythonisse, laisse en paix les morts, ou redoute
les vivans; tremble que je n'aille sur l'heure t'arracher ton affreuse proie, et te livrer ensuite au
Saint-Office.

Que devint la duchesse à ces paroles! c'était la
voix de son époux. Dans sa surprise, dans sa terreur, elle laisse échapper sa lanterne qui tombe,
roule, s'éteint, et l'infortunée, dans l'obscurité,
reste suspendue au cadavre, tremblante, respirant
à peine, sentant que ses forces vont l'abandonner.

Le duc redouble ses menaces; il traverse déjà le
pont. Obligée enfin de parler, Rosalba, presque
mourante, lui dit : Arrêtez, arrêtez : je ne médite
point de crime, Dieu et mon cœur m'en sont témoins. N'outragez pas une infortunée qui ne mérite que la pitié. Surtout n'avancez pas vers moi,
si vous ne voulez qu'à l'instant je me jette dans ce
précipice.

A ces mots, à cette voix, le duc reconnaît son
épouse; il jette un cri, s'élance vers elle en la
nommant, en la suppliant de l'attendre, de se ras-

surer; il employa même des expressions d'amour
que le danger de Rosalba lui arrachait. Il parvient
enfin jusqu'à elle, la saisit, la prend dans ses bras,
l'emporte évanouie à sa voiture, dont il fait sortir
celles qui l'occupaient; et, revolant vers la ville,
glacé de surprise et d'horreur, il arrive à son palais
avant que la duchesse ait repris ses sens.

Laure, en revoyant sa maîtresse privée de sentiment, entre les bras de son époux, remplit l'air
de cris douloureux. Elle la secourt, la rend à la
vie, tandis que le duc, hors de lui, ne peut croire
à ce qu'il a vu, cherche en vain à le comprendre,
et demande qu'on le lui explique. La vieille alors
lui dit ces paroles avec une imposante gravité :

Homme insensible et cruel ! tombez à genoux
devant votre épouse, adorez le divin modèle des
cœurs passionnés et constans. Jamais amant, jamais époux ne reçut de marque d'amour plus vive,
plus grande, plus forte que celle qu'on vous donne
aujourd'hui. Apprenez, ingrat, apprenez ce qu'a
fait pour vous Rosalba; rougissez de l'y avoir réduite, et employez votre vie entière à lui payer ce
qu'un seul moment vous impose d'obligations.

La juive alors raconte en détail sa conversation
avec la duchesse, et la terrible épreuve qu'elle
exigea d'elle. Le duc ne laisse pas finir la vieille;
il s'élance aux pieds de sa femme, il verse des

pleurs d'admiration, de tendresse, de repentir ; il jure de réparer, par une constance éternelle, des égaremens qu'il abhorre ; il en demande le pardon, et s'en reconnaît indigne. La tendre Rosalba le relève avec un douloureux sourire ; elle le presse contre son sein, baigne son visage de larmes de joie ; et tous deux, parlant à la fois de reconnaissance, se rendent grâce mutuellement du bonheur qu'ils vont se devoir.

Depuis ce moment, le jeune Castellamare, abandonnant les faux amis qui n'avaient pu tout-à-fait le corrompre, heureux d'une félicité qu'il n'avait pas encore connue, de celle que donnent la vertu, l'amour épuré, la paix avec son cœur ; Castellamare, toujours plus épris, toujours plus aimé de Rosalba, coula des jours sans nuage entre sa fidèle épouse, les enfans qu'elle lui donna, et le bon vieillard Scanzano. La juive, riche des dons que lui prodigua la duchesse, renonça, par ses conseils, à son dangereux métier. Elle avoua même depuis, qu'en proposant à Rosalba d'aller à cette chapelle, elle savait que tous les soirs le duc y passait vers minuit. Elle avait peut-être compté sur l'effet de cette rencontre, ce qui ne diminue point la gloire de son succès, et ne peut altérer la foi que nous devons tous aux sorcières.

FIN DE ROSALBA.

SELMOURS,

NOUVELLE ANGLAISE.

C'est une belle et respectable nation que la nation anglaise. Le poids immense dont elle fut toujours dans la balance de l'Europe, ce qu'elle a fait d'éclatant dans la politique, dans la guerre, ses sublimes découvertes dans les sciences, assureraient assez sa gloire, quand même elle n'y joindrait pas l'avantage plus précieux encore d'avoir été le premier peuple moderne qui ait possédé les deux biens les plus nécessaires au bonheur des hommes, des philosophes et des lois. Les Anglais n'en ont point abusé, ce qui était si facile ; ils ont eu l'extrême sagesse de ne pas vouloir tout d'un coup atteindre à la perfection, qui ne peut être jamais que le fruit de l'expérience. Ils ont pensé que la raison, peut-être même la vertu, et sans nul doute le bonheur, n'étaient autre chose que la mesure ; et, pour conserver le plus beau bienfait dont l'homme puisse jouir, la liberté, ils ont confondu ce grand nom, ils en ont mêlé la

sublime idée avec celle d'obéissance à la loi, avec
le respect des autorités établies par la loi, avec la
crainte religieuse de jamais offenser la loi. De là
s'est promptement formé ce soutien inébranlable
de la liberté, ce principe générateur de la félicité
d'un peuple, l'esprit public. C'est par lui seul que
les habitans de deux îles beaucoup moins grandes
que la France se sont vus souvent les arbitres ou
l'effroi des souverains, les médiateurs de l'Europe; que leurs flottes, maîtresses de l'Océan,
sont allées dans les deux Indes porter la terreur et
chercher des trésors; et que leur pays heureux,
à l'abri des invasions étrangères, des divisions in-
testines, jouit de la paix, des beaux arts; possède
les richesses du monde, et voit arriver dans ses
ports toutes les productions de l'univers.

Voilà sans doute sur quels motifs est fondée
cette bonne opinion d'eux-mêmes, cette estime
trop souvent exclusive de leur nation, que l'on
reproche quelquefois aux Anglais. Ils savent tout
ce qu'ils valent, et n'ont là-dessus nul secret pour
personne. Ils dédaignent d'ouvrir les yeux sur le
mérite, sur les qualités qui sont propres à chaque
peuple : cette insouciance donne à leurs vertus un
air d'orgueil qui en diminue l'attrait; enfin ils
comptent pour fort peu de chose l'approbation,
le suffrage des autres; et le seul moyen d'être

aimable, c'est de les compter pour beaucoup.

J'ai connu pourtant un Anglais qui, pour éviter ce défaut, était tombé dans le défaut contraire : non-seulement il attachait un grand prix à l'opinion, à l'estime d'autrui, mais cette estime était devenue un des premiers besoins de son cœur. Il ne lui suffisait pas de bien faire, il fallait encore qu'il fût approuvé. Son but, son désir, sa règle, étaient qu'aucune de ses actions ne pût être blâmée de personne. Il voulait plus, il aspirait à ce qu'elle fût applaudie : il prétendait enfin *plaire à tout le monde*; et cette prétention mettait son bonheur à la merci de tous les humains.

Ce jeune homme, dernier rejeton d'une famille illustre du comté de Midlessex, était né presque sans fortune ; mais la nature avait pris soin de le dédommager de ce malheur. Doué des avantages de la figure, il y joignait une âme élevée, un esprit aimable, un caractère extrêmement doux. La plus sévère sagesse ajoutait un nouvel éclat à ces qualités. Il avait perdu son père et sa mère à dix ans. Élevé par les soins d'un cousin fort riche qui s'était fait un devoir de secourir le jeune orphelin, sir Édouard Selmours acheva ses études avec distinction, et fut placé, par le crédit de son bienfaiteur, dans un régiment de cavalerie.

Dès son entrée dans le monde, réfléchissant qu'il était sans biens, sans famille, sans autre appui que ce bienfaiteur, qui ne devait pas lui pardonner deux fautes, Selmours s'était promis de n'en commettre aucune, et Selmours avait tenu parole. Malgré son extrême jeunesse, malgré les dangereux exemples qui l'environnaient souvent, jamais l'erreur la plus légère ne vint le détourner de ses devoirs. Occupé de ces seuls devoirs et des études nécessaires pour les bien remplir, il parvint en peu de temps aux premiers grades, sans autres protecteurs que ses travaux, son courage, ses talens; et, loin de s'enorgueillir des éloges que ses rivaux eux-mêmes ne pouvaient lui refuser, il leur disait en souriant : Je ne dois mes faibles succès qu'à l'impuissance où je me suis vu de payer ma première faute.

Le seul défaut de sir Édouard était cette faiblesse dont j'ai parlé, qui lui faisait attacher une si haute importance à l'opinion des autres sur son compte; faiblesse excusable sans doute, puisqu'elle devenait la source de beaucoup de vertus. Mais, soit modestie, soit orgueil, ce qui se ressemble assez souvent, le témoignage de sa conscience ne lui suffisait jamais. Une calomnie, un simple soupçon qu'on se serait permis sur sa probité, sur ses mœurs, l'aurait rendu le plus infortuné des hommes ; et comme, malgré l'envie qu'il devait exciter, personne n'avait osé porter la moindre atteinte à sa réputation; comme il se voyait aussi respecté qu'il méritait en effet de l'être, sir Édouard avait fini par se persuader que la véritable vertu commande à la renommée; que le public, souvent sévère, ne cesse pourtant pas d'être juste; que celui qu'il estime a toujours du mérite; et que celui qu'il flétrit par son mépris est digne d'être méprisé.

Selmours, pendant les hivers qu'il venait passer à Londres, fuyait le monde et les plaisirs bruyans pour ne vivre que chez son bienfaiteur, chez quelques amis, ou dans la société d'une jeune veuve nommée mistriss Éliza Hartlay, à laquelle il avait eu le bonheur de rendre un léger service. Cette veuve, que sa beauté, son esprit, mille qualités aimables rendaient l'objet de beaucoup d'hommages, avait distingué sir Édouard, avait reconnu dans lui les vertus qui convenaient à son cœur. Elle se plaisait à le voir, lui marquait chaque jour une amitié plus confiante, et s'apercevait, sans effroi, de l'impression tendre et profonde qu'elle avait faite depuis long-temps sur le timide Selmours. Celui-ci n'était occupé que de cacher ses sentimens : il adorait mistriss Hartlay; il avait droit de se flatter qu'il était loin d'en être haï : mais mistriss Hartlay possédait trois mille livres ster-

ling de rente; que serait devenu Selmours, si le
public avait pu l'accuser de rechercher une veuve
riche, d'avoir fait entrer ces richesses pour quelque chose dans sa passion?

Mistriss Hartlay avait un procès d'où dépendait
une grande partie de sa fortune. Sir Édouard en
attendait le jugement pour la fuir à jamais si elle
le gagnait, pour lui déclarer son amour si elle venait à le perdre. Heureusement le procès fut perdu.
Selmours n'hésita plus à parler : il découvrit le
secret de son cœur ; il apprit à mistriss Hartlay ce
qu'elle savait aussi bien que lui; et l'aimable
veuve, sensible à tant de délicatesse, le paya, par
sa douce réponse, et de son silence et de son aveu.

Les deux amans, certains l'un de l'autre, et
consolés de la médiocrité de leur fortune par cette
félicité pure que donne l'amour partagé, n'avaient
plus qu'à fixer le jour de leur hymen. Libres tous
deux, ils ne pouvaient trouver le moindre obstacle. Selmours voulait seulement prévenir son cousin, M. Mekelfort, cet ancien bienfaiteur chez lequel il demeurait à Londres, et qui, sans jamais
le gêner, lui avait marqué dans tous les temps une
bonté paternelle. Mistriss Hartlay ne dépendait de
personne : mais l'amitié, la déférence, l'espèce de
respect qu'elle avait toujours conservées pour un
vieillard nommé M. Pikle, frère aîné de son pre-

mier mari, lui faisaient un devoir de le consulter
sur son changement d'état.

C'était un homme assez extraordinaire que ce
M. Pikle. Son caractère était précisément l'opposé
de celui de Selmours. Autant le jeune homme
respectait, craignait l'opinion des autres, autant le
vieux M. Pikle méprisait toute opinion qui n'était
pas la sienne. Ce qu'il avait pensé, ce qu'il avait
dit une fois devenait pour lui une vérité démon-
trée, un principe, une loi sacrée à laquelle il ne
pouvait comprendre que tous les hommes ne se
soumissent pas. Si le hasard l'eût fait roi d'Angleterre, il se serait cru de bonne foi roi de France,
uniquement parce que dans son premier édit il en
aurait pris le titre. Il avouait, sans la moindre inquiétude, que, dans tout le cours de sa vie, jamais
il ne s'était trompé; que jamais il n'avait changé
d'avis sur rien. Depuis soixante et dix ans révolus
il avait raison. D'ailleurs, sévère sur l'honneur, in-
corruptible, irréprochable, bon parent, fidèle ami,
mais disputeur éternel. Sa grande manière pour
prouver ce qu'il avançait était de parler toujours;
et, comme il avait une poitrine excellente, infati-
gable, et qu'à la longue ceux qu'il voulait persuader, s'ennuyant ou de se taire ou de l'entendre,
se retiraient sans mot dire, M. Pikle ne doutait
point qu'il ne les eût convaincus, et se flattait d'être

le plus habile dialecticien de l'Europe. Il avait été
marié dans sa jeunesse, et s'était conduit avec sa
femme comme le plus honnête des époux ; mais il
avait voulu absolument lui montrer la dialectique ;
et, à force d'écouter son mari, la pauvre mistriss
Pikle était morte sourde. Elle n'avait laissé qu'un
fils, qui faisait ses études à l'université d'Oxford.
Son père ne voulait pas qu'il revînt à Londres avant
l'âge de trente-un ans ; encore se proposait-il de
lui faire recommencer sa logique. En attendant, il
disputait, et ne voyait à Londres que sa belle-sœur,
qui, rendant justice à ses excellentes qualités, ne
le contrariant jamais et le consultant beaucoup,
passait dans son esprit pour la femme la plus raisonnable d'Angleterre.

Mistriss Hartlay lui parla de ses sentimens pour
Selmours, et du dessein qu'elle avait formé de s'attacher à lui par des nœuds éternels. M. Pikle donna
son approbation à ce mariage : Depuis long-temps,
lui dit-il, j'estime et j'aime sir Édouard. C'est un
homme d'honneur et de mérite, quoiqu'il manque
de caractère, quoiqu'il cherche beaucoup trop à
plaire, et qu'il n'ait pas pour ce qu'on appelle
dans le monde *l'amabilité* cette indifférence profonde, ce noble mépris qui distinguent les âmes
fortes. Cela viendra, je l'espère, pour peu que nous
vivions ensemble. Il a des principes, voilà l'impor-

tant ; et, s'il écoute mes avis, je vous réponds qu'il se passera du suffrage de tout le monde.

La jeune veuve sourit ; et le mariage fut arrêté. Selmours, au comble de ses vœux, écrivit sur-le-champ à son cousin Mekelfort, qui, depuis six semaines, était à la campagne, à soixante milles de Londres. Le lendemain du départ de sa lettre, un courrier vint lui apporter la nouvelle inattendue de la mort subite de M. Mekelfort. Une attaque d'apoplexie venait de l'enlever en deux jours. Ses parens s'étaient aussitôt rendus à sa terre, fort inquiets d'apprendre quel était celui qu'il laissait héritier de ses biens immenses. On avait ouvert à la hâte le testament du défunt ; et ces avides collatéraux avaient pensé mourir de douleur en y lisant que M. Mekelfort instituait pour légataire universel son cousin sir Édouard Selmours.

Au testament était jointe une lettre cachetée de plusieurs cachets, sur laquelle il était écrit qu'elle ne fût remise qu'au seul Selmours. L'homme de loi qui présidait au scellé avait sur-le-champ envoyé cette lettre à sir Édouard, avec la copie des dispositions du testateur. Tous les parens s'étaient retirés beaucoup plus tristes qu'ils n'étaient venus ; et les funérailles de M. Mekelfort n'avaient eu pour témoins que ses domestiques.

Sir Édouard, aussi affligé que surpris, donna

de véritables larmes à la mémoire de son bienfaiteur. Il lui devait tout, il l'aimait tendrement, et
l'opulence dont il allait jouir ne le consolait pas de
sa perte. Alarmé du mystère que paraissait renfer-
mer cette lettre si bien cachetée, il ne voulut l'ouvrir qu'en présence de mistriss Hartlay et de M.
Pikle. Il courut aussitôt s'enfermer avec eux, leur
fit part en pleurant de cette nouvelle, ne parla
presque point des richesses dont il devenait possesseur, et, leur demandant d'avance le secret sur
ce que pouvait contenir la lettre de son cousin, il
en rompit les cachets pour en commencer la lecture. La lettre était conçue en ces termes :

« MON CHER ÉDOUARD,

     « Je ne rappellerai point ici ce que j'ai fait pour
« vous depuis votre enfance; votre cœur m'en a
« trop payé. Vous m'avez honoré, mon ami, en
« me donnant le droit glorieux de vous regarder
« comme un fils; et c'est à moi de vous rendre
« grâces d'avoir bien voulu m'associer en quelque
« sorte à vos vertus.
     « Je vous laisse toute ma fortune. Depuis que je
« vous connais, c'est à vous que je l'ai destinée,
« PERSONNELLEMENT A VOUS SEUL. Elle se monte à
« dix mille livres sterling de revenu. J'ai pris les

« précautions nécessaires pour que personne ne
« pût vous la disputer. Comme je ne la dois qu'à
« mes travaux, je pense qu'il m'est permis d'en
« disposer à mon gré. Si votre extrême délicatesse
« vous engageait à refuser ma succession pour la
« laisser à ma famille ou à qui que ce soit dans le
« monde, je vous préviens, je vous déclare que
« vous contrediriez manifestement mes désirs et ma
« volonté.

« Mon testament vous donne tous mes biens sans
« aucune condition. Cette lettre, mon ami, 'ne
« vous en dictera point ; elle ne contiendra qu'une
« prière.

« Je suis père d'une fille de dix-huit ans, que
« j'ai fait élever avec soin. Elle a mérité ma ten-
« dresse ; elle est belle, sage, aimable, et doit,
« j'en suis sûr, faire le bonheur d'un époux. Sa
« mère, que j'aimai long-temps, m'a fait éprouver,
« ce que je croyais impossible, un amour extrême
« sans aucune estime pour l'objet de cet amour.
« Dieu vous garde, mon cher Édouard, de ces
« fatales passions ! Elles tourmentent souvent,
« elles humilient toujours : leurs meilleurs mo-
« mens sont ceux où l'on ne fait qu'en rougir. Des
« obstacles insurmontables, venus en partie du
« caractère violent, emporté de cette mère, m'ont
« empêché de l'épouser. Son nom est mistriss For-

« ward. Sa fille Fanny passe pour sa nièce, et vit
« avec elle, auprès d'Oxford, dans la petite terre
« d'Owen, le seul de mes nombreux bienfaits que
« mistriss Forward n'ait pas follement dissipé.

  « Je vous demande, comme à mon ami, comme
« à mon fils adoptif, de réparer mes torts envers
« ma fille, de lui rendre un état, un nom, que je
« n'ai pu lui donner, d'acquitter ma dette envers
« elle en l'élevant au rang de votre épouse. Je vous
« répète, mon cher Édouard, que cette prière
« n'est point un ordre, n'est point surtout une
« condition, qu'elle n'a nul rapport avec les biens
« que je vous laisse : mais c'est une grâce que je
« sollicite de mon ami, de mon fils ; une grâce que
« j'attends de sa piété. Cet espoir, que j'emporte
« dans la tombe, adoucit mes derniers momens,
« et rend plus vive, plus chère, s'il est possible,
« la tendresse qu'a toujours sentie pour vous votre
« cousin et bon ami.

« GEORGE MEKELFORT. »

Après avoir lu cette lettre, Selmours, interdit,
immobile, fixa des yeux pleins de douleur sur le
visage de mistriss Hartlay. Celle-ci baissa les siens
sans dire un mot. M. Pikle considérait attentivement Selmours. Tous trois gardaient un profond

silence que M. Pikle rompit le premier : Que ferez-
vous ? dit-il au jeune homme : je crains pour vous
que vous n'hésitiez. Non, lui répondit sir Édouard,
je suis affligé, mais non pas incertain. Quels que
fussent les droits de mon bienfaiteur avant qu'il
m'eût donné sa fortune, il n'avait sûrement pas
celui de disposer de mon cœur, de me faire manquer à mes sermens, de me rendre malheureux
pour toujours. Personne au monde ne peut con-
tester cette vérité. Eh bien ! je vais me remettre
précisément dans l'état où je me trouvais avant sa
mort. Je vais renoncer à sa succession, rentrer
dans ma pauvreté, dans ma liberté ; et je ne croirai
pas trop payer par ce faible sacrifice le bonheur
d'être l'époux de la seule femme que je puisse
aimer.

Un regard de mistriss Hartlay fut son unique
réponse. Mais M. Pikle fronçant le sourcil : Que
dites-vous ? s'écria-t-il : vous n'avez donc pas fait
attention à la lettre que vous venez de lire ? Elle
vous défend, en termes formels, de renoncer à
cette succession ; elle vous explique les motifs de
cette défense. Oserez-vous mépriser ainsi l'intention
manifeste de votre bienfaiteur ? Il a compté sur
vous pour épouser sa fille, il vous a fait son héritier, non pas à cette condition, car je distingue ;
dans ce cas, vous seriez parfaitement libre d'ac-

cepter ou de ne pas accepter : mais il a commencé
par vous donner son bien et par vous interdire le
refus ; ensuite il vous demande une grâce que
l'honneur, la reconnaissance, vous permettent
d'autant moins de lui refuser, que rien au monde
ne vous y contraint : donc il a voulu vous dispenser
de l'obligation qu'impose une loi, pour vous imposer une obligation bien plus forte que toutes les
lois, celle de votre conscience...

Mais ma conscience était engagée, reprit doucement Selmours ; et rien ne peut...

Ne m'interrompez point, Monsieur, continua
M. Pikle avec une voix plus forte, et répondez à
cette question, qui va devenir un dilemme : Si
votre bienfaiteur vivait encore, et que vous vins-
siez lui déclarer que vous ne voulez pas épouser
sa fille, il est au moins incertain, j'espère, que
M. Mekelfort ne changeât ses dispositions et ne
donnât sa fortune à quelqu'un qui remplirait son
désir. Aujourd'hui qu'il est mort, comment voulez-vous qu'il les change ? Vous n'avez donc plus
le droit de choisir. Il faut obéir à ses volontés, à
ses prières, qui sont des ordres, et vous souvenir,
Monsieur, que l'honneur et le devoir savent compter pour rien les peines de l'amour.

Cela peut être, répondit sir Édouard un peu
ému ; mais je croyais que l'amitié les comptait pour

quelque chose et s'expliquait avec moins de ru-
desse. Oh! Monsieur, reprit M. Pikle, la probité,
la vérité n'ont pas un style fleuri; et tous ceux
qui penseront ou parleront autrement que moi sont
des imbéciles ou des fripons. — Mais vous me per-
mettrez de croire, malgré ma déférence pour vos
lumières, pour votre morale, qu'il existe dans l'u-
nivers des hommes aussi vertueux, aussi éclairés
que vous : je les consulterai, Monsieur; et, s'ils
sont tous de votre avis, la mort me délivrera de la
douleur de le suivre.

En disant ces mots, il sortit brusquement, sans
écouter M. Pikle, qui lui criait : Vous aurez beau
mourir, cela ne prouvera rien. Il est souvent plus
aisé de mourir que de faire son devoir; et, comme
je l'ai prouvé cent fois... Selmours était déjà dans
la rue, et M. Pikle le suivait de loin en citant les
Offices de Cicéron.

Sir Édouard, trop tourmenté pour être discret,
alla consulter tous ses amis, en leur recomman-
dant le secret. Chacun fut d'un avis différent : les
uns voulaient qu'il partageât également les biens
entre les collatéraux en s'en réservant une part,
et qu'il épousât sa maîtresse; les autres, qu'il
remît la succession entière à la fille de M. Mekelfort. Un petit nombre de rigoristes était de l'opinion
de M. Pikle. Beaucoup de gens du monde soute-

naient que le premier engagement de Selmours
avec mistriss Hartlay le rendait libre de celui que
lui imposait son cousin, et lui conseillaient d'épouser sa maîtresse en conservant la fortune dont il
héritait. Tous enfin voyaient cette affaire sous un
aspect différent; et le pauvre Édouard, qui, toute
sa vie, avait eu la prétention de n'être blâmé de
personne, commençait à désespérer d'en venir à
bout dans cette occasion.

Plus agité, plus malheureux que jamais, il se
hâta de retourner chez mistriss Hartlay pour lui
demander ce qu'il devait faire, pour sacrifier à son
opinion toutes celles qu'il avait recueillies. Il la
trouva seule et baignée de larmes. Selmours, à
genoux devant elle, prit le ciel à témoin que rien
dans le monde ne pouvait le forcer à trahir ses
sermens, et finit par la supplier de vouloir bien
régler sa conduite, en lui promettant de tout faire,
excepté d'épouser Fanny. La tendre veuve se fit
long-temps presser : elle était trop intéressée au
parti qu'Édouard devait prendre pour se croire le
droit d'avoir un avis. Mais enfin la délicatesse des
convenances cédant à la délicatesse de l'amour,
mistriss Hartlay se résolut à examiner cette affaire
comme si c'eût été celle d'un autre; et, rassemblant,
discutant les différentes opinions, elle finit par
parler ainsi :

Je ne vous crois pas obligé, dans la plus stricte morale, à faire pour votre bienfaiteur mort ce que vous n'auriez jamais fait pour votre bienfaiteur vivant. Quelle était son intention? Il en avait deux, ce me semble : l'une, de laisser sa fortune aux deux êtres qu'il aimait le plus, à sa fille, et à vous qu'il regardait comme son fils, à vous qu'il assure avoir choisi pour son héritier depuis qu'il vous a connu; son autre intention était d'établir sa fille avec un époux estimable qui pût l'aimer, la rendre heureuse, lui donner un état et lui conserver des biens que M. Mekelfort n'a pas voulu confier à la mère de Fanny, parce qu'il craignait, comme il le donne à entendre, qu'elle ne les dissipât. En faisant tout ce que voulait faire M. Mekelfort, vous ne pouvez manquer à sa mémoire. Partagez avec sa fille comme un frère avec une sœur; voilà le premier point rempli. Cherchez ensuite pour elle un époux qui ait à peu près toutes les qualités que M. Mekelfort chérissait en vous : je dois croire plus que personne que vous le trouverez difficilement; mais Fanny, qui ne vous connaît pas, aura d'autres yeux que les miens. Jusqu'à ce moment, gardez dans vos mains la dot que vous donnerez à Fanny, en l'administrant comme un tuteur sage qui doit en rendre compte à sa pupille. Il me semble que, si votre cousin eût vécu, il ne se serait pas conduit autrement ; et personne ne peut exiger que vous fassiez pour Fanny plus que son père même n'eût fait.

Un bon raisonnement dans la bouche d'une maitresse porte une double conviction. Sir Édouard, persuadé par ce qu'il venait d'entendre, impatient de suivre un conseil qui lui semblait tout concilier, partit dès le lendemain pour aller instruire mistriss Forward de ses généreux desseins. La mère et la fille, se disait-il pendant la route, vont se trouver au comble du bonheur. Elles ne s'attendent guère à l'immense présent que je leur apporte. Nous assurerons à mistriss Forward une forte pension viagère. L'intéressante Fanny, avec cinq mille livres sterling de rente, ne manquera sûrement point d'époux : je la laisserai maîtresse de son choix. Je ferai deux heureux, je le serai moi-même ; et personne, je crois, ne pourra blâmer ma conduite, quand on verra tous les intéressés me respecter et me bénir. O ma chère Éliza, c'est votre prudence, c'est votre raison suprême qui m'ont tiré de l'affreux péril où j'étais ! Qu'il est doux pour votre ami de ne jouir d'aucun bonheur qu'il ne le doive à vous seule !

Selmours arriva bientôt à la terre de mistriss Forward. Le château n'avait pas une grande apparence : les bâtimens qui en dépendaient étaient en

mauvais état. Un domestique assez mal vêtu vint
lui demander à la porte ce qu'il voulait et qui il
était. Selmours, assez embarrassé, le pria de l'annoncer à sa maîtresse comme le cousin de M. Mekelfort, dont sans doute on avait appris la mort
subite. Le domestique, en lui disant que mistriss
en était informée, l'introduisit dans une salle
basse où une jeune et belle personne lisait avec
beaucoup d'attention une lettre qu'elle interrompit
à l'arrivée de Selmours et qu'elle cacha dans son
sein. Sir Édouard la salua profondément : la jeune
personne lui rendit son salut avec un peu de
trouble et beaucoup de grâce, le pria de s'asseoir,
et se retira sous prétexte d'aller chercher sa tante.
Selmours, qui, à ce nom, ne douta point que ce
ne fût Fanny, n'osa pourtant la retenir ; et mistriss
Forward parut bientôt après sans être suivie de
sa nièce.

La première vue de mistriss Forward redoubla
la timidité naturelle de Selmours, et lui fit oublier le petit discours qu'il avait préparé pour elle.
C'était une grande femme de quarante à quarante-
cinq ans, qui portait encore sur son visage les
restes d'une beauté qu'on jugeait bien avoir été
parfaite : mais cette beauté, même dans son éclat,
ne pouvait pas avoir été touchante ; la grâce n'y
avait jamais été pour rien. Ses grands yeux noirs,

vifs et brillans, avaient une certaine hardiesse qui rendait impossible de les fixer ; et son maintien, ses gestes, sa voix, tout en elle inspirait une crainte qui n'avait rien de commun avec le respect.

Après avoir reçu Selmours avec une politésse assez froide, elle écouta dans un profond silence ce qu'il avait à lui dire. Sir Édouard, un peu déconcerté, lui expliqua, du mieux qu'il put, qu'étant nommé par M. Mekelfort son légataire universel, et connaissant le tendre intérêt que son bienfaiteur prenait à miss Fanny, il croyait remplir un devoir sacré en venant proposer à mistriss Forward de partager avec sa nièce l'héritage de leur ami commun ; il ajouta qu'il n'exigeait aucune reconnaissance pour acquitter cette dette, mais que ses arrangemens de fortune ne lui permettaient pas de livrer les fonds de cette moitié avant l'époque où sa jeune nièce prendrait un époux digne d'elle, pour le choix duquel il demandait l'honneur d'être consulté.

Après avoir achevé, non sans peine, cette explication difficile, après avoir rougi toutes les fois qu'il prononçait les noms de tante et de nièce, tandis que mistriss Forward ne rougissait point du tout, Selmours cessa de parler, en s'étonnant du peu d'effet qu'il avait produit. Mistriss prit alors la parole :

Je ne comprends pas, lui dit-elle avec une gravité dédaigneuse, comment vous, Monsieur, qui
avez reçu de la part de M. Mekelfort des preuves
si positives de sa confiance et de sa tendresse, vous
pouvez ignorer le projet qui l'occupa toute sa vie,
et dont il m'a parlé cent fois. C'était à vous qu'il
destinait ma nièce ; c'était vous qu'il avait choisi
pour être l'époux de Fanny. Le dernier jour où je
l'ai vu, il me raconta dans un grand détail les
avantages qu'il comptait vous faire, uniquement à
cause de ce mariage. Souffrez donc qu'avant de répondre à votre proposition, je vous demande, à
vous, Monsieur, dont la sincérité ne peut être sus-
pectée, si vous n'avez aucune connaissance de cette
intention de votre bienfaiteur.

En disant ces mots, elle regarda fixement Selmours, qui ne put s'empêcher de rougir, baissa
les yeux, et tirant de sa poche la copie du testament, la lui présenta d'une main mal assurée,
pour prouver à mistriss Forward qu'aucune condition n'était prescrite. Son aversion pour le men-
songe ne lui permit pas de faire une réponse
plus claire. Mais l'habile mistriss Forward sut
interpréter sa rougeur, et lui rendant le papier
après l'avoir parcouru : Je vois, dit-elle d'un air
froid, que ma nièce n'a nul droit ni à vos bien ni
à votre main ; mais, dans ce cas, vous n'avez vous-

même aucun titre pour nous humilier par un présent. Je le refuse au nom de ma nièce, certaine d'en
être approuvée : elle ne peut, elle ne doit recevoir de bienfaits que de son époux. Si vous voulez
le devenir, peut-être votre conscience n'en sera-
t-elle pas moins tranquille ; si vous ne le voulez
pas, un plus long entretien me paraît superflu.

Terrassé par ces paroles, sir Édouard ne trouva rien à répondre. Mistriss Forward se leva, lui
fit une révérence, et le laissa seul dans l'appartement.

Selmours ne vit, dans le moment, d'autre parti
à prendre que celui d'aller réfléchir ailleurs sur
l'étrange manière dont on recevait ses proposi-
tions. Il regagna sa voiture, et se fit conduire à
Oxford, qui n'était qu'à deux milles de cette maison. A peine arrivé dans son auberge, son premier
soin fut d'écrire à mistriss Forward pour la prier
de réfléchir que, n'étant point connu de sa nièce,
il ne pouvait par conséquent ni l'aimer ni en
être aimé ; qu'il était bien difficile que déjà l'un
des deux n'eût pas fait un choix, et que cette sup-
position vraisemblable suffisait pour rendre malheureuse une telle union. Il lui représentait avec
politesse que rien ne l'obligeait à ce qu'il voulait
faire, renouvelait cependant ses offres, et promettait de revenir le lendemain au soir pour

apprendre la dernière résolution de mistriss.

Cette lettre envoyée, le pauvre Selmours n'en passa pas une meilleure nuit. Cette femme, se disait-il, est sûrement instruite de mon secret. Si elle s'obstine à me refuser, que ne dira-t-elle pas ! Sa terre est voisine d'Oxford ; on y parlera de mon aventure ; la calomnie y mêlera sa voix ; toute la jeunesse d'Angleterre, qui vient ici faire ses études, me regardera comme un homme sans foi, sans probité, sans reconnaissance, et répandra partout cette opinion. Je serai déshonoré, diffamé dans les trois royaumes ; je n'oserai plus me montrer, je mourrai de désespoir ; et cela, parce qu'une femme entêtée ne veut pas consentir à recevoir de moi cinq mille livres sterling de rente.

Le jour suivant se passa dans les mêmes réflexions. Selmours attendit le soir, comme il l'avait dit dans sa lettre, espérant que plus il laisserait de temps à mistriss Forward, plus il pouvait se flatter qu'elle aurait changé de pensée. Dès que le soleil fut couché, il monta dans sa voiture ; et, ne voulant pas arriver avec autant de bruit que la première fois, il fit arrêter ses chevaux au bout de l'avenue : là, descendant, seul, à pied, il s'avança vers le château, méditant encore un nouveau discours.

Comme il passait auprès d'un bosquet attenant

à la maison, sir Édouard entendit chanter, et distingua la voix d'une femme. Les accens de cette
voix étaient si doux, si plaintifs, exprimaient si
bien que la personne qui chantait était tendre et
malheureuse, que Selmours ne put s'empêcher d'é-
couter jusqu'au bout cette romance si connue :

LE VIEUX ROBIN GRAY [1],

ROMANCE.

Quand les moutons sont dans la bergerie,
Que le sommeil aux humains est si doux,
Je pleure, hélas ! les chagrins de ma vie,
Et près de moi dort mon bon vieux époux.

Jame m'aimait ; pour prix de sa constance,
Il eut mon cœur : mais Jame n'avait rien ;
Il s'embarqua dans la seule espérance
A tant d'amour de joindre un peu de bien.

[1] AULD ROBIN GRAY.

When the sheepare in the fauld, and the kye at hame,
And all the weary warld asleep is gane,
The waes o my he.rt fall in showers fra my eye,
While my gude man sleep sound by me.

Jamie lov'd me weel, and ask'd me for his bride :
But, saving a crown, he had naithing beside.
To make the crown a bound, my Jamie went to sea,
And the crown and the pound were baith for me.

Après un an, notre vache est volée,
Le bras cassé mon père rentre un jour,
Ma mère était malade et désolée,
Et Robin Gray vint me faire la cour.

Le pain manquait dans ma pauvre retraite ;
Robin nourrit mes parens malheureux :
La larme à l'œil, il me disait : Jannette,
Épouse-moi, du moins pour l'amour d'eux.

Je disais : Non, pour Jame je respire.
Mais son vaisseau sur mer vint à périr....
Et j'ai vécu ! Je vis encore pour dire :
Malheur à moi de n'avoir pu mourir !

Mon père alors parla du mariage ;
Sans en parler ma mère l'ordonna :
Mon pauvre cœur était mort du naufrage ;
Ma main restait, mon père la donna.

He had nae been gane a year and a day,
When my faither brake his arm, and our cow was stole away,
My mither she fell sick, and Jamie at the sea,
And auld Robin Gray came a courting to me.

My faither cou'd nae wark, and my mither cou'd nae spin,
I toiled the day and night, but their bread I coud'd nae win :
Auld Robin fed em baith, and wi tears in his eye,
Said : Jeany, for their sake, o pray marry me.

My heart it fast hae, and I look'd for Jamie back ;
But the wind it blew hard, and his ship was a wrack.
His ship was a wrack : why did nae Jeanie die !
And why was she spared to cry, Wae is me !

My faither urg'd me fair : but my mither did nae speak,
But she look'd in my face, till my heart was like to break :
Sa they gied him my hand, tho' my heart was in the sea,
And auld Robin Gray was gude man to me.

Un mois après, devant ma porte assise,
Je revois Jame... et je crus m'abuser.
C'est moi, dit-il : pourquoi tant de surprise ?
Mon cher amour, je reviens t'épouser.

Ah ! que de pleurs ensemble nous versâmes !
Un seul baiser, suivi d'un long soupir,
Fut notre adieu ; tous deux nous répétâmes :
Malheur à moi de n'avoir pu mourir !

Je ne vis plus, j'écarte de mon âme
Le souvenir d'un amant si chéri :
Je veux tâcher d'être une bonne femme ;
Le vieux Robin est un si bon mari !

I had nae been a wife but weeks only four,
When, sitting sa mournfully out my ain door.
I saw my Jamye's waist ; for I cou'd nae thingt it he,
Till he said : Love, I am comed hame to marry thee.

Sair, sair, did we greet and mickle did we say,
We took but ane kiss, and we tore oursels away.
I wish I were dead, but I'm nae like to bee.
O why was I born to say, Wae is me !

I gang like a ghaist, and I canna like to spin ;
I dare nae think o Jamie, for that wou'd be a sin :
But I'll da my best a gude wife to be ;
For auld Robin Gray is very kind to me.

Après ce dernier couplet, sir Édouard, s'avançant à travers les arbres, se trouva tout à coup auprès de la personne qui venait de chanter, et qu'il avait reconnue pour Fanny. Elle était seule, son mouchoir à la main, assise sur le gazon, au pied d'un hêtre dont l'immense feuillage rendait encore plus sombre l'obscurité. Troublée de voir paraître un homme, Fanny se lève précipitamment, vient droit à Selmours, et lui dit avec des sanglots : Est-ce ainsi que vous m'obéissez, monsieur Roberts ? Je vous ai écrit deux fois ce matin pour vous prier de ne point paraître ici ; je vous ai rendu compte des scènes violentes qu'il m'a fallu supporter de ma tante, de la résolution où elle est toujours de me donner pour époux cet odieux héritier de M. Mekelfort, qui, dans ce moment même, est avec elle. Je vous jure de nouveau, monsieur Roberts, de plutôt mourir que de manquer à la fidélité que je vous ai promise ; mais j'exige que vous retourniez sur l'heure à Oxford, que vous ne reveniez ici qu'après la rupture de ce fatal mariage et le départ de ce M. Selmours, que j'espère dégoûter de moi à force de haine et de mépris.

En parlant ainsi, Fanny s'approchait toujours de sir Édouard, qui l'écoutait sans l'interrompre lorsqu'arrivée auprès de lui, elle l'envisage, reconnaît sa méprise, recule en jetant un grand cri, et disparaît à ses yeux.

Selmours ne songeait guère à la poursuivre. Plus étonné qu'affligé de cette aventure, il ne savait

plus s'il irait trouver mistriss Forward. La crainte
de revoir Fanny, de l'embarrasser par sa présence,
d'être peut-être la cause de quelque scène désa-
gréable, surtout la répugnance extrême qu'il se
sentait pour rien discuter avec cette prétendue
tante, le décidèrent à retourner sur-le-champ à
Oxford, d'où il écrivit à mistriss Forward qu'une
affaire imprévue le rappelant dans la capitale, il
lui faisait ses très-humbles excuses de manquer au
rendez-vous demandé; que d'ailleurs, dans cet
entretien, il n'aurait pu que répéter ce qu'il avait
déjà dit, et qu'irrévocablement décidé à ne rien
changer à ses desseins, il attendrait sa réponse à
Londres. Plus tranquille après cette démarche, il
se hâta de partir cette nuit même pour aller rejoindre mistriss Hartlay.

Il avait grand besoin de la retrouver. Indépen-
damment des chagrins de l'absence, toujours si
cruels pour un amant, sir Édouard avait tant
d'autres peines à confier à l'amour! Avec un cœur
tendre et un caractère timide, on sent bien mieux
qu'un autre le bonheur d'être aimé. Les âmes
fortes se suffisent; elles pensent, agissent toujours :
les âmes douces n'existent plus, loin de l'objet
qui règne sur elles. Près de cet objet, elles peuvent tout; solitaires, elles ne sont rien. C'est le
lierre qui, sans son appui, tombe et sèche dans la

poussière, mais qui, s'attachant au chêne, s'élève avec lui verdoyant.

L'aimable veuve approuva la conduite de Selmours, et lui conseilla d'attendre patiemment des nouvelles de mistriss Forward. Les éloges qu'il reçut de son amante, les tendres sermens qu'elle renouvela, calmèrent les inquiétudes qui troublaient encore sir Édouard. Il passa la journée entière chez mistriss Hartlay, et ne la quitta que le soir pour se rendre chez M. Pikle. Son dessein était de l'instruire du résultat de son voyage, de l'aventure du bosquet, et de lui demander si, après cette aventure, il persistait encore dans l'opinion que Selmours dût épouser la maîtresse de M. Roberts. M. Pikle n'était pas chez lui; Selmours, résolu de l'attendre, entra dans un café voisin, s'établit à une table, demanda du punch, et se mit à écouter les papiers du jour qu'un jeune homme lisait tout haut.

Que devient le pauvre Selmours en entendant lire dans ce papier le récit détaillé de toute son histoire? Le journaliste en rendait un compte très-exact et assez gai : il parlait de l'embarras extrême où se trouvait sir Édouard Selmours depuis qu'il avait eu le malheur d'hériter d'une succession immense, des consultations nombreuses qu'il avait faites dans Londres, sans savoir comment se tirer

d'une position si fâcheuse, et de son voyage à
Oxford, où il avait été proposer le cas de conscience aux plus habiles professeurs de l'université :
tout cela était accompagné de ces réflexions plus
ou moins malignes, de ces personnalités mordan-
tes, l'éternel aliment des méchans ou des sots, et
qui sont la perfection de ce genre de satire aussi
facile que méprisable.

Sir Édouard pensa s'évanouir en entendant cette
lecture. Il promenait autour de lui des yeux timides et embarrassés, tremblant qu'il n'y eût dans
ce café des personnes de sa connaissance. Heureux
du moins de n'en point trouver, il se préparait à
sortir, dans la crainte qu'il ne vint quelqu'un qui
pût le nommer, lorsque tout à coup il voit arriver son domestique conduisant un grand et beau
jeune homme qui avait l'air extrêmement pressé.
Le domestique lui montre son maître, et se retire
aussitôt. Ce jeune homme s'avance vers lui; et
d'une voix haute et fière qui attire l'attention de
tout le café : N'est-ce pas vous, monsieur, lui
dit-il, qui vous appelez sir Édouard Selmours?

A ce nom, toutes les personnes qui venaient de
lire l'article où l'on rapportait l'histoire de sir
Édouard Selmours se lèvent avec empressement;
fixent sur lui des regards curieux, et font un cercle
autour de sa table. Selmours, au désespoir d'être

ainsi regardé, mais incapable de cacher son nom,
répondit au jeune homme qu'il s'appelait ainsi. Ah !
parbleu, reprit l'inconnu, je suis bien aise de vous
rencontrer. Je vous suis depuis Oxford avec une
très-vive impatience de vous joindre. — Je ne vous
connais pas, monsieur : quelle affaire pouvons-
nous avoir ensemble ? — Elle ne sera pas longue à
vous expliquer. Je... — Si nous sortions d'ici,
nous serions plus à l'aise. — Point du tout, car il
pleut. D'ailleurs, comme vous voyez, je ne cherche
pas le mystère. Dans le moment vous allez être au
fait. J'aime depuis long-temps, dans le voisinage
d'Oxford, une jeune et belle personne. Sa tante
veut la marier à un homme de vos amis qu'un
hasard assez peu honorable vient de rendre héritier d'une grande fortune sur laquelle il n'avait
aucun droit. Je n'aime pas les héritiers, monsieur :
c'est une antipathie que jamais je n'ai pu vaincre ;
et je voudrais dire pourquoi je ne les aime pas à
celui dont il est question. Ne pourriez-vous point
me faire avoir un entretien tête à tête avec lui ?
— Rien de si facile, monsieur : l'héritier dont vous
parlez aime beaucoup les tête-à-tête, c'est un goût
qu'il a toujours eu ; et si vous voulez me suivre,
vous serez satisfait dans l'instant. — Non pas à
présent, il fait nuit ; et j'aime à voir clair quand je
discute une affaire. Demain matin, si vous le vou-

lez bien. — Quand il vous plaira, monsieur. —
Touchez là, sir Édouard; je suis plus content de
vous que je ne l'espérais. — Cette réflexion assure
votre rendez-vous. — Voulez-vous me permettre
de finir votre punch? — De tout mon cœur. A
votre santé, monsieur. — A la vôtre, sir Édouard.

Tous deux alors s'asseyent sur le même banc,
boivent ensemble, et conviennent tout bas de se
trouver le lendemain à Hyde–Park, tandis que tout
ce qui était dans le café leur donne tout haut des
marques d'approbation, et les voit sortir en les ap-
plaudissant.

Le premier soin de Selmours fut d'aller s'assurer
de deux de ses amis pour lui servir de témoins.
Le combat devait avoir lieu, à six heures du matin, au pistolet. Sir Édouard, rentré chez lui, s'occupait moins de ce combat que des discours qu'il
ferait tenir. Ma querelle a été publique, disait-il;
tout le monde sera instruit que je vais me battre
pour une jeune personne d'Oxford. On dira que
je suis infidèle à mistriss Hartlay; toutes les âmes
honnêtes m'accableront de leur mépris. Que pen-
sera mistriss Hartlay elle-même? Si je suis tué, je
ne mérite pas d'être regretté par elle : si je tue, il
faudra m'enfuir, ne plus la voir, renoncer à son
cœur justement indigné contre moi. Il est bien
étrange que, n'ayant rien fait que la morale la plus

austère, l'amour le plus délicat, puissent me reprocher, je me vois sur le point de perdre et ma maîtresse, et ma vie, et l'estime du monde entier. Il faut écrire à mistriss Hartlay : si je succombe, cette lettre lui dévoilera ma conduite ; si je suis vainqueur, elle l'engagera peut-être à me pardonner.

Sur-le-champ sir Édouard se met à écrire ; mais à peine avait-il commencé, qu'il entend un grand bruit dans son antichambre, et reconnaît la voix de M. Pikle, qui se disputait pour entrer. Selmours courut au devant de lui. Dès que M. Pikle l'aperçoit, il s'élance dans ses bras avec un air de frayeur : Ah ! mon ami, lui dit-il, c'est à vous de me rendre la vie. Je viens d'apprendre que demain... Parlez plus bas, interrompit Selmours en le faisant entrer dans son cabinet. De quoi s'agit-il ? Qu'avez-vous ? — Ce que j'ai ? reprend vivement M. Pikle : je suis le plus malheureux des hommes... Répondez-moi promptement : Est-il vrai que dans un café, ce soir ?... — Cela n'est que trop vrai. Un étourdi, un fou que je ne connais point, qui m'a suivi depuis Oxford, est venu me chercher querelle. Il se dit l'amant de cette Fanny, de cette fille de mistriss Forward que vous m'ordonniez d'épouser. Assurément je n'ai nul envie de lui disputer sa maîtresse ; je suis même certain qu'il en est aimé : mais sa

provocation, son insulte, ont été publiques ; il n'y
a aucun remède à cela, et j'espère demain matin
corriger ce jeune étourdi. — Le corriger ! c'est-à-
dire le tuer ! Et savez-vous quel est ce jeune
homme ? — Je viens de vous dire que c'est l'amant
de miss Fanny... — C'est mon fils, malheureux !
mon fils ; c'est le neveu de mistriss Hartlay ; c'est
l'unique enfant de votre ancien ami ; et vous es-
pérez l'égorger demain ! Sir Édouard, je vous estime assez pour croire inutile de vous dire qu'il
n'est plus ici question de ce misérable point d'honneur, reste de la barbarie, de la férocité de nos
aïeux. Votre valeur est connue, elle ne peut être
suspecte ; et vous seriez le dernier des hommes si
vous étiez capable de sacrifier à un horrible préjugé l'amour, l'amitié, la nature, le respect que
vous devez à ma vieillesse, à mon nom de père, à
tous les sentimens les plus chers, les plus sacrés
même à des sauvages.

Selmours demeurait immobile, glacé de surprise,
d'effroi, de douleur. Vous ne me répondez point,
reprend alors le vieillard avec un accent encore
plus animé : vous hésitez à me donner votre parole
que vous ne tremperez point vos mains dans le
sang de mon enfant, que vous ne m'enlèverez pas
le seul appui qui me reste ! Quoi ! un père, un
vieillard, votre ami, le frère de votre épouse, vient

vous demander en pleurant de ne pas commettre
un forfait qui le ferait descendre au tombeau, et
vous hésitez, Selmours! Grand Dieu! voilà donc
la vertu! L'homme qui, pour sauver sa vie, sa
maîtresse, son honneur, ne voudrait jamais consentir à s'emparer du bien d'un autre homme, à
lui faire le plus léger tort, à le priver du moindre
avantage; cet homme, pour un faux honneur, pour
un préjugé misérable, atroce, insensé, que lui-
même abhorre, ne se fait aucun scrupule de priver un ami, un vieillard, un père, de son fils, de
son fils unique, de son bien le plus précieux, du
seul qu'on ne puisse lui rendre, du seul qui, ne lui
venant que de Dieu, doit être sacré aux yeux des
humains! et cet homme, ce meurtrier, se croit
vertueux et sensible! et cet homme prétend à l'estime!... Au nom du ciel, écoutez-moi, sir Édouard.
Roberts vous a défié, dites-vous, vous a insulté publiquement: eh bien! je viens vous en demander
pardon, je viens implorer votre clémence; et, si
cela ne suffit pas à votre barbare honneur, con-
duisez-moi où vous voudrez, indiquez-moi la place
de Londres où vous voulez que je paraisse, vous
demandant le pardon que je vous demande ici,
embrassant vos genoux comme je le fais, en les
baignant de mes larmes, en baissant jusqu'à la

poussière ces cheveux blancs qui ne vous touchent point.

En disant ces mots, le vieillard se jette aux pieds de Selmours, qui l'avait écouté jusque-là dans une profonde méditation. Selmours se hâte de le relever, de le presser contre son sein; et lorsqu'il a retrouvé la voix que son émotion lui avait ôtée : Mon ami, lui dit-il, mon ami, soyez sûr, soyez bien certain que je fais tout ce qu'il est en mon pouvoir de faire, en vous engageant ma parole sacrée de ne point attaquer les jours de votre fils : comptez sur cette parole. Mais j'exige à mon tour une grâce de vous : ne vous mêlez point de ceci ; vos soins, vos raisons, vos démarches, ne pourraient être que nuisibles. Ne parlez point à Roberts ; ne cherchez ni à le rencontrer ni à le suivre ; demeurez tranquille chez vous jusqu'à demain matin : à huit heures, rendez-vous ici. Vous m'y trouverez, je l'espère : alors vous pourrez servir à notre raccommodement. Si vous ne m'y trouvez pas, vous prendrez sur mon bureau cette lettre déjà commencée, vous la porterez à mistriss Hartlay, et vous serez instruit de ce que j'aurai fait. Ne m'en demandez pas davantage. Dans tous les cas, je vous réponds que votre fils n'aura couru aucun danger. Si vous faites la moindre démarche, je ne pourrais plus en répondre. Adieu, monsieur

Pikle : j'ose vous promettre que vous serez content de moi. Il est minuit, retirez-vous, et laissez-moi le peu d'heures qui me restent pour prendre le repos dont j'ai besoin.

Le vieillard, frappé de l'air calme, noble et sensible à la fois, avec lequel sir Édouard lui parlait, l'embrasse et serre sa main, en lui donnant sa parole de faire tout ce qu'il désire : il laisse en liberté Selmours ; et celui-ci s'occupe alors d'écrire à mistris Hartlay pour l'instruire de sa querelle, de sa douleur, de ses desseins, pour lui dire adieu s'il succombe, et lui jurer encore une fois qu'il est mort en l'adorant. Sa lettre était tendre, éloquente, raisonnée ; elle fut souvent baignée de ses pleurs. Après l'avoir cachetée, il se coucha plus tranquille, et attendit le lendemain.

Dès cinq heures il fut debout. Il sortit seul avec ses armes, alla chercher ses témoins, et se rendit un peu avant six heures à l'endroit dont il était convenu. M. Roberts y était déjà avec deux de ses amis. Les témoins commencèrent entre eux une assez vive contestation pour décider qui tirerait le premier : sir Édouard les accorda bientôt, en déclarant qu'étant l'insulté, c'était à lui de tout décider, et que son désir, son usage, n'étaient pas de tirer le premier. Alors les deux ennemis se placèrent à dix pas l'un de l'autre, et l'impatient

Roberts, visant à la tête de Selmours, perce et jette
à quatre pas le chapeau de son adversaire. Sir
Édouard froidement va relever son chapeau, le remet sur son front, fixe les yeux sur un jeune arbre, plus éloigné de lui que ne l'était Roberts ; et
lui tirant son coup de pistolet, il brise à moitié sa
faible tige. Vous pouvez tirer encore, dit-il à Roberts étonné.

Monsieur, lui répond le jeune homme, je ne
comprends pas pourquoi vous dédaignez de m'ôter
la vie. Votre générosité devient une espèce d'affront ; je vous supplie de tirer sur moi, ou de
m'expliquer cette étrange conduite. Je préfère l'un
à l'autre, réplique sir Édouard en s'approchant :
vous êtes le fils de M. Pikle, mon ami depuis vingt
ans ; loin d'attaquer vos jours, j'exposerais les
miens pour les défendre. Vous êtes venu me pro-
voquer, me faire même une insulte, pour m'empêcher d'épouser une jeune personne que j'ai
déclaré formellement ne pas vouloir épouser.
L'honneur me défendait de refuser un combat ;
l'honneur me prescrivait d'exposer ma vie : mais
il ne m'ordonnait pas d'attaquer la vôtre. Je n'ai
point de colère contre vous ; je n'ai nul motif de
vous haïr : mais, comme les préjugés de mon pays
soumettent ma raison, mon sang froid, à votre
folie, à votre fureur, si vous êtes encore fou et

furieux, nous allons recommencer; ensuite, si
vous me manquez encore, je vous répéterai que
je ne veux pas plus épouser miss Fanny, que je
ne veux tuer le fils de M. Pikle. Voilà l'explication
de ma conduite : décidez-vous; que voulez-vous
faire ?

Vous demander pardon, Monsieur, lui répondit le jeune Roberts, vous supplier devant
ces Messieurs d'excuser mes torts et mon âge :
l'amour, la jeunesse, m'avaient égaré. Votre conduite noble et grande me fait rougir de mon erreur.
Recevez mes excuses, sir Édouard; et si mon repentir véritable et tout l'avantage que vous avez
sur moi ne suffisent pas pour vous faire oublier
mon offense, prononcez vous-même la réparation
que vous exigez.

Sir Édouard, se tournant alors vers les quatre
témoins qui s'emparaient déjà des pistolets : Messieurs, dit-il, êtes-vous contens? Tous témoignè-
rent leur admiration. Eh bien ! ajouta-t-il, je vous
rends les garans de la parole que me donne M. Roberts; il me prie de lui dicter la réparation que
j'exige; la voici : Vous êtes tous instruits, Messieurs, grâce aux journalistes de Londres, du fameux testament de M. Mckelfort, et de l'embarras
où je me suis trouvé à cause de miss Fanny. La
tante de cette jeune demoiselle a refusé l'offre que

j'ai faite de lui donner la moitié de la succession ,
en me disant que sa nièce ne devait rien accepter
que de la main d'un époux. Je demande à M. Roberts de vouloir bien être cet époux ; et j'exige,
pour réparation de l'offense qu'il ma faite, qu'il
accepte de moi les cinq mille livres sterling de
rentes offertes inutilement à la tante de miss
Fanny.

A ces mots, le jeune Roberts se jette au cou de
sir Édouard, et les témoins applaudissent. Tous
se rendent à l'instant même chez Selmours, où le
malheureux M. Pikle les attendait dans des transes
mortelles. Roberts se hâta de lui raconter ce qui
venait de se passer. Le bon M. Pikle versa des
larmes : pour la première fois de sa vie, il ne disputa
contre personne ; il ne persista point dans son
premier avis, et donna son consentement à l'ar-
rangement de Selmours. Celui-ci les quitta pour
aller instruire mistriss Hartlay de toutes ses aventures. La sensible veuve, dès ce même jour, voulut
lui donner sa main. M. Pikle courut à Oxford
employer sa dialectique à persuader mistriss Forward : il en vint à bout en lui annonçant le mariage
de Selmours : celui de Fanny et de Roberts fut
conclu peu de temps après. Les quatre époux vécurent ensemble, et vécurent heureux, malgré les
disputes fréquentes de M. Pikle et de sir Édouard,

qui convenait cependant que, dans certaines circonstances, il est quelquefois difficile *de contenter
tout le monde*

FIN DE SELMOURS.

SÉLICO,

NOUVELLE AFRICAINE.

Si l'on pouvait supposer, comme les Parsis le disent, que cet univers est soumis à deux principes, dont l'un fait le peu de bien que nous y voyons, et l'autre tout le mal dont il abonde, on serait tenté de croire que c'est en Afrique surtout que le mauvais principe exerce sa puissance. Nulle terre ne produit autant de poisons, de bêtes féroces, de reptiles venimeux. Le peu que nous savons de l'histoire de Maroc, des nègres d'Ardra, des Jaggas, des autres peuples de la côte, jusqu'au pays des Hottentots, doit prodigieusement ressembler à l'histoire des lions, des panthères, des serpens, si dignes de partager ce brûlant pays avec les rois cannibales qui font porter à la boucherie la chair de leurs prisonniers[1]. Au milieu de ces dégoûtantes

---

[1] Lisez les voyages de Philips, de Smith, de Bosman, de Barbot, de Snelgrave, et la lettre du facteur Lamb, long-temps prisonnier du roi de Dahomai. C'est surtout d'après ces deux

horreurs, parmi ces monstres sanguinaires, dont
les uns vendent leurs enfans, dont les autres man-
gent leurs captifs, on trouve pourtant quelquefois
de la justice naturelle, de la véritable vertu, de la
constance dans la douleur, et un généreux mépris
de la mort. Ces exemples, tout rares qu'ils sont,
suffisent pour nous intéresser à ces êtres dégradés,
pour nous rappeler que ce sont des hommes :
ainsi, dans un désert aride, deux ou trois plantes
de verdúre, que le voyageur consolé découvre de
loin en loin, l'avertissent encore qu'il est sur la
terre.

DANS le royaume de Juida, situé sur la côte de
Guinée, par delà le cap des Trois-Pointes, non
loin de la ville de Sabi, sa capitale, vivait, en 1727,
une pauvre veuve appelée Dariua. Elle était mére
de trois fils qu'elle avait élevés avec une tendresse,
commune heureusement dans la nature, mais
rare dans ces climats, où les enfans sont regardés
comme un objet de commerce, et vendus, pour
être esclaves, par leurs parens dénaturés. L'aîné
de ces fils se nommait Gubéri, le second Téloué,
le dernier Sélico. Tous trois étaient bons et sensibles : ils adoraient leur bonne mére, qui, déjà

derniers que j'ai peint les mœurs, les usages des nègres de
Juida, sans me permettre aucune exagération.

vieille et infirme, ne vivait plus que par leurs soins.
Les richesses de cette famille se bornaient à une
cabane où ils habitaient ensemble, à un petit
champ contigu dont le maïs les nourrissait. Tous
les matins, chacun à son tour, l'un des trois frères
allait à la chasse, l'autre travaillait au champ, le
troisième restait avec sa mère. Le soir ils se
réunissaient : le chasseur rapportait des perdrix,
des perroquets, ou quelque rayon de miel ; l'agri-
culteur revenait avec des ignames ; celui qui était
resté à la maison avait pris soin de préparer le repas commun : ils soupaient tous les quatre ensemble en se disputant le plaisir de servir leur
mère ; ils recevaient ensuite sa bénédiction, et,
couchés sur de la paille à côté les uns des autres,
ils se livraient au sommeil en attendant le jour
suivant.

Sélico, le plus jeune de ces frères, allait souvent
à la ville porter les prémices de la moisson, les of-
frandes de la pauvre famille, au temple du principal dieu du pays. Ce dieu, comme on sait, est
un grand serpent, de l'espèce de ceux appelés *fétiches*, qui n'ont point de venin, ne font aucun
mal, dévorent au contraire les serpens venimeux,
et sont si vénérés à Juida, qu'on regarderait comme
un crime horrible d'oser en tuer un seul : aussi le
nombre de ces serpens sacrés s'est-il multiplié à

l'infini ; au milieu des villes et des villages , dans
l'intérieur des maisons, on rencontre à chaque pas
ces dieux , qui viennent familièrement manger à
la table de leurs adorateurs , se coucher près de
leur foyer , faire leurs petits dans leur lit ; et l'on
regarde cette faveur comme le plus heureux des
présages.

Parmi les nègres de Juida , Sélico était le plus
noir, le mieux fait, le plus aimable : il avait vu
dans le temple du grand serpent la jeune Bérissa,
la fille du chef des prêtres, qui, par sa taille, sa
beauté, sa grâce, l'emportait sur toutes ses com-
pagnes. Sélico brûlait pour elle , et Sélico était
aimé : tous les mercredis, jour consacré chez les
nègres au repos et à la religion, le jeune amant se
rendait au temple, il y passait la journée près de
sa chère Bérissa ; il lui parlait de sa mère, de son
amour, du bonheur dont ils jouiraient quand l'hymen les aurait unis. Bérissa ne lui cachait point
qu'elle soupirait après cet instant ; et le vieux Farulho son père, qui approuvait ces doux nœuds,
leur promettait, en les embrassant, de couronner
bientôt leur tendresse.

Enfin ils voyaient arriver cette époque si désirée ; le jour en était indiqué ; la mère de Sélico,
ses deux frères, avaient déjà préparé la cabane
des nouveaux époux, lorsque le fameux Truro

Audati, roi de Dahomai, dont les rapides conquêtes ont été célèbres même dans l'Europe, envahit le
royaume d'Ardra, extermina ses habitans; et, s'a-
vançant à la tête de sa formidable armée, il ne
s'arrêta qu'au grand fleuve qui le séparait du roi
de Juida. Celui-ci, prince faible, lâche, gouverné
par ses femmes et ses ministres, ne pensa seulement pas à opposer quelques troupes à celles du
conquérant : il crut que les dieux du pays sau-
raient bien en défendre l'entrée, et fit conduire
au bord du fleuve tous les serpens fétiches qu'on
put rassembler. Le Dohamai surpris, et piqué de
n'avoir à combattre que des reptiles, se jette à la
nage avec ses soldats, gagne l'autre bord; et bientôt les dieux, dont on attendait des miracles, sont
coupés par morceaux, rôtis sur des charbons, et
dévorés par les vainqueurs. Alors le roi de Juida,
n'espérant plus qu'aucun effort pût le sauver,
abandonna sa capitale, alla se cacher dans une île
lointaine; et les guerriers d'Audati se répandant
au milieu de ses états, le fer, la flamme à la main,
brûlèrent les moissons, les villes, les villages, et
massacrèrent sans pitié tout ce qu'ils trouvèrent
de vivant [1].

---

[1] Cette conquête de Truro Audati, le Gengis-Kan de l'Afrique, se fit au mois de mars 1727.

La terreur avait dispersé le peu d'habitans échappés au carnage : les trois frères, à l'approche des vainqueurs, avaient chargé leur mère sur leurs épaules, et s'étaient allés cacher dans les bois. Sélico ne voulut point quitter Darina tant qu'elle fut exposée au moindre péril ; mais il ne la vit pas plus tôt en sûreté, que, tremblant pour Bérissa, il courut à Sabi pour s'informer de son sort, pour la sauver, ou périr avec elle. Sabi venait d'être pris par les Dahomais ; les rues étaient pleines de sang, les maisons pillées, détruites ; le palais du roi, le temple du serpent, n'étaient plus que des ruines fumantes, couvertes de cadavres épars, dont les barbares, selon leur coutume, avaient emporté les têtes. Le malheureux Sélico au désespoir, souhaitant la mort, l'affrontant mille fois parmi cette soldatesque ivre d'eau-de-vie et de sang ; Sélico parcourut ces affreux débris, cherchant Bérissa, Farulho, les appelant avec des cris de douleur, et ne pouvant reconnaître leurs corps au milieu de tant de troncs mutilés.

Après avoir consacré cinq jours à cette épouvantable recherche, ne doutant plus que Bérissa et son père n'eussent été les victimes des féroces Dahomais, Sélico prit le parti de retourner près de sa mère. Il la retrouva dans le bois où il l'avait laissée avec ses frères. La douleur sombre de

Sélico, son air, ses regards farouches, effrayèrent la triste famille. Darina pleura son malheur : elle essaya des consolations auxquelles son fils paraissait insensible; il refusait tous les alimens, il paraissait résolu à se laisser mourir de faim. Gubéri et Téloué ne cherchèrent pas à l'en détourner par des raisons, par des caresses; mais ils lui montrèrent leur vieille mère qui n'avait plus ni maison, ni pain, qui n'avait plus rien au monde que ses enfans, et lui demandèrent si, à cette vue, il ne se sentait pas le courage de vivre.

Sélico le promit; Sélico s'efforça de ne plus songer qu'à partager avec ses deux frères les tendres soins qu'ils donnaient à la vieille. Ils s'enfoncèrent dans les bois, s'éloignèrent davantage de Sabi, se bâtirent une cabane dans un vallon écarté, et tâchèrent de suppléer, par leur chasse, au maïs, aux légumes qui leur manquaient.

Privés de leurs arcs, de leurs flèches, de tous les meubles nécessaires qu'ils n'avaient pas eu le temps d'emporter, ils éprouvèrent bientôt les besoins de la misère. Les fruits étaient rares dans ces forêts, où le nombre prodigieux des singes les disputaient encore aux trois frères. La terre ne produisait que de l'herbe. Ils n'avaient point d'instrument pour la labourer, point de graine pour y semer. La saison des pluies arriva, et l'horrible

famine se fit sentir. La pauvre mère, toujours souf-
frante sur un lit de feuilles sèches, ne se plaignait
pas, mais elle se mourait. Ses fils, exténués de
faim, ne pouvaient plus aller dans les bois inondés
de toutes parts : ils dressaient des piéges aux petits oiseaux qui s'approchaient de leur cabane; et,
lorsqu'ils en prenaient quelqu'un, ce qui arrivait
rarement, puisqu'ils n'avaient pas même d'appât,
ils le portaient à leur mère, ils le lui présentaient,
en s'efforçant de sourire; et la mère ne le man-
geait point, parce qu'elle ne pouvait pas le partager avec ses enfans.

Trois mois se passèrent sans apporter aucun
changement à cette affreuse situation. Forcés enfin
de prendre un parti, les trois frères tinrent conseil
à l'insu de Darina. Gubéri proposa le premier de
s'acheminer jusqu'à la côte, et là de vendre l'un
d'entre eux au premier comptoir des Européens,
pour acheter avec cet argent du pain, du maïs,
des instrumens d'agriculture, tout ce qu'il faudrait
pour nourrir leur mère. Un morne silence fut la
réponse des deux frères. Se séparer, se quitter pour
jamais, devenir esclave des blancs ! cette idée les
faisait frémir. Qui sera vendu? s'écria Téloué avec
un douloureux accent. Le sort en décidera, lui
répondit Gubéri ; jetons trois pierres inégales au
fond de ce vase d'argile ; mêlons-les ensemble :

celui qui tirera la plus petite sera l'infortuné...
Non, mon frère, interrompit Sélico : le sort a déjà
prononcé; c'est moi qu'il a rendu le plus malheureux : vous oubliez donc que j'ai perdu Bérissa,
que vous seul m'avez empêché de mourir, en me
disant que je serais utile à ma mère. Acquittez
votre parole; voici le moment : vendez-moi.

Gubéri et Téloué voulurent s'opposer en vain
au généreux dessein de leur frère; Sélico repoussa
leurs prières, refusa de tirer au sort, et menaça de
s'en aller seul, si l'on s'obstinait à ne pas le conduire. Les deux aînés cédèrent enfin. Il fut convenu
que Gubéri resterait avec la mère, que Téloué ac-
compagnerait Sélico jusqu'au fort des Hollandais,
où il recevrait le prix de la liberté de son frère, et
qu'il reviendrait ensuite avec les provisions dont
on avait besoin. Pendant cet accord, Sélico fut le
seul qui ne pleura point; mais combien il eut de
peine à retenir, à cacher ses larmes, quand il fallut
quitter sa mère, lui dire un éternel adieu, l'embrasser pour la dernière fois, et la tromper encore,
en lui jurant qu'il reviendrait bientôt avec Téloué;
qu'ils allaient seulement tous deux visiter leur ancienne demeure, voir s'ils ne pourraient pas rentrer
dans leur héritage. La bonne vieille les crut : elle
ne pouvait cependant s'arracher des bras de ses
fils; elle tremblait des dangers qu'ils allaient braver,

et, par un pressentiment involontaire, elle courut
après Sélico, quand celui-ci disparut à ses yeux.

Les deux jeunes frères, dont on n'aurait pu
distinguer le plus à plaindre, arrivèrent en peu de
jours à la ville de Sabi. Les meurtres avaient cessé;
la paix commençait à renaître : le roi de Dahomai,
possesseur tranquille des états de Juida, voulait
faire fleurir le commerce avec les Européens, et
les appelait dans ses murs. Plusieurs marchands
anglais et français étaient admis à la cour du monarque, qui leur vendait ses nombreux prisonniers, et partageait à ses soldats les terres des
vaincus. Téloué trouva bientôt un marchand qui
lui offrit cent écus de son jeune frère. Comme il
hésitait, comme il tremblait de tous ses membres,
en disputant sur cet horrible marché, une trom-
pette se fait entendre dans la place, et un crieur
public proclame à haute voix que le roi de Dahomai
promettait quatre cents onces d'or à celui qui li-
vrerait vivant un nègre inconnu, qui, la nuit pré-
cédente, avait osé profaner le sérail du monarque,
et s'était échappé vers l'aurore à travers les flèches
des gardes.

Sélico entend cette proclamation, fait signe à
Téloué de ne pas conclure avec le marchand; et,
tirant son frère à l'écart, il lui dit ces paroles
d'une voix ferme :

Tu dois me vendre; et je l'ai voulu pour faire vivre ma mère : mais la modique somme que ce blanc vient de t'offrir ne peut pas la rendre riche. Quatre cents onces d'or assureraient à jamais une grande fortune à Darina et à vous : il faut les gagner, mon frère; il faut me lier tout à l'heure, et me conduire devant le roi comme le coupable qu'il cherche. Ne t'effraie pas : je sais comme toi quel est le supplice qui m'attend, j'en ai calculé la durée, elle ne passera pas une heure : lorsque ma mère me mit au monde, elle souffrit plus long-temps.

Téloué tremblant ne put lui répondre; pénétré d'effroi, de tendresse, il tombe aux pieds de Sélico, embrasse ses genoux, le presse, le supplie, par le nom de sa mère, par celui de Bérissa, par tout ce qu'il avait aimé, de renoncer à ce dessein terrible. De qui me parles-tu? répond Sélico avec un sourire amer. J'ai perdu Bérissa; je veux la rejoindre; je sauve ma mère par mon trépas, je rends mes frères riches à jamais, je m'épargne un esclavage qui peut durer quarante années. Mon choix est fait, ne me presse plus, ou je vais me livrer moi-même. Tu perdras le fruit de ma mort, et tu causeras le malheur de celle à qui nous devons la vie.

Intimidé par l'air, par le ton avec lequel Sélico prononce ces dernières paroles, Téloué n'ose ré-

pliquer; il obéit à son frère, va chercher des cor-
des, lui lie les deux bras derrière le dos, le baigne
de pleurs en serrant les nœuds; et, le conduisant
devant lui, il marche au palais du roi.

Arrêté par les premières gardes, il demande à
parler au monarque. On va l'annoncer; il est
introduit. Le roi de Dahomai, couvert d'or et de
pierreries, était à demi couché sur un sopha d'é-
carlate, la tête appuyée sur le sein de ses favorites,
vêtues de jupes de brocard, et nues de la ceinture
en haut. Les ministres, les grands, les capitaines,
superbement habillés, étaient prosternés à vingt
pas du roi; les plus braves étaient distingués par
un collier de dents humaines, dont chacune attes-
tait une victoire[1]; plusieurs femmes, le fusil sur
l'épaule, veillaient aux portes de l'appartement;
de grands vases d'or, remplis de vin de palmier,
d'eau-de-vie, de liqueurs fortes, étaient placés
pêle-mêle, à peu de distance du roi, et la salle était
pavée des crânes de ses ennemis[2].

Souverain du monde, lui dit Téloué en baissant
son front jusqu'à la terre, je viens, d'après tes
ordres sacrés, livrer dans tes mains... Il n'achève
pas : sa voix expire sur ses lèvres. Le roi l'inter-

---

[1] Histoire des Voyages, tome III, page 58.
[2] Voyage d'Atkins, etc.

roge ; il ne peut répondre. Sélico prend alors la parole.

Roi de Dahomai, dit-il, tu vois devant toi le coupable qui, entraîné par un funeste amour, a pénétré la nuit dernière dans l'enceinte de ton sérail. Celui qui me tient enchaîné fut assez long-temps mon ami pour que je ne craignisse pas de lui confier mon secret. Par zèle pour ton service, il a trahi l'amitié ; il m'a surpris dans mon som-meil, il m'a chargé des liens, et vient te demander sa récompense : donne-la lui, le malheureux l'a gagnée.

Le roi, sans daigner lui répondre fait signe à l'un de ses ministres, qui vient s'emparer du cou-pable, le livre aux femmes armées, et remet à Téloué les quatre cents onces d'or. Celui-ci, chargé de cet or, qui lui fait horreur à toucher, court ache-ter des provisions, et sort précipitamment de la ville pour les porter à sa mère.

Déjà, par l'ordre du monarque, on préparait l'affreux supplice dont à Juida l'on punit l'adultère avec les femmes du roi. Deux grandes fosses sont creusées à peu de distance l'une de l'autre. Dans celle destinée à l'épouse coupable, on attache l'in-fortunée à un poteau ; et toutes les femmes du sérail, vêtues de leurs plus beaux habits, portant de grands vases remplis d'eau bouillante, viennent, au son des tambours et des flûtes, répandre cette eau sur sa tête jusqu'à ce qu'elle ait expiré. L'autre fosse contient un bûcher au-dessus duquel on place en travers une longue barre de fer que soutiennent deux pieux élevés : on lie à cette barre le criminel, qui n'est atteint seulement que par l'extrémité des flammes, et périt ainsi dans de longs tourmens.

La place était remplie de peuple. L'armée entière, sous les armes, formait un bataillon carré, hérissé de fusils et de dards. Les prêtres, en habits de cérémonie, attendaient les deux victimes pour leur imposer les mains et les dévouer au trépas. Elles arrivèrent de différens côtés, conduites par les femmes armées. Sélico, calme et résigné, marchait la tête levée. Arrivé près du poteau, il ne put s'empêcher de jeter les yeux sur la compagne de son infortune. Quelle est sa surprise, quelle est sa douleur, en reconnaissant Bérissa ! Il jette un cri, veut s'élancer vers elle : mais ses bourreaux le retiennent. Bientôt ce premier mouvement fait place à l'indignation : Malheureux ! dit-il à lui-même, tandis que je la pleurais, tandis que je cherchais la mort dans l'espérance de la rejoindre elle était au nombre de ces viles maitresses qui se disputent le cœur d'un tyran ! Non contente de trahir l'amour, elle était encore infidèle à son maitre ;

elle méritait le nom d'adultère et le châtiment dont on les punit ! O ma mère ! c'est pour toi seule que je meurs, c'est à toi seule que je veux penser.

Au même instant, l'infortunée Bérissa, qui vient de reconnaître Sélico, pousse des cris, appelle les prêtres, et leur déclare à haute voix que le jeune homme qu'ils font périr n'est pas celui qui pénétra dans le sérail ; elle le jure à la face du ciel, par les montagnes, par le tonnerre, de tous les fétiches le plus redouté. Les prêtres intimidés font suspendre le supplice, et courent avertir le roi, qui lui-même se rend sur la place.

La colère et l'indignation se peignaient sur le front du monarque en s'approchant de Bérissa : Esclave, lui dit-il d'une voix terrible, toi qui dédaignas l'amour de ton maître, toi que je voulais élever au rang de ma première épouse, et que j'ai laissée vivre malgré ton refus, quel est ton projet en osant nier le crime de ton complice ? Espères-tu le sauver ? Si ce n'est pas là ton amant, nomme-le donc, fille coupable ; indique-le à ma justice, et je délivre l'innocent.

Roi de Dahomai, répond Bérissa déjà liée au fatal poteau, je ne pouvais accepter ton cœur ; le mien n'était plus à moi : je n'ai pas craint de te le dire. Penses-tu que celle qui n'a pas menti pour

partager une couronne pourrait mentir au moment d'expirer ? Non, j'ai tout avoué ; je renouvelle mes aveux. Un homme a pénétré cette nuit
jusque dans mon appartement ; il n'en est sorti
qu'à l'aurore : mais cet homme n'est pas celui-
là. Tu me demandes de le nommer : je ne le dois
ni ne le veux. Je suis prête à mourir : je sais que
rien ne peut me sauver, et je ne prolonge ces affreux momens que pour t'empêcher de commettre
un crime. Je te le jure de nouveau, roi de Dahomai ; le sang de cet innocent doit retomber sur ta
tête. Fais-le délivrer, et fais-moi punir. Je n'ai plus
rien à te dire.

Le roi fut frappé des paroles de Bérissa, de
l'accent dont elle les prononçait ; il n'ordonnait
rien, il baissait la tête, et s'étonnait de la répugnance secrète qu'il se sentait cette fois à répandre
un peu de sang. Mais, réfléchissant que ce nègre
s'était accusé lui-même ; attribuant à l'amour l'intérêt que Bérissa témoignait pour lui, toute sa
fureur renaît. Il fait un signe aux bourreaux :
aussitôt le bûcher s'allume, les femmes se mettent
en marche avec leurs vases d'eau bouillante, lorsqu'un vieillard haletant, couvert de blessures et
de poussière, perce la foule tout à coup, arrive,
tombe aux pieds du roi :

Arrête, lui dit-il, arrête : c'est moi qui suis le

coupable, c'est moi qui ai franchi les murs de ton sérail pour en enlever ma fille. J'étais autrefois le prêtre du dieu qu'on adorait ici; on arracha ma fille de mes bras, on la conduisit dans ton palais. J'ai cherché depuis ce temps l'occasion de la revoir. Cette nuit, je suis parvenu jusqu'auprès d'elle. Vainement elle a tenté de me suivre; tes gardes nous ont aperçus. Je me suis échappé seul à travers les flèches dont tu me vois atteint. Je viens te rendre ta victime; je viens expirer avec celle pour qui seule j'aimais la vie.

Il n'avait pas achevé, que le roi commande à ses prêtres de détacher les deux malheureux, de les amener à ses pieds. Il interroge Sélico; il veut savoir quel puissant motif a pu l'engager à venir chercher un si douloureux supplice. Sélico, dont le cœur palpitait de joie de retrouver Bérissa fidèle, ne craint pas de tout révéler au monarque : il lui raconte ses malheurs et l'indigence de sa mère, et la résolution qu'il avait prise de gagner les quatre cents onces d'or. Bérissa, son père, écoutaient en versant des larmes d'admiration ; les chefs, les soldats, le peuple, étaient attendris ; le roi sentait couler des pleurs qui jamais n'avaient baigné ses joues : tel est le charme de la vertu, les barbares mêmes l'adorent.

Après avoir entendu Sélico, le roi lui tend la

main, le relève ; et se tournant vers les marchands européens que ce spectacle avait attirés : Vous, dit-il, à qui la sagesse, l'expérience, les lumières d'une longue civilisation, ont si bien appris, à un écu près, ce que peut valoir un homme, combien estimez-vous celui-là ? Les marchands rougirent de cette question. Un jeune Français, plus hardi que les autres, s'écria : Dix mille écus d'or. Qu'on les donne à Bérissa, répondit aussitôt le roi, et qu'avec cette somme elle n'achète point, mais qu'elle épouse Sélico.

Après cet ordre, exécuté sur l'heure, le roi de Dahomai se retire, surpris de sentir une joie qu'il n'avait pas encore connue.

Farulho, ce même jour, donna sa fille à Sélico. Les nouveaux époux, suivis du vieillard, partirent dès le lendemain avec leur trésor pour aller trouver Darina. Elle pensa mourir de sa joie, ainsi que les frères de Sélico. Cette vertueuse famille ne se sépara plus, jouit de ses richesses, et, dans un pays barbare, offrit long-temps le plus bel exemple que le ciel puisse donner à la terre, celui du bonheur et de l'opulence produits par la seule vertu.

FIN DE SÉLICO.

CLAUDINE,

NOUVELLE SAVOYARDE.

Au mois de juillet 1788, me retrouvant dans ce
Ferney, qui, depuis la mort de Voltaire, ressemble à ces châteaux déserts qu'ont jadis habités les
génies, je résolus d'aller visiter les fameux glaciers
de Savoie. Un Génevois de mes amis eut la bonté
de m'accompagner. Je ne décrirai point ce voyage :
il faudrait, pour le rendre intéressant, imiter ce
style exalté, sublime, inintelligible aux profanes,
dont un voyageur ne peut guère se passer à présent, pour peu qu'il ait fait deux lieues et qu'il
ait une âme sensible ; il faudrait ne parler que
d'extases, d'étreintes, de tressaillemens ; et j'avoue
que ces mots, devenus si simples, ne me sont pas
encore assez familiers. J'ai vu *le Mont-Blanc*, et
la Mer de glace, et *la source de l'Arvéron*. J'ai
contemplé long-temps, en silence, ces rochers terribles, couverts de frimas, ces pointes de glace
qui percent les nues ; ce large fleuve qu'on appelle
une mer, suspendu tout à coup dans son cours,

et dont les flots immobiles paraissent encore en fureur ; cette voûte immense formée par la neige de tant de siècles, d'où s'élance un torrent blanchâtre qui roule des blocs de glaçons à travers des débris de rocs. Tout cela m'a frappé de terreur et pénétré de tristesse : j'ai cru voir l'effrayante image de la nature sans soleil, abandonnée au dieu des tempêtes. En regardant ces belles horreurs, j'ai remercié l'Être tout-puissant de les avoir rendues si rares ; j'ai désiré mon départ pour repasser dans la vallée, la délicieuse vallée de Maglan[1]. C'est là que je me promettais de consoler mes yeux attristés, en voyageant lentement dans ce riant paysage, en contemplant sur les rives de l'Arve ces riches tapis de verdure, ces bois tranquilles, ces prés émaillés, ces chaumières, ces maisons éparses, où mon imagination m'offrait un vieillard entouré de sa famille, une mère allaitant son fils, deux jeunes amans venant de l'autel. Voilà le spectacle qui plaît à mes yeux ; voilà les aspects qui touchent mon cœur, qui lui donnent des souvenirs doux ou des désirs agréables.

O mon bon ami Gessner, vous pensiez bien comme moi, vous qui, né dans le pays le plus varié,

---

[1] Vallon charmant sur les bords de l'Arve, que l'on traverse en allant à Chamouny.

le plus pittoresque de la terre, le plus propre à
vous fournir des descriptions toujours différentes,
n'avez jamais, comme tant d'autres, abusé de l'art
de décrire, n'avez jamais cru qu'un tableau, quelque brillant que fût son coloris, pût se passer de
personnages ! Vous chantez les bocages sombres,
les prés verdoyans, les ruisseaux limpides ; mais
des bergères, des pasteurs, y donnent des leçons
d'amour, de piété, de bienfaisance. En vous lisant, les yeux satisfaits parcourent le site que vous
avez peint ; l'âme, plus satisfaite encore, se nourrit
d'utiles préceptes et jouit d'une émotion douce.

Telles étaient les idées qui m'occupaient à Chamouny, lorsque je descendais *le Mont-Envers* en
revenant de la mer de glace. Après deux heures
d'une marche pénible, j'arrivai près de la fontaine
où je m'étais reposé le matin. Je voulus m'y reposer encore ; car, en aimant peu les torrens, je
fais grand cas des fontaines. D'ailleurs j'étais excé-
dé, quoique bien indigne de mes fatigues. Je priai
mon brave et honnête guide, qui s'appelait François Paccard, de s'asseoir à côté de moi ; et nous
commençâmes alors une fort bonne conversation
sur les mœurs, sur le caractère, sur la manière
de vivre des habitans de Chamouny. Le bon Paccard m'intéressait par le récit de ces mœurs si
simples, dont on aime à s'entretenir quand ce ne

serait que pour les regretter, lorsqu'une jolie petite
fille vint m'offrir un panier de cerises. Je le pris
et le lui payai. Dès qu'elle fut éloignée, Paccard
me dit en riant : Il y a dix ans qu'à la place où
nous sommes il en coûta cher à l'une de nos jeunes
paysannes pour être ainsi venue présenter des
fruits à un voyageur. Aussitôt je priai Paccard de
me raconter cette histoire. Elle est un peu longue, me répondit-il ; j'en ai su jusqu'aux moindres
détails par M. le curé de Sallenche, qui joua lui-
même un grand rôle dans cette aventure. Je pres-
sai Paccard de me répéter ce qu'il avait appris du
curé de Sallenche ; et, tous deux assis contre deux
sapins, mangeant ensemble nos cerises, Paccard
commença son récit :

Il faut que vous sachiez, Monsieur, que notre
vallée de Chamouny n'était pas, il y a dix ans, aussi
célèbre qu'elle l'est aujourd'hui. Les voyageurs
ne venaient point nous apporter leurs louis d'or
pour voir notre neige glacée et pour ramasser nos
petits cailloux. Nous étions pauvres, ignorans du
mal ; et nos femmes, comme nos filles, occupées
des soins du ménage, étaient encore plus igno-
rantes que nous. Je vous dis ceci d'avance, afin
que vous excusiez un peu la faute que fit Claudine. La pauvre enfant était si simple, qu'il était
bien facile de la tromper.

Claudine était fille du vieux Simon, laboureur *au Prieuré*[1]. Ce Simon, que j'ai bien connu puisqu'il n'est mort que depuis deux ans, était le syndic de notre paroisse. Tout le pays le respectait à cause de sa probité; mais son caractère était naturellement sévère; il ne se passait rien à lui-même, et ne passait pas grand'chose aux autres : on le craignait autant qu'on l'estimait. Celui de nos habitans qui aurait eu dispute avec sa femme, ou bu quelques coups de trop le dimanche, n'aurait pas osé parler à Simon de toute la semaine. Nos petits enfans ne faisaient plus de bruit quand il passait ; ils lui ôtaient bien vite leurs chapeaux, et ne recommençaient leurs jeux que lorsque M. Simon était loin.

Simon était demeuré veuf de Madelène sa femme, qui lui avait laissé deux filles. Nanette, l'aînée, était assez bien de figure; mais Claudine, la cadette, était un ange pour la beauté. Son joli visage rond, ses beaux yeux noirs remplis d'esprit, ses grands sourcils, sa petite bouche, qui ressemblait à cette cerise, son air d'innocence et de gaieté, lui faisaient des amoureux de tous les jeunes garçons de notre village ; et, quand elle venait danser le dimanche avec son juste de drap bleu serré sur

[1] Principal village de la vallée de Chamouny.

sa taille fine, son chapeau de paille garni de rubans, et son petit bonnet rond qui pouvait à peine contenir ses longs cheveux, c'était à qui re-
tiendrait son tour pour danser avec Claudine.

Claudine n'avait que quatorze ans; sa sœur
Nanette en avait dix-neuf, et demeurait toujours
à la maison pour prendre soin du ménage. Claudine, comme la plus jeune, allait garder le troupeau sur le Mont-Envers ; elle portait son dîner,
sa quenouille, et passait sa journée à filer, à chanter, ou à jaser avec les autres bergères ; le soir,
elle revenait chez Simon, qui, après souper, lisait
à ses filles quelque histoire de la Bible, leur donnait
sa bénédiction ; et tout le monde allait dormir.

Dans ce temps-là les étrangers commencèrent à
venir voir nos glaciers. Un jeune Anglais, nommé
M. Belton, fils d'un riche négociant de Londres,
en passant à Genève pour aller en Italie, eut la
curiosité de faire le voyage de Chamouny. Il vint
descendre chez madame Couteran [1]; et le lendemain, à quatre heures du matin, il monta le Mont-
Envers pour aller voir la mer de glace, conduit
par mon frère Michel, qui maintenant est le doyen
des guides. Il en revenait vers les onze heures,

---

[1] C'est le nom très connu de la maîtresse de la plus ancienne
auberge de Chamouny.

et se reposait comme nous à cette même fontaine,
quand Claudine, qui gardait par là ses moutons,
le voyant fort échauffé, vint lui offrir des fruits et
du lait qu'elle avait pour son diner. L'Anglais la
remercia, la regarda beaucoup, causa quelque
temps avec elle, et voulut lui donner cinq ou six
guinées, que Claudine refusa : mais la pauvre
Claudine ne refusa point de mener M. Belton voir
son troupeau, qu'elle avait laissé parmi ces grands
arbres. L'Anglais pria son guide de l'attendre, et
s'en fut avec Claudine. Il y demeura deux bonnes
heures. Vous dire la suite de leur conversation,
c'est ce que je ne pourrais pas, puisque personne ne les entendit. Il suffit que vous sachiez que
M. Belton partit le même soir, et que Claudine,
en revenant chez son père, était pensive, rêveuse,
assez triste, et portait au doigt un beau diamant
vert que l'Anglais lui avait donné. Sa sœur lui
demanda d'où venait ce diamant. Claudine répondit qu'elle l'avait trouvé. Simon, d'un air mécontent, prit aussitôt la bague, et la porta lui-même
chez madame Couteran, afin qu'on découvrit la
personne qui l'avait perdue. Aucun voyageur ne
la réclama. M. Belton était déjà bien loin ; et
Claudine, à qui l'on rendit le diamant, devint chaque jour plus triste.

Cinq ou six mois se passèrent. Claudine, qui

tous les soirs rentrait avec les yeux rouges, prit enfin le parti de se confier à sa sœur Nanette. Elle lui avoua que, le jour où elle avait rencontré M. Belton sur le Mont-Envers, M. Belton lui avait dit qu'il était amoureux d'elle, qu'il voulait s'établir à Chamouny, pour ne plus la quitter et pour l'épouser. Moi, je l'ai cru, ajouta Claudine; il me l'a juré plus de cent fois; il m'a dit que ses affaires le forçaient de retourner à Genève; mais qu'avant quinze jours il serait ici; qu'il y acheterait une maison; que notre mariage se ferait tout de suite. Il s'est assis près de moi, m'a embrassée en m'appelant sa femme, et m'a donné cette belle bague, comme l'anneau des mariés. Je n'ose pas vous en raconter davantage, ma sœur : mais j'ai de grandes inquiétudes; je suis malade, je pleure toute la journée, et j'ai beau regarder le chemin de Genève, M. Belton ne revient point.

Nanette, qui venait de se marier, pressa de questions la pauvre Claudine. Elle apprit enfin, après bien des larmes, que l'Anglais avait indignement trompé cette simple et malheureuse fille, et que Claudine était grosse.

Comment faire? Comment annoncer ce malheur au terrible M. Simon? Le lui cacher était impossible. La bonne Nanette n'augmenta point le désespoir de sa sœur par des reproches inutiles; elle chercha même à la consoler, en lui faisant espérer un pardon qu'elle savait bien qu'on n'obtiendrait pas. Après avoir réfléchi long-temps avec elle, Nanette, d'après son consentement, alla trouver notre bon curé, lui confia tout sous le secret, et le supplia d'instruire son père, de l'adoucir, de lui faire voir que la faute de Claudine était le crime du méchant Anglais; de prendre enfin tous les moyens de sauver l'honneur ou du moins la vie à la pauvre malheureuse. Notre curé, fort triste de cette nouvelle, se chargea pourtant de l'annoncer, et se rendit chez Simon à l'heure où il était sûr que Claudine était sur le Mont-Envers.

Simon, selon sa coutume, lisait l'Ancien Testament. Notre bon curé s'assit près de lui, parla des belles histoires qui se trouvaient dans ce divin livre, admira surtout celle de Joseph lorsqu'il pardonne à ses frères, celle du grand roi David lorsqu'il pardonne à son fils Absalon, et d'autres que je ne sais point, mais que M. le curé sait. Simon était de son avis. M. le curé lui disait que Dieu nous a voulu donner ces exemples de miséricorde, afin qu'en étant doux et miséricordieux envers nos frères comme Joseph, envers nos enfans comme David, nous méritions de trouver aussi la même compassion dans notre père commun. Tout cela était arrangé bien mieux que je ne l'arrange : mais

vous comprenez que notre curé préparait petit à
petit le vieillard à la mauvaise nouvelle. Simon fut
long-temps à l'entendre : il l'entendit à la fin, et,
se levant aussitôt, pâle, tremblant de colère, il
sauta sur le fusil avec lequel il tuait des chamois,
pour aller tuer sa fille. Le curé se jeta sur lui, le
désarma, le retint ; et tantôt lui parlant avec force
de ses devoirs de chrétien, tantôt l'embrassant, le
plaignant, le serrant contre sa poitrine, il fit tant,
que le vieux Simon, qui jusqu'alors avait eu les
yeux secs, les lèvres blanches, tout le corps tremblant, retomba dans son fauteuil, avec ses deux
mains sur son front, et se mit à fondre en larmes.

Le curé le laissa pleurer quelque temps sans lui
rien dire; ensuite il voulut raisonner avec lui des
mesures que l'on pouvait prendre pour sauver
l'honneur de Claudine. Mais Simon l'interrompit :
Monsieur le curé, lui dit-il, on ne sauve point ce
qui est perdu ; chaque moyen que nous prendrions
nous rendrait coupable nous-mêmes, par les mensonges qu'il faudrait faire. Cette malheureuse ne
doit plus rester ici ; elle y serait le scandale de
tous, et le supplice de son père : qu'elle s'en aille,
monsieur le curé; qu'elle vive, puisque l'infâme
veut vivre, mais que moi je meure loin d'elle;
qu'elle parte aujourd'hui même; qu'elle sorte
de notre pays, et que jamais elle ne se présente

devant mes cheveux blancs qu'elle a déshonorés.

M. le curé voulut essayer de fléchir Simon; ses efforts furent inutiles. Simon répéta l'ordre positif de faire partir Claudine. Notre bon curé s'en alla tristement, lorsque le vieillard courut après lui, le ramena dans sa chambre, ferma la porte; et, lui remettant une vieille bourse de peau remplie d'une cinquantaine d'écus : Monsieur le curé, lui dit-il, cette malheureuse va manquer de tout : donnez-lui ces cinquante écus, non pas de ma part, gardez-vous-en bien, mais comme une charité de vous : dites-lui que c'est le bien des pauvres que la compassion vous fait donner au crime; surtout ne parlez pas de moi... Et si vous pouviez écrire à quelqu'un pour lui adresser, lui recommander... Je connais votre humanité, je ne veux ni rien vous dire, ni rien savoir.

Le curé ne lui répondit qu'en serrant sa main : il courut rejoindre Nanette qui l'attendait dans la rue, plus morte que vive. Rentrez, lui dit-il, rentrez dans la chambre de votre sœur; faites un paquet de toutes ces hardes; prenez tout généralement, et venez l'apporter chez moi : je ne puis vous parler que là. Nanette obéit en pleurant : elle se douta bien de ce qui arrivait, et mit dans le paquet de Claudine ses propres habits, son linge, avec le peu d'argent qu'elle possédait. Elle revint ensuite

chez notre curé, qui lui raconta son entretien avec
Simon, lui remit une longue lettre pour le curé de
Sallenche, et lui dit :

Ma chère enfant, aujourd'hui même il faut
conduire votre sœur à Sallenche : vous lui direz ce
qui s'est passé. Il est inutile que je la voie; mon
ministère m'obligerait à lui faire des reproches qui
seraient trop cruels dans ce moment. Vous lui re-
mettrez cette bourse à laquelle je vais joindre
quelques écus de mes épargnes; vous lui donnerez
cette lettre pour mon confrère le curé de Sallenche; vous la menerez jusqu'à son presbytère, où
il n'est pas nécessaire que vous entriez ; vous re-
viendrez ensuite auprès de votre père, qui a besoin
de vous, mon enfant, de vous, dont la sagesse et la
vertu adouciront, je l'espère, les chagrins que lui
donne votre sœur. Allez, ma fille, partez tout à
l'heure, nous nous reverrons demain.

Nanette, en soupirant, prit le paquet, la lettre,
la bourse, et s'en alla sur le Mont-Envers. Elle
trouva Claudine couchée par terre, pleurant et se
désolant. Nanette lui ménagea tant qu'elle put les
ordres qu'elle apportait : mais quand Claudine fut
instruite qu'il fallait s'en aller sur-le-champ, elle
poussa des cris horribles, s'arracha les cheveux,
se meurtrit le visage en répétant toujours : Je suis
chassée; mon père me donne sa malédiction : tuez-

moi, ma sœur, tuez-moi, ou je me jette dans ce
précipice.

Nanette l'embrassait et la contenait. Elle fut
plusieurs heures à la calmer, en lui donnant l'espérance que Simon s'apaiserait un jour, en lui
promettant de l'aller voir souvent, de ne jamais
l'abandonner. Enfin elle décida Claudine à partir;
et toutes deux, à la nuit tombante, prirent le
chemin de Sallenche, en évitant de passer par
notre village, où, malgré l'obscurité, la pauvre
Claudine aurait cru que tout le monde lisait sa
faute sur son front.

La route fut triste, comme vous pensez; elles
n'arrivèrent qu'au point du jour. Nanette ne put
se résoudre à paraître avec sa sœur devant M. le
curé de Sallenche. Elle fit ses adieux à Claudine
avant d'entrer dans la ville, la tint long-temps
serrée contre son sein, lui remit tout ce qu'elle
avait pour elle, et la quitta presque aussi désolée
que sa malheureuse sœur.

Dès que Claudine se vit seule, tout son courage
l'abandonna. Elle alla se cacher dans la montagne,
et y passa la journée sans prendre aucune nourriture, résolue de se laisser mourir. Cependant,
quand la nuit fut venue, elle eut peur, et s'achemina vers la ville, où elle demandait à voix basse
la maison de M. le curé. On la lui indiqua. Elle

frappa doucement; une vieille gouvernante vînt ouvrir.

Claudine s'annonça de la part de M. le curé du Prieuré. La gouvernante la conduisit aussitôt vers son maître, qui soupait dans ce moment, tout seul, au coin de son feu. Claudine, sans oser lever les yeux, sans oser dire une parole, lui remit sa lettre en tremblant; et, tandis que le curé lisait en se rapprochant de sa lumière, la pauvre fille couvrit son visage de ses deux mains, et se mit à genoux près de la porte.

M. le curé de Sallenche est un brave et digne homme : toute sa paroisse le chérit et le respecte comme un père. Quand il eut fini la lettre, et qu'en retournant la tête il vit cette jeune fille à genoux, toute baignée de larmes, il se mit à pleurer aussi. Il la releva, loua son repentir, lui fit espérer le pardon d'une faute qui lui causait tant de douleur, la força de manger malgré ses refus; et rappelant sa gouvernante qui était sortie, il la chargea de préparer un lit pour Claudine. Claudine, tout étonnée de voir quelqu'un qui ne la méprisait pas, lui baisait les mains sans répondre, et baisait celles de la gouvernante, qui s'empressait de la faire souper. Le curé, assis près d'elle, lui parlait avec amitié, ne disait pas le moindre mot qui pût lui rappeler son malheur : il demandait des nouvelles du bon curé son confrère ; il racontait les bonnes actions que ce digne pasteur avait faites, et se plaisait à répéter que la plus belle comme la plus douce fonction de leur ministère était de consoler les malheureux et de ramener les cœurs égarés. Claudine l'écoutait avec un respect, avec une reconnaissance, qui l'empêchaient de manger ; elle le regardait avec des yeux pleins de larmes : il lui semblait voir un ange du ciel que Dieu lui envoyait pour la relever. Quand son souper fut fini, la gouvernante vint l'avertir que sa chambre était prête. Claudine alla se coucher bien plus calme : elle ne dormit pas, mais du moins elle reposa.

Dès le lendemain au matin, le bon curé courait Sallenche pour trouver un petit logement où Claudine pût accoucher. Une vieille femme qui vivait seule, et qui s'appelait madame Félix, offrit une chambre en promettant le secret. Claudine y vint à la nuit. Le curé voulut payer de son argent trois mois de la pension d'avance ; et madame Félix convint avec lui de faire passer Claudine pour une de ses nièces mariée à Chambéry. Tout fut arrangé. Il était grand temps ; car la fatigue du chemin, les peines, les agitations qu'avait éprouvées Claudine, lui donnèrent des douleurs dès le même soir. Quoiqu'elle ne fût grosse que de sept

mois, elle accoucha d'un garçon beau comme le
jour, que madame Félix tint sur les fonts de baptême et qu'elle nomma Benjamin.

Le curé voulait tout de suite envoyer cet enfant
en nourrice : mais Claudine le pria tant, lui dit
avec tant de pleurs qu'elle aimait mieux mourir
que d'être séparée de son petit Benjamin, qu'il
fallut le lui laisser, du moins pour les premiers
jours ; et, quand ces premiers jours furent passés,
la tendresse de la mère pour son fils se trouva plus
forte. Le curé parla raison, lui représenta qu'elle
rendait impossible son retour à Chamouny, sa ré-
conciliation avec son père. Claudine l'écoutait en
baissant les yeux, et ne répondait à tout cela qu'en
embrassant Benjamin.

Le temps s'écoula. Claudine achevait sa nourriture, et demeurait toujours chez madame Félix,
qui l'aimait de tout son cœur. Les cinquante écus
de son père, ceux que Nanette avait mis dans le
paquet, suffisaient pour payer sa pension. Cette
bonne Nanette n'osait point venir voir sa sœur à
Sallenche ; mais elle portait tout ce qu'elle pouvait
économiser chez notre curé, qui le faisait passer
à son confrère. Ainsi Claudine ne manquait de
rien : il lui fallait si peu de chose ! Elle ne sortait
jamais que les dimanches pour aller à la première
messe. Le reste du temps, elle le passait avec son

fils et la vieille, qui, ayant été autrefois maîtresse
d'école à la Bonne-Ville, apprit à Claudine à bien
lire, à bien écrire, et lui donna une sorte d'éducation. Claudine enfin n'était pas malheureuse, le
petit Benjamin était charmant : mais ce bonheur
ne pouvait pas durer.

Dix-huit mois se passèrent. Benjamin marchait
déjà tout seul. Claudine avait si bien profité des
instructions de la bonne madame Félix, qu'elle se
trouvait en état d'instruire un jour elle-même son
fils. Ce fils devenait de plus en plus aimable.
Claudine ne pouvait se lasser de l'admirer ; elle
n'était occupée que de lui ; elle ne songeait qu'à
l'aimer, quand le curé de Sallenche vint la trouver
un matin.

Ma chère fille, lui dit-il, lorsque je vous ai
recueillie, lorsque j'ai couvert votre faute du manteau de la charité, mon projet était de mettre
votre enfant en nourrice, de le faire élever dans
un village, et de lui donner ensuite les moyens de
gagner sa vie. J'espérais, pendant ce temps, apaiser la colère de votre père, l'engager à vous reprendre dans sa maison, où votre repentir, votre
modestie, votre amour pour la sagesse et le travail,
lui auraient fait oublier les chagrins que vous lui
causâtes. Cette conduite était la seule raisonnable,
la seule qui pût vous rendre l'amitié de votre père

et l'estime de vos amis. Vous seule vous y opposez : votre tendresse passionnée pour votre fils, votre résolution de ne jamais le quitter, vous exilent à jamais de la maison paternelle. Comment voudriez-vous que Simon vît cet enfant? Que pourrait-il être à ses yeux, à ceux de tout votre village, qu'un sujet éternel de honte et de douleur? Vous avez assez de raison, assez de cœur, assez d'esprit, pour sentir qu'il faut renoncer à votre enfant, ou à votre père, à votre famille, à votre pays. Je lis dans vos yeux que votre choix est fait : mais je dois vous représenter que vous ne pouvez pas rester ici toute la vie chez une pauvre et bonne femme qui vous est tendrement attachée, je le sais, qui vous demandera peut-être de ne jamais vous séparer d'elle, mais à qui son indigence ne permet pas de vous garder pour rien. Je ne puis moi-même vous continuer les faibles secours que je vous ai donnés, parce qu'ils sont le bien de tous les malheureux, et qu'après avoir rempli vis-à-vis de vous les devoirs que me prescrivait votre situation, je serais coupable d'abandonner les autres infortunés pour satisfaire un amour que j'excuse, qui m'attendrit, mais que je ne dois pas encourager. Vous me répondrez que vous pouvez vivre avec l'argent que votre sœur vous fait passer. Mais cet argent est pris sur sa subsistance, sur celle de sa famille et de son mari. Nanette travaille à la terre, tandis que vous caressez Benjamin; Nanette vous envoie le fruit de sa peine, et Nanette n'a point fait de faute. Je le demande à votre cœur, ma chère fille, devez-vous recevoir long-temps ces bienfaits? Il ne vous resterait qu'une ressource; ce serait de vous mettre en service, soit à Genève, soit à Chambéry. A votre âge, avec votre figure, entourée peut-être de mauvais exemples, ce parti vous exposerait à bien des périls. D'ailleurs je doute qu'avec un enfant que vous ne voulez pas quitter, vous trouviez des maîtres qui vous reçoivent. Pensez à toutes ces considérations; réfléchissez-y mûrement : je vous donne deux jours. Vous me direz à quoi vous êtes déterminée; et je vous promets de faire encore pour vous tout ce qu'il me sera possible de faire.

Après ce discours, le curé sortit, laissant Claudine dans une grande incertitude et dans une affliction plus grande. Elle sentait la vérité de tout ce que le sage curé venait de lui dire; elle sentait encore mieux qu'il lui serait impossible de vivre sans Benjamin. Elle passa toute la journée et toute la nuit à chercher, à rouler dans sa tête les moyens de ne plus être à charge à sa sœur et de ne pas quitter son fils. Enfin elle prit un parti qui pouvait avoir ses dangers, mais qui du moins accor-

dait tout ; et, décidée à le suivre, elle se leva dès
le point du jour pour écrire ce billet au curé :

« Mon cher bienfaiteur ,

« J'ai bien du chagrin de ne pouvoir m'acquitter
« de tout ce que je vous dois par une soumission
« égale à ma reconnaissance pour vous. Le bon
« Dieu sait que, s'il ne fallait que donner ma vie
« pour que vous fussiez content, je ne serais pas
« si malheureuse. Mais quelle différence de mourir
« ou de quitter Benjamin ! Je ne le peux pas, mon-
« sieur le curé ; j'ai essayé tout ce que j'ai de forces :
« ne me haïssez point, je ne le peux pas. Je ne veux
« plus être à charge à ma pauvre sœur, ni à la
« bonne madame Félix, ni à vous, qui avez tant
« fait pour moi. Quand cette lettre vous arrivera,
« je serai déjà loin de Sallenche, et je n'y revien-
« drai plus. J'ai trouvé des moyens de vivre sans
« être au service de personne, sans risquer d'aban-
« donner jamais la vertu, que vous m'avez tant
« fait aimer. Soyez tranquille sur ce point, mon
« cher bienfaiteur. Je m'en vais sans en instruire
« la bonne madame Félix ; elle voudrait me retenir,
« je n'aurais pas le courage de la refuser. Je laisse
« dans le tiroir de ma petite table de noyer qua-
« rante-cinq livres que je lui dois pour le quartier

« qui va finir. Je vous prie de les lui donner, en
« lui disant bien que je la regretterai et la bénirai
« toujours. Quant à vous, mon cher bienfaiteur,
« c'est le bon Dieu qui vous bénira, car vous êtes
« son image sur la terre; et, après lui, c'est vous
« que j'honore, que je respecte et que je chéris le
« plus.

« CLAUDINE. »

Après avoir cacheté cette lettre, elle la laissa sur
la table, fit son paquet, mit dans un mouchoir une
vingtaine d'écus qui lui restaient; et, portant Benjamin dans ses bras, elle sortit de Sallenches.

Elle prit le chemin de Genève, alla coucher à
la Bonne-Ville, parce que le petit Benjamin ne lui
permettait pas d'aller vite. Le second jour, elle
vint à Genève. Son premier soin fut d'y vendre
tout ce qu'elle avait de hardes, de linge, et d'ache-
ter, avec ce qu'elle en put tirer, trois chemises
d'homme, des souliers plats, des culottes, un
gilet, une veste de drap brun, un mouchoir de
soie et un bonnet rouge. Elle coupa ses beaux cheveux noirs, qu'elle vendit à un perruquier, se fit
un havre-sac de peau de veau, dans lequel elle
mit son bagage. Elle ôta de son doigt le beau diamant vert qu'elle n'avait jamais quitté, le passa
dans un cordon qu'elle suspendit à son cou, et

le cacha sous sa chemise. Ainsi vêtue en petit
Savoyard, un gros bâton à la main, le havre-sac
sur les épaules, et Benjamin assis par-dessus le
havre-sac, joignant ses petites mains sous le menton de Claudine, elle sortit de Genève en demandant
la route de Turin.

Elle mit douze jours à traverser les montagnes,
sans qu'il lui arrivât aucun accident : au contraire,
dans les auberges où elle dînait et couchait, l'âge,
la figure du joli Savoyard, cet enfant qu'il portait
sur le dos et qu'il appelait son frère, intéressaient
tout le monde. Partout on traitait bien les petits
voyageurs ; et, quand Claudine payait le matin,
on lui demandait moitié moins qu'aux autres :
quelquefois même on n'exigeait d'elle que de
chanter la fameuse chanson des vielleuses de son
pays. Claudine alors, sans se faire prier, d'une
voix douce et sensible, commençait ainsi cet
air si connu, dont elle avait un peu changé les
paroles :

PAUVRE Jeannette,
Qui chantais si bien,
Larirette,
Triste et seulette,
Tu ne dis plus rien.
Las ! je soupire
Loin de mon ami :

Ne sais rien dire
A d'autres qu'à lui.

Jeune et fillette,
Ne peux-tu changer ?
Larirette :
Crois-moi, Jeannette,
Choisis un berger.
Le roi lui-même
Aurait un refus ;
Du jour qu'on aime
On ne choisit plus.

Le voyage de Claudine ne coûta pas cher. Lorsqu'elle fut arrivée à Turin, il lui restait encore
de l'argent : elle loua une petite chambre sous les
toits dans un cabaret ; elle acheta le peu de meubles qu'il lui fallait, une sellette, des brosses, une
bouteille d'huile ; et, suivie de Benjamin qui ne la
quittait jamais, elle alla, sous le nom de Claude,
s'établir dans la place du Palais-Royal pour décrot-
ter les passans.

Les premiers jours ne lui valurent pas grand'-
chose, parce qu'elle s'y prenait assez mal, et qu'elle
mettait beaucoup de temps à gagner un sou :
mais bientôt elle devint habile, et l'ouvrage alla
beaucoup mieux. Claude, intelligent, alerte, dis-
pos, faisait les commissions du quartier. Benjamin,
pendant ses absences, s'asseyait sur la sellette et

la gardait. S'il y avait une lettre, un paquet à porter, une caisse à monter dans une chambre, des
bouteilles à descendre à la cave, on appelait Claude
de préférence. Tous les domestiques, tous les por-
tiers, toutes les cuisinières paresseuses, l'avaient
pris pour leur homme de confiance ; et, le soir,
Claude rapportait souvent chez lui plus d'un écu
qu'il avait gagné. Ce gain suffisait de reste à son
entretien, à celui de Benjamin, qui grandissait à
vue d'œil, devenait tous les jours plus beau, et se
faisait caresser de tout le monde.

Cette vie assez heureuse durait depuis plus de
deux ans, lorsqu'un jour Claudine et son fils étant
sur la place du Palais-Royal, et baissés à terre tous
deux pour arranger leur sellette, virent un pied
se poser dessus. Claudine aussitôt prend sa brosse,
et sans regarder le maître du soulier, elle commence promptement son ouvrage. Quand le plus
difficile est fait, elle lève la tête... Sa brosse lui
tombe des mains ; elle demeure saisie : c'était M.
Belton qu'elle a reconnu. Le petit Benjamin, qui
n'avait point de distraction et qui ne reconnais-
sait personne, relève aussitôt la brosse tombée, et,
d'une main faible encore, veut continuer à la place
de Claudine, qui restait toujours immobile, les
yeux attachés sur le jeune Anglais. M. Belton
étonné demande à Claudine ce qui l'arrête, et rit

des efforts de l'enfant dont la figure lui plaît. Claudine reprend alors ses esprits, s'excuse auprès de M. Belton avec une voix si douce, avec des paroles si bien dites, que l'Anglais, plus surpris encore, lui fait des questions sur son pays et sur son sort. Claudine répond d'un air calme que son frère et lui sont deux orphelins occupés de gagner leur vie au métier qu'il leur voit faire, et qu'ils sont nés tous les deux dans la vallée de Chamouny. Ce nom frappa vivement M. Belton : il regarda fixement Claudine ; et, croyant reconnaître des traits qu'il n'avait pas oubliés, il lui demanda son nom. Je m'appelle Claude, dit-elle. — Et vous êtes de Chamouny ? — Oui, Monsieur, du village même du Prieuré. — N'avez-vous point d'autre frère ? — Non, Monsieur, je n'ai que Benjamin. — Et de sœur, point ? — Pardonnez-moi. — Comment s'appelle votre sœur ? — Elle se nomme Claudine. — Claudine ? — Oui, c'est son nom. — Où est-elle ? — Oh ! je n'en sais rien. — Comment pouvez-vous ignorer cela ? — Pour beaucoup de raisons, Monsieur, qui ne vous intéresseraient guère, et qui me feraient pleurer. Elle avait en effet les larmes aux yeux. M. Belton se tut en la considérant. Claudine l'avertit que son ouvrage était achevé. M. Belton, qui ne s'en allait point, tire de sa poche une guinée et la lui donne d'un air at-

tendri. Je ne puis vous rendre , lui dit Claudine.
Gardez tout, répliqua l'Anglais, et répondez-moi :
seriez-vous fâché de quitter le métier que vous
faites pour entrer dans une bonne condition ? —
Cela ne se peut pas, Monsieur. — Pourquoi donc ?
— Parce que rien dans le monde ne me ferait quitter mon frère. — Mais si on le prenait avec vous ?
— Cela deviendrait différent. — Et bien ! Claude,
vous êtes à moi ; je vous prends à mon service :
vous serez fort heureux dans ma maison, et votre
frère y demeurera. — Monsieur , lui répondit
Claudine fort troublée, ayez la bonté de me donner
votre adresse, j'irai vous parler demain au matin.
M. Belton déchira le dessus d'une lettre , lui fit
promettre de ne pas manquer, et continua son
chemin en retournant plusieurs fois la tête.

Claudine avait grand besoin que cette conversation finît ; ses larmes la suffoquaient. Elle se
hâta de gagner sa chambre, et s'y enferma pour
réfléchir à ce qu'elle devait faire. Il lui paraissait
dangereux d'entrer au service du jeune Anglais ;
son cœur l'y appelait pourtant, et le désir de rendre un père à Benjamin était un puissant motif.
D'un autre côté, la manière dont M. Belton l'a-
vait trompée, la promesse qu'elle avait faite au
curé de Sallenche et à elle-même de fuir toutes
les occasions qui pouvaient menacer sa vertu, la

faisaient beaucoup hésiter : mais l'intérêt de Benjamin fut le plus fort. Claudine, après avoir bien réfléchi, résolut d'aller chez M. Belton, de le servir avec zèle, de lui faire chérir son fils, mais de lui cacher soigneusement qu'elle était cette Claudine qu'il avait semblé reconnaître. Elle se repentit alors d'en avoir peut-être trop dit, et se promit bien de ne plus ajouter un seul mot qui pût instruire tout-à-fait l'Anglais.

Ce parti pris, dès le lendemain au matin elle se rendit chez M. Belton : elle en fut fort bien reçue. L'Anglais convint de lui donner de très-bons gages, la fit loger elle et Benjamin, et donna des ordres pour qu'ils fussent habillés sur-le-champ. Après ces préliminaires, M. Belton voulut reprendre la conversation de la veille et questionna son nouveau domestique sur cette sœur dont il avait parlé. Mais Claudine l'interrompit : Monsieur, dit-elle, ma sœur n'existe plus : elle doit être morte de misère, de chagrin, de repentir : toute notre famille a pleuré son malheur ; et ceux qui ne sont pas nos parens n'ont peut-être pas le droit de nous rappeler un souvenir si triste. Belton, plus surpris que jamais du ton, de l'esprit de Claude, cessa dès le moment ses questions ; mais il conçut beaucoup d'estime et prit une véritable amitié pour ce singulier jeune homme.

Claude devint dans peu de temps le favori de son maître. Le petit Benjamin, vers lequel M. Belton se sentait attiré par un charme involontaire, était sans cesse dans sa chambre, et l'Anglais le comblait de présens. L'aimable enfant qui semblait deviner qu'il devait le jour à M. Belton, l'aimait presque autant qu'il aimait Claudine, et le lui disait avec une grâce, avec des caresses si naïves, que l'Anglais ne pouvait plus se passer de Benjamin. Claudine en pleurait de joie; mais elle cachait ses larmes, elle redoublait de soins pour n'être pas reconnue. La dissipation de M. Belton, ses liaisons, ses amours avec plusieurs femmes de Turin, affligeaient le cœur de Claudine et lui faisaient craindre que le moment de se découvrir n'arrivât peut-être jamais.

En effet M. Belton, que la mort de ses parens laissait maître, à dix-neuf ans, d'une très-grande fortune, l'avait employée jusqu'alors à parcourir l'Italie, s'arrêtant partout où il s'amusait, c'est-à-dire partout où il trouvait des femmes qui lui plaisaient, le trompaient et le ruinaient. Une dame de la cour de Turin, assez âgée, mais encore belle, était alors sa maîtresse. Cette femme, vive, emportée, était fort jalouse de M. Belton. Elle exigeait que tous les soirs il vînt souper avec elle, et qu'il lui écrivît tous les matins. L'Anglais n'o-

sait pas y manquer ; encore y avait-il souvent des
querelles, des brouilleries ; pour la moindre chose
la dame voulait se tuer, prenait un couteau, pleurait, s'arrachait les cheveux, et jouait des comédies
qui commençaient à ennuyer M. Belton. Claude
voyait tout cela, car les soirs il accompagnait
son maître, il le servait à table, et les matins c'é-
tait lui qui portait ses lettres à la dame. Son pauvre cœur en souffrait assez, mais il souffrait sans
rien dire ; il obéissait à M. Belton, qui lui marquait tous les jours plus de confiance, et se plaignait souvent à lui de la triste et fatigante vie
qu'il menait. Claude risquait alors quelques petits
conseils moitié gais, moitié sérieux, que son maître
écoutait en les approuvant, en promettant d'en pro-
fiter le lendemain ; le lendemain arrivait, M. Belton
retournait chez sa dame, plus par habitude que
par amour ; et Claude, qui pleurait en secret, faisait
semblant de sourire en accompagnant son maître.

Quelques mois se passèrent ainsi ; enfin il vint
une querelle si forte entre l'Anglais et la marquise,
que celui-ci, résolu de ne plus retourner chez elle,
se lia, pour s'en empêcher, avec une autre dame
de la ville, qui ne valait guère mieux que celle qu'il
abandonnait. Claudine ne trouva dans ce changement qu'un nouveau sujet d'affliction. Tout ce
qu'elle avait dit, tout ce qu'elle avait fait était à

recommencer. Elle s'y résigna sans se plaindre ; et toujours aussi soumise, aussi douce, aussi attachée à son maître, elle écouta ses nouvelles confidences, et le servit avec la même fidélité.

Mais la marquise n'était pas d'humeur à céder ainsi le cœur de son Anglais. Elle le fit épier, découvrit bientôt sa rivale, et, résolue de tout employer pour ramener ou pour punir M. Belton, elle épuisa d'abord toutes les ressources de la finesse, de l'intrigue, pour le faire revenir chez elle. Ses efforts furent inutiles. L'Anglais ne répondit point à ses lettres, refusa ses rendez-vous, se moqua de ses menaces. La marquise, désespérée, ne s'occupa plus que de se venger.

Uu jour que, selon sa coutume, M. Belton, suivi de Claudine, sortait à deux heures du matin de chez sa nouvelle maîtresse, et que, déjà mécontent d'elle, il disait à son fidèle Claude qu'il avait grande envie de retourner à Londres, tout-à-coup quatre scélérats, cachés au détour d'une rue, tombent avec des poignards sur M. Belton, qui n'eut que le temps de se jeter contre le mur en mettant l'épée à la main. Claudine, à la vue des assassins, s'était précipitée devant son maître, et avait reçu dans la poitrine le coup du poignard qui devait frapper M. Belton : elle était tombée aussitôt. L'Anglais, poussant des cris de fureur, court sur celui qui l'a blessée , le jette sur le carreau , et attaque les trois autres avec tant de vivacité, qu'ils prennent la fuite. M. Belton ne les poursuit point ; il revient à son domestique, le relève, l'embrasse, l'appelle en pleurant : mais Claudine ne répond point. Claudine est évanouie. M. Belton la prend dans ses bras, la porte à son hôtel, qui n'était pas loin, va la déposer sur son propre lit ; et, tandis que tous ses gens courent, par son ordre, chercher un chirurgien, M. Belton , impatient de voir si la blessure est considérable , déboutonne la veste de Claudine, écarte la chemise pleine de sang, regarde et demeure stupéfait en voyant le sein d'une femme.

Dans ce même instant le chirurgien arrive il visite la plaie : elle n'est pas mortelle ; le poignard avait glissé sur l'os. Mais Claudine ne revenait point : on la panse , on lui fait respirer des eaux fortes. M. Belton, qui lui soutenait la tête, aperçoit un cordon qui lui pendait au cou ; il tire ce cordon, voit une bague... C'est la sienne, c'est la même qu'il avait laissée sur le Montanverd à cette jolie bergère qu'il abandonna si cruellement. Tout est reconnu, tout est éclairci ; mais M. Belton se contient : il fait venir une garde qui déshabille Claudine, qui la porte dans son lit ; et la pauvre fille en reprenant enfin connaissance, promène des yeux étonnés sur la garde, sur le chirurgien , sur

son maître et sur Benjamin, qui, réveillé par tout
ce bruit, s'était levé demi-nu pour courir auprès
de son frère, qu'il embrassait en poussant des
cris.

Le premier mouvement de Claudine fut de consoler Benjamin. Ensuite, se rappelant ce qui lui
était arrivé, se voyant dans un lit, et réfléchissant
avec inquiétude qu'on l'avait déshabillée, elle
porta vivement sa main au cordon qui tenait sa
bague. M. Belton, qui l'examinait, lut dans ses
regards le plaisir qu'elle sentit en le retrouvant.
Il fit aussitôt sortir tout le monde, et se mettant
à genoux auprès du lit, en prenant la main de
Claudine :

Calmez-vous, lui dit-il, calmez-vous : je sais
tout, ma chère amie, et c'est pour notre bonheur
à tous deux. Vous êtes Claudine, et je fus un
monstre. Je n'ai qu'un moyen de cesser de l'être :
vous seule pouvez me le procurer. Je vous dois
déjà la vie, je veux vous devoir encore l'honneur ;
oui, l'honneur ; car c'est moi qui l'ai perdu, et
non pas vous. Votre blessure n'est pas dangereuse ;
vous serez dans peu rétablie. Aussitôt que vous
pourrez sortir, vous viendrez à l'autel me donner
le nom d'époux, me pardonner un crime affreux
que je suis loin de me pardonner à moi-même. Ce
mariage, que je demande, que je sollicite à genoux,

doit m'honorer, doit m'ennoblir aux yeux de
ceux qui connaissent la vertu. Je l'oubliai long-
temps, Claudine, cette vertu si aimable : mais elle
m'en devient plus chère quand c'est vous qui lui
rendez mon cœur.

Jugez de l'étonnement, de la joie, des transports de Claudine. Elle voulait parler, ses pleurs
l'en empêchaient. Elle aperçut alors le petit Benjamin, qu'on avait fait sortir avec les autres, et
qui, inquiet de son frère, entr'ouvrait tout doucement la porte, et avançait son joli visage pour
voir ce qui se passait dans la chambre. Claudine
le montre à M. Belton, en lui disant : Voilà votre
fils ; il vous répondra mieux que moi. L'Anglais
se précipite vers Benjamin, le prend dans ses bras,
le couvre de baisers ; et le portant à sa mère, il
passa le reste de la nuit entre sa femme et son enfant dans un contentement de cœur qu'il n'avait
pas encore connu.

Au bout de quinze jours, Claudine fut rétablie.
Elle avait instruit M. Belton de tout ce qui lui était
arrivé. Ce récit ne l'avait rendue que plus chère
au jeune Anglais, qui en était bien plus amoureux
que la première fois qu'il l'avait vue. Dès qu'elle
put soutenir le voyage, Claudine, habillée en
femme, mais vêtue fort modestement, monta dans
la voiture de l'Anglais avec le petit Benjamin, et

tous trois, selon leur nouveau projet, allèrent droit à Sallenche descendre chez M. le curé. Ce bon pasteur ne reconnut point Claudine. L'Anglais s'amusa quelque temps de son embarras. Enfin Claudine, en l'embrassant, lui rappela tous ses bienfaits, et l'instruisit du motif de leur voyage. Le bon curé bénit le ciel; il courut chercher la vieille madame Félix, qui vivait encore, et qui pensa mourir de joie en revoyant Claudine et Benjamin. Dès le lendemain ils partirent tous pour se rendre à Chamouny, où M. Belton, qui était catholique, voulut que le mariage se fît publiquement dans la paroisse du Prieuré.

Dès le soir de leur arrivée, le jeune Anglais envoya M. le curé de Sallenche chez le redoutable M. Simon, pour lui demander la main de sa fille. Le vieillard le reçut avec gravité, l'écouta sans témoigner beaucoup de joie, et ne répondit que deux ou trois mots en donnant son consentement. Claudine vint se jeter à ses pieds : le vieillard l'y laissa quelques instans, la releva sans sourire, l'embrassa sans la serrer, et salua froidement M. Belton. La bonne Nanette, qu'on avait appelée au moment de l'arrivée de Claudine, pleurait et riait toujours. Quand on se mit en chemin pour l'église, elle portait sur un bras Benjamin, de l'autre elle tenait sa sœur; les deux curés marchaient devant, la vieille dame Félix derrière, avec M. Simon qu'elle grondait, et tous les enfans du village suivaient en chantant des chansons.

On se rendit ainsi à la paroisse, où M. le curé de Chamouny laissa dire la messe au curé de Sallenche. La noce fut belle; tout le village dansa pendant huit jours. M. Belton avait fait dresser des tables dans la prairie, au bord de l'Arve, où venait s'asseoir qui voulait. Il acheta de bonnes terres pour le vieux M. Simon : mais celui-ci refusa de les accepter, et se fâcha même contre notre curé, qui lui reprochait ce refus. Nanette ne fut pas si dure; elle prit ces terres et une jolie maison que M. Belton lui donna : elle est à présent la plus riche et la plus heureuse de notre village. M. et madame Belton s'en retournèrent au bout d'un mois, emportant avec eux les bénédictions de tout le monde : ils sont à Londres, où M. Benjamin a déjà cinq ou six frères et sœurs.

Voilà leur histoire, que je n'ai pu rendre plus courte, parce que j'ai tâché de vous la raconter comme la raconte M. le curé, à qui souvent je l'ai entendue dire. Vous m'excuserez si elle ne vous a pas intéressé.

Je remerciai beaucoup François Paccard, en l'assurant que son récit m'avait fort touché. Je descendis ensuite le Montanverd, tout occupé de

Claudine ; et, de retour à Genève, j'écrivis cette
histoire telle que Paccard me l'avait dite, sans
chercher même à corriger les fautes de goût ou de
style que les connaisseurs doivent y trouver.

FIN DE CLAUDINE.

ZULBAR[1],

NOUVELLE INDIENNE.

———

Vous ne me tromperez plus, perfides et lâches humains ! Trop long-temps je rendis hommage aux fausses vertus que vous affectez; trop long-temps, pour vous croire bons, je fermais les yeux quand vous agissiez, j'ouvrais les oreilles dès que vous parliez; j'avais soin de vous admirer à l'heure où vous vouliez paraître estimables, et je vous perdais de vue pendant les années où vous ne l'étiez point. Je suis las enfin d'observer ce long traité de mensonges qu'on signe en entrant dans le monde. Je ne vois plus rien que de méprisable dans cette société d'animaux qui, tout à la fois orgueilleux et bas, envieux et méprisans, agités en sens contraires par le désir de la louange, par l'insouciance de la vertu, par l'amour de la pa-

[1] Cette nouvelle, à laquelle je n'ai jamais rien compris, m'a été donnée par un des ambassadeurs de Tippoo-Saïb, homme fort obligeant, quoique un peu misanthrope. Je ne la place ici que par reconnaissance pour cet honnête Indien, qui perdit beaucoup de temps à la traduire pour moi.

III. OEUVRES DE FLORIAN.   18

resse, par le besoin de l'activité, se tourmentent
pour passer le temps, se déchirent pour pouvoir
vivre. La nature, qui les a traités suivant leurs
mérites, les a condamnés à une foule de maux.
Mais ces maux n'ont pu leur suffire : ils sont
convenus entre eux d'en inventer encore mille
autres, dans l'espérance que leurs voisins les souf-
friraient ; et, de toutes leurs conventions, c'est la
seule qu'ils n'aient pas violée... Mais pourquoi tant
de plaintes vaines ? Je ressemble à ce vil esclave
que son maître avait envoyé dans un affreux cara-
vansérail. Si tu t'y trouves bien, lui avait-il dit, tu
m'attendras ; dans peu de jours, sois sûr que je
viendrai te reprendre : si tu t'y trouves trop mal ;
rien ne t'empêche d'en partir sans moi. L'esclave
l'attendait en se désolant ; l'imbécile ne voyait pas
la porte.

C'était ainsi que parlait Zulbar, qui, jeune
encore, avait éprouvé l'injustice et l'ingratitude.
Il se trouvait alors dans un bois immense, solitaire,
silencieux. Un orage épouvantable venait de verser
sur la terre des flots de grêle et de pluie ; quelques
éclairs brillaient encore à travers la sombre verdure ; le tonnerre mugissait au loin ; et le malheureux Zulbar, fatigué, mouillé de l'orage, Zulbar,
chassé de sa patrie, fugitif, errant, couvert de

haillons, marchait à pas lents, la tête baissée, sous
la voûte des cocotiers. Tout-à-coup, s'abandonnant
à ses dernières réflexions, il s'arrête, tire son poignard, et lève le bras pour se percer le cœur, quand
une voix se fait entendre : Respecte tes jours, tu
peux m'être utile.

Ah ! je suis lassé d'être utile , répondit-il avec
dédain, je n'ai trouvé que trop d'ingrats. Cependant, en disant ces mots, il avait baissé son poignard, et, par un mouvement involontaire, il
s'avançait vers l'endroit d'où la voix était partie.
Ne découvrant personne autour de lui : Où es-tu
donc ? s'écria-t-il. Parais promptement. Que de-
mandes-tu ?

Je demande, répliqua la voix, que tu te baisses
jusqu'au pied de ce buisson de roses sauvages.
Regarde de plus près la terre, et soulève cette
feuille de rose dont le poids m'empêche de me
mouvoir.

Zulbar, étonné, cherche des yeux, découvre la
feuille de rose, la soulève avec la pointe du poignard qu'il tenait encore à la main, et voit alors
une fourmi qui, secouant la pluie dont son dos
était chargé, s'essuie avec ses antennes, vient se
placer aux pieds de Zulbar, et lui dit en le regardant :

Grâces te soient rendues, généreux étranger !

Depuis une heure environ que je suis sous cette
feuille, je n'avais pu dégager que ma tête. Sans ton
charitable secours, j'aurais peut-être fini là ma vie ;
ce qui m'aurait bien fâchée, car je suis fort contente de mon sort. Tu me parais peu satisfait du
tien ; j'ai entendu tes plaintes amères ; je t'ai vu
prêt à terminer tes jours. Qu'il me serait doux,
mon cher bienfaiteur, de pouvoir contribuer à te
les rendre plus supportables !

Eh ! qui es-tu donc ? répondit Zulbar plus
étonné que jamais : comment se fait-il que tu parles et que tu raisonnes ? Tu serais bien embarrassé,
répliqua l'insecte, si je te faisais ta question. Mais
je t'expliquerai qui je suis : commence par me raconter tes malheurs ; mes conseils peut-être te
seront utiles ; il m'a semblé, par ce que tu as dit,
que tu avais beaucoup à te plaindre des hommes ;
je n'en suis pas surprise, presque tous sont méchans. Cependant j'ai toujours pensé qu'il était
possible, avec un peu de soin , d'échapper à leur
malice, et je n'ai guère vu de malheureux qui ne
se fût attiré ses maux.

Vous êtes sévère, interrompit l'Indien, et vous
me prouverez sans doute que la feuille qui vous
écrasait n'était tombée que par votre faute.

En parlant ainsi, Zulbar s'assit près de la fourmi.
L'insecte, pour l'entendre mieux, grimpa sur une

branche du rosier sauvage, et **Zulbar** commença dans ces termes :

Je suis le fils d'un riche joaillier de la ville de Tipra. Mon père, satisfait de la fortune qu'il avait acquise par ses travaux, n'exigea pas que je continuasse son commerce. Il bâtit une maison jolie et commode dans un village assez éloigné de la capitale ; il acheta les terres qui l'environnaient, et me laissa possesseur, à dix-huit ans, d'un domaine aussi beau qu'utile, d'une retraite charmante et de beaucoup d'argent comptant. J'avais une sœur, plus jeune que moi ; remarquable par sa beauté, adorable par son caractère, elle possédait tous les dons qu'on aime, elle réunissait toutes les qualités qu'on estime ; son nom était Balkis. Nous nous étions promis de ne jamais nous quitter.

Riches tous deux d'un patrimoine fort au-dessus de nos besoins, nous résolûmes d'employer nos biens à faire le bonheur des autres. Notre maison, ouverte à nos voisins, aux étrangers, aux voyageurs, fut surtout l'asile des pauvres. La bienfaisance, l'hospitalité, devinrent nos plus grandes dépenses ; c'était ma sœur qui s'était réservé les aumônes, les charités secrètes, les secours prodigués aux malades, les dots que nous donnions aux jeunes filles qui n'avaient pas de quoi se marier ; c'était moi qui m'étais chargé de fournir toujours de l'ouvrage aux ouvriers qui manquaient de pain, de faire les honneurs de notre retraite à ceux qui voulaient bien nous visiter. Les jours de fête, nos bons villageois étaient sûrs de trouver chez nous un dîner simple, mais abondant, que nous leur offrions devant notre porte, que nous partagions avec eux ; ensuite des hautbois arrivaient, nous dansions tous ensemble jusqu'à la nuit, et jamais nos convives ne nous quittaient sans venir nous couronner de fleurs, sans baiser nos mains en pleurant de joie, sans prier le ciel de veiller sur nous.

J'ai joui pendant quatre ans de ce bonheur si paisible dont on ne connaît bien les délices, hélas ! que quand on l'a perdu. Je ne désirais rien, je ne regrettais rien ; j'aimais ma sœur, ma sœur m'aimait. Cette amitié pure suffisait à nos âmes : j'entendais bénir le nom de Balkis par tous ceux qui la connaissaient ; Balkis entendait quelquefois bénir le nom de son frère ; et c'était là notre récompense, c'était là le plus sûr moyen de nous payer de nos bienfaits. Enfin de tous les mortels j'étais sans doute le plus heureux, lorsqu'un matin je reçus la visite d'un jeune fakir de notre voisinage, qui venait toutes les semaines renouveler chez nous sa provision.

Zulbar, me dit-il, sais-tu la nouvelle ? Non, ré-

pondis-je : qu'est-il arrivé ? — La reine de Tipra
vient de mourir. Le roi fait publier un édit par
lequel toutes les filles de son royaume, depuis seize
jusqu'à vingt ans, sont obligées de se rendre dans
une immense prairie voisine de sa capitale. Au
milieu de cette prairie est un sentier étroit du sable le plus fin, sur lequel on trace légèrement, avec
l'extrémité d'un baguette, des caractères mysté-
rieux. Toutes les jeunes filles, l'une après l'autre,
doivent parcourir ce sentier ; et celle dont les pieds
légers n'auront effacé, dans la course, aucun des
caractères tracés, sera la reine de Tipra. Que
m'importe, lui dis-je, que notre roi choisisse pour
son épouse la plus légère de ses sujettes ? Comment ! reprit le fakir, ne veux-tu pas obéir au
roi ? Ne faut-il pas que ta sœur Balkis se rende
à cette prairie ? Le ciel doit à ses vertus de la placer sur le trône. Songe à la gloire qui l'attend, à
tout le bien qu'elle pourra faire. Songe que son frère
Zulbar, dont la sagesse et les talens sont, pour
ainsi dire, perdus dans ce misérable village, em-
ploiera peut-être bientôt au bonheur de tout un
peuple ces mêmes qualités dont il doit compte à
Dieu. Enfin garde-toi d'oublier que la religion, la
morale, te défendent de t'opposer aux desseins du
ciel.

Ce discours me rendit rêveur. Ma tendresse

pour **Balkis**, l'espoir de la voir sur un trône dont
je sentais qu'elle était si digne, la certitude du
bonheur qu'elle procurerait à ses sujets, le désir...

D'être son ministre, interrompit la fourmi ;
voilà le motif qui te décidait, sans oser peut-être
t'en rendre compte. Va, je connais la valeur de ces
sentimens désintéressés dont l'intérêt personnel
s'enveloppe, pour se cacher à ses propres yeux son
ambition ou sa vanité. Tu me rappelles certain renard qu'un jour je trouvai pris au piége. Voyez,
me dit-il d'une voix dolente, ce qu'il m'en coûte
pour aimer mes frères. En passant auprès de cette
machine, j'ai craint que l'appât qu'elle renfermait
n'attirât à sa perte quelque innocent renard : j'ai
voulu ôter cet appât perfide, et le piége s'est fermé
sur moi.

Je n'en dirai pas plus, Zulbar ; car je te vois
bien malheureux. Tu peux reprendre ton histoire.

Il semble que vous la sachiez, continua le triste
Indien. Je conduisis ma sœur à la prairie : ce fut
elle que le roi choisit. Dès ce moment, elle devint
la maîtresse du royaume; elle disposa de tous les
emplois. Moi-même, comblé d'honneurs, accueilli,
fêté, prévenu, je me vis l'idole de la cour, l'objet
de tous les hommages. J'étais jeune, riche, crédule,
et le frère de la favorite ; les naïrs, les courtisans,
s'empressèrent auprès de moi, me prodiguèrent

les caresses, briguèrent à l'envi mon amitié. Je n'en étais pas avare ; je crus qu'on m'aimait, et j'aimai. Je partageai de bon cœur entre mes nombreux et nouveaux amis, mes biens, mon crédit, mes richesses ; je vendis toutes mes terres pour leur en prêter le prix ; je fatiguai sans cesse ma sœur pour leur obtenir ce qu'ils désiraient ; et je me crus trop payé de mes peines, de ma ruine, par l'extrême reconnaissance de ceux que j'avais obligés, par les éloges qu'ils faisaient de moi, par la vive tendresse qu'ils me témoignaient..

Tant de louanges et tant d'amis enhardirent enfin ma sœur à me faire nommer visir. Toute la cour applaudit à ce choix ; je me vis plus loué, plus chéri que jamais. On célébrait déjà les succès que devait avoir mon administration, on ne parlait que de ma gloire ; et comme, à force d'entendre dire que j'étais un homme supérieur, j'avais fini par le croire, je résolus de me montrer tel. Je m'appliquai de bonne foi, j'employai tout mon temps, toutes mes facultés, à bien régler les affaires du royaume, à le rendre plus florissant, à diminuer le fardeau des peuples. Jusqu'à ce moment j'avais été prodigue de mon propre bien, je devins avare de celui du roi. Je retranchai les nombreux abus, je ne payai que les vrais services, et je parvins presque en même temps à doubler le trésor

public et à réduire à moitié les impôts. J'espérais,
par ce résultat, justifier la bonne opinion que l'on
avait prise de moi; je comptais qu'un pareil succès
rendrait mes fidèles amis plus heureux cent fois
que moi-même : mais je n'avais déjà plus d'amis.
On murmurait hautement, on cabalait pour me
déplacer : ceux à qui j'avais partagé mes biens
étaient les plus acharnés à me nuire; le fakir surtout, ce jeune fakir dont les funestes conseils me
conduisirent à la cour, et que j'avais, pour sa récompense, établi le chef de nos prêtres, était à la
tête de mes ennemis. Le roi lui-même, chaque jour,
me traitait avec plus de froideur; mieux je le ser-
vais, et moins il m'aimait : j'étais détesté de la cour,
de la ville; tout le monde conjurait ma ruine;
et, sans la protection de Balkis, mes persécuteurs
eussent obtenu de me voir périr sur un échafaud.

Une seule idée me consolait, c'est que le peuple
était plus heureux qu'il ne l'avait été sous mes
prédécesseurs, quoique les naïrs l'opprimassent
encore. L'impunité dont ces grands jouissaient
leur avait persuadé que les lois n'étaient pas faites
pour eux. Je saisis l'occasion de les détromper. Le
magistrat chargé de la police vint m'avertir un
matin que deux jeunes naïrs ayant pris querelle la
veille avec un pauvre tisserand, l'avaient frappé
de leurs bambous jusqu'à le laisser mort sur la

place : aussitôt j'envoyai chercher les deux naïrs,
j'entendis l'aveu de leur crime, je leur montrai
la loi qui les condamnait, et je les fis livrer aux
éléphans.

Cette éclatante justice, dont jamais on n'avait
vu d'exemple, indigna toute la cour. Ma sœur eut
de la peine à sauver ma vie : mais je devins l'idole
du peuple, qui m'appela son ami, son père, et ne
douta point, parce qu'il me voyait son appui lorsqu'il était attaqué, que je ne le fusse de même s'il
attaquait à son tour. Le jour d'après, deux tisserands ayant pris querelle avec un naïr, le frappè-
rent de leurs bâtons, et le firent expirer sous leurs
coups. J'envoyai chercher les deux tisserands,
j'entendis l'aveu de leur crime, je leur montrai
la loi qui les condamnait, et je les fis livrer aux
éléphans.

Dès cet instant je devins l'exécration de ce peuple qui m'avait adoré la veille ; et, comme je n'a-
vais pas de sœur qui pût apaiser chacun des furieux, une foule immense courut à mon palais, le
fer et la flamme à la main. Mes anciens amis les
guidaient, mes esclaves ouvrirent les portes, mes
femmes indiquèrent mon appartement. Je n'eus
que le temps de me dérober par un souterrain inconnu qui me fit gagner la campagne ; je changeai
d'habit avec un mendiant ; j'allai me cacher au

milieu des bois. Bientôt, malgré tous les périls, ma tendre amitié pour ma sœur me ramena dans la ville : j'entendis un crieur public promettre mille pièces d'or à quiconque apporterait ma tête ; et je fus instruit que Balkis, répudiée par le roi, venait d'être conduite hors de ses états. Déguisé sous ces haillons, je suivis de loin la trace de ma sœur, j'errai de désert en désert, ne marchant que la nuit, me cachant le jour, n'osant passer dans les villages que pour y demander l'aumône. Hélas ! on me l'a refusée à la porte de ma propre maison ; j'ai baigné des pleurs de la faim les degrés de mon ancienne demeure ; j'ai pensé mourir de misère devant l'asile que jadis j'avais si souvent ouvert au malheur. Enfin, à force de fatigue, après avoir cent fois bravé la mort, après avoir vidé jusqu'à la dernière goutte le calice de l'ignominie, je suis sorti du royaume de Tipra : mais je n'ai point retrouvé Balkis. Je sens que je ne puis vivre loin d'elle ; et, sans vous, un coup de poignard allait me délivrer de tant de maux. Pensez-vous toujours qu'ils soient mérités ?

Oui, répondit la fourmi. Pourquoi croyais-tu ce fakir qui te louait sur tes talens ? Pourquoi mener ta sœur devant le roi ? Pourquoi accepter la place de visir ? Si je voulais, je pourrais bien te dire d'autres pourquoi. Tu ne savais donc pas, ami, qu'il n'est qu'un seul bien dans ce monde, l'obscurité; l'obscurité, ce bienfait de Dieu que Brama n'accorde qu'à ses favoris; l'obscurité, la source du repos, l'origine de toutes les félicités : tu la possédais, insensé, et tu t'es donné des soins pour perdre ce trésor céleste ! tu t'es tourmenté pour fournir à la fortune les moyens de te tourmenter !

Je n'étais pas né, il s'en fallait bien, avec tous les avantages que tu reçus de la nature. J'étais le fils aîné du roi de Baghnadour, je devais lui succéder à l'empire; et, sans un brame de mes amis, je n'aurais pas évité ce malheur. Ce brame, nommé Dabchelim, m'apprit de bonne heure la sagesse; étude qu'on croit difficile, longue, pénible, compliquée, et qui ne consiste que dans deux maximes, *ne faire aucun mal, et cacher sa vie.*

Dès l'âge de dix-sept ans, mon rang, ma grandeur, et ce trône qui me menaçait de si près, étaient les objets de mon aversion. Je commençais à connaître les hommes; je venais de voir mon pays déchiré par une guerre civile, la plus sanglante, la plus terrible qu'on eût encore vue sur les bords du Gange. Le motif de cette guerre affreuse n'était autre chose que le privilége qu'avait une certaine caste de porter des bonnets pointus. Les autres castes avaient exigé que tout le monde portât des bonnets ronds; et ces insensés furieux brûlaient les moissons, les villages, massacraient leurs pères, leurs frères, les uns pour garder ces bonnets qui jamais ne les avaient guéris d'un mal de tête, les autres pour leur arracher une coiffure dont ils se moquaient tout haut et qu'ils enviaient en secret.

Tant d'atrocité dans l'orgueil, tant de perversité dans la sottise, m'inspirèrent pour les humains non pas tout le mépris qu'ils méritent, mais la pitié d'humiliation que doit ressentir un de leurs semblables. Je résolus de m'enfuir, d'aller me cacher aux extrémités du monde pour échapper au malheur de vivre avec des fous si méchans. Mon père mourut; et ce même jour, laissant un écrit authentique par lequel je cédais à mon frère et ma couronne et mes droits, je partis avec Dabchelim, et nous vînmes nous fixer tous deux dans cette forêt solitaire, plus mystérieuse que tu ne penses.

Ici nous bâtîmes une cabane; nous réunîmes dans un jardin les arbres qui devaient nous nourrir : nous cultivâmes la terre; et nos tranquilles jours ne furent remplis que par la vertu, le travail, l'amitié. Ici nous vécûmes cent ans sans affliction, sans maladie, libres de craintes, d'espérances vaines, oubliés, ignorés du monde, jouissant pour nous et par nous de ce repos, le premier des biens; de cette paix délicieuse que les pauvres humains ne peuvent comprendre; de cette douce et vive amitié qui s'augmente par la solitude, qui remplace tout ce qu'on n'a point, s'embellit de tous les plaisirs qu'elle partage et de tous ceux encore dont elle tient lieu. Oh! que nous fûmes heureux ! Le siècle entier que dura notre vie ne nous sembla qu'un court moment. Nos longues barbes blanches nous avertissaient que nous touchions au terme de notre carrière; et nos cœurs, notre esprit, n'avaient point vieilli, lorsque Brama, pour mettre le comble à notre félicité, nous apparut pendant notre sommeil : Enfans d'Adimo, nous dit-il, vous avez connu les vrais biens; il est temps que votre âme pure se dégage de la dépouille qu'elle a si long-temps habitée; il est temps qu'elle anime une autre poussière, et qu'elle commence les métamorphoses auxquelles Visnou l'a soumise. Mais vous ne vous quitterez point, vous changerez de place et non de mœurs. Revivez pour être toujours heureux, pour vous aimer, travailler, vous cacher.

A ces mots, il disparut; et, m'éveillant aussitôt, je me trouvai sous une touffe de thym, à côté de mon ami, devenu fourmi comme moi. Charmés de notre sort nouveau, nous regardâmes comme une récompense de conserver nos sentimens, nos goûts,

et de recommencer la vie en tenant encore moins
de place au monde. Nous nous creusâmes notre
maison sous cette touffe de thym ; nous parcourû-
mes les environs de notre nouvelle demeure , et
nous apprîmes que tous les animaux de cette forêt
avaient été des mortels comme nous. Mais, heureux ou malheureux, punis ou récompensés, suivant le bien ou le mal qu'ils ont fait, les méchans,
devenus reptiles, ne se nourrissent que de leur
venin ; les avares, changés en mulots, périssent de
faim sur leurs provisions ; les envieux, transformés
en guêpes , expirent auprès d'un rayon de miel ;
les conquérans , les princes guerriers, tous ces
amans de la gloire qui remplirent la terre de deuil
et de peur, sont devenus des chevreuils timides,
livrés eux-mêmes à la peur, et condamnés à périr
autant de fois, sous la griffe des léopards, qu'ils
ont fait jadis périr de soldats ; tandis que les bons
rois changés en abeilles, les époux fidèles en co-
lombes, les hommes vertueux en oiseaux divers,
travaillent, aiment et chantent, comme ils faisaient
autrefois.

Tels sont les habitans de ce bois, nommé le
bois des métamorphoses. Il y a quarante ans que
j'y suis fourmi avec mon cher Dabchelim. Nous
nous suffisons l'un à l'autre ; et, parmi les animaux de la forêt, nous n'avons voulu contracter

amitié qu'avec un vieux lion appelé Darud. Cette
liaison semble t'étonner ! c'est que tu ne sais pas,
ami, que lorsque l'âme est dégagée de son enveloppe humaine, elle n'est plus susceptible d'orgueil,
elle ne trouve plus de différence entre la matière
animée d'une façon ou d'une autre : un lion et
une fourmi deviennent égaux pour elle comme ils
le sont pour Brama. Ce digne et brave lion, que
nous voyons presque tous les jours, fut jadis un
simple soldat, qui combattit soixante ans pour le
salut de la patrie, qui fut soixante ans vertueux, in-
corruptible, vaillant, et toujours oublié de ses rois.
Les hommes l'ont laissé mourir soldat ; Brama l'a
fait lion. C'est lui qui mange quelquefois les conquérans; les chefs de parti, les perturbateurs du repos
des peuples, devenus aujourd'hui chevreuils; c'est
lui qui venge les humains après les avoir défendus.

Le bon Darud est venu nous voir ce matin ; j'ai
laissé Dabchelim avec lui. J'ai quitté notre maison malgré l'avis de mon frère, qui vainement m'a
représenté que les feuilles étant mouillées, il pourrait m'arriver quelque accident. Je ne l'ai pas cru :
je suis arrivé jusqu'à ce rosier sauvage ; j'ai voulu
monter sur une de ses roses dont une feuille chargée de pluie est tombée à terre avec moi. Sans ton
secours elle m'écrasait. Ainsi tu vois encore, Zulbar, que je m'étais attiré ce malheur pour avoir

oublié la maxime du sage : *Pendant l'orage, et long-temps après, ne quitte pas le sein de ton ami.*

Si tu veux devenir le nôtre, si tes malheurs, comme je le crois, t'ont dégoûté des funestes biens que les insensés envient, je t'offre de bon cœur la chaumière que Dabchelim et moi nous avions construite. Là, tu couleras doucement tes jours ; tu seras paisible, ignoré ; tu pourras même te trouver heureux en te pénétrant bien de cette vérité que je tiens de Dabchelim : *Il vaut mieux se taire que de parler, il vaut mieux être assis que debout, il vaut mieux dormir que veiller ; et le souverain bien, c'est la mort.*

La fourmi se tut ; et Zulbar, encore plus touché que surpris de son discours, accepta son offre avec reconnaissance. L'espoir de finir sa vie dans un asile ignoré remplissait son âme de joie ; mais le souvenir de Balkis mêlait cette joie d'amertume. Il se mit en marche, guidé par la fourmi, pour aller retrouver Dabchelim. Après avoir fait quelques pas, ils entendirent des rugissemens qui d'abord troublèrent Zulbar et le forcèrent de s'arrêter. Ne t'effraie pas, lui dit la fourmi ; c'est notre ami Darud qui fait qeulque justice. Bientôt ils arrivèrent à la touffe de thym où les deux amis demeuraient ; et le premier objet qu'aperçut Zulbar

fut une femme évanouie, aux pieds de laquelle un
énorme lion tenait dans ses griffes sanglantes le
corps d'un homme déchiré. Zulbar recule en jetant un cri : mais presque aussitôt il se précipite,
et, sa joie dissipant sa frayeur, il court embrasser
Balkis. C'était elle, c'était sa sœur, qui conduite
sur la frontière de Tipra, avait été suivie par l'ingrat fakir que Zulbar fit venir à la cour et qui
depuis long-temps brûlait pour elle. Seule, sans
secours, au milieu des bois, rejointe par cet infâme, elle allait devenir la victime de sa brutalité,
lorsque le lion Darud, accourant tout à coup à
ses cris, avait partagé le fakir en deux morceaux,
et, se couchant aux pieds de Balkis, attendait avec
inquiétude qu'elle eût repris l'usage de ses sens.

Les soins, les efforts, la voix de Zulbar, la rendirent bientôt à la vie. Elle ouvrit les yeux, reconnut son frère ; et, se jetant dans ses bras, elle
le serra long-temps sur son cœur. De là, retournant au lion qui les regardait d'un œil attendri,
tous deux se pressant autour de son cou, baignè-
rent sa longue crinière des pleurs de la reconnaissance, tandis que les deux fourmis, émues de ce
doux spectacle, partageaient leurs sentimens et
jouissaient de leur bonheur.

Dabchelim et le vieux Darud apprirent de la
première fourmi les aventures de Zulbar, et lui

promirent, ainsi que le prince Baghnadour, une
éternelle amitié. Le frère et la sœur furent conduits par eux dans la cabane qu'ils devaient habi-
ter. Darud s'établit à la porte ; Dabchelim et son
ami se fixèrent dans le jardin. Zulbar et sa chère
Balkis, entourés enfin d'êtres raisonnables, convinrent que, pour être heureux, il ne faut que des
amis bien sûrs et un asile bien caché.

FIN DE ZULBAR.

CAMIRÉ,

NOUVELLE AMÉRICAINE.

———

Je reprochais un jour à un Espagnol nouvel-
lement arrivé de Buenos-Ayres les affreuses cruau-
tés exercées par ses compatriotes dans leurs premières conquêtes en Amérique ; je rappelais , en
frémissant, les crimes dont fut tachée la gloire des
Cortez, des Pizarre, de plusieurs autres héros, qui
d'ailleurs ont surpassé peut-être, par leurs talens,
par leur courage, tout ce qu'on admire dans l'an-
tiquité : je m'affligeais de ce qu'une époque aussi
belle , aussi glorieuse de l'histoire d'Espagne fût
écrite dans ses annales sur des pages teintes de
sang.

Mon Espagnol m'écoutait avec une patiente politesse. Quelques larmes vinrent dans ses yeux
lorsque je prononçai le nom de Las Casas. C'est
notre Fénélon , me dit-il : il n'a pas fait Télé-
maque, mais il a parcouru les deux Amériques
pour sauver quelques Indiens ; il a traversé les
mers pour venir défendre leur cause au conseil de

Charles-Quint, comme votre archevêque de Cambray défendit celle des protestans, que vous massacriez aussi dans vos montagnes des Cévennes. Vous étiez encore des persécuteurs à la fin du règne de Louis XIV. Et qu'étions-nous ? qu'était l'Europe dans ce seizième siècle, mémorable à jamais par nos grandes découvertes, par les beaux arts de l'Italie, par les nouvelles sectes de l'Allemagne, par les crimes de tous les pays ? Les Portugais, nos voisins, égorgeaient les peuples vaincus sur la côte du Malabar, sur les rives de Ceilan, dans la presqu'île de Malaca. Les Hollandais, qui les ont chassés, n'ont pas été moins cruels. En Suède, le Néron du nord et l'archevêque d'Upsal [1] assassinaient les sénateurs et les citoyens de Stockholm. A Londres, les bûchers étaient allumés pour les luthériens, pour les catholiques, et l'on dressait déjà l'échafaud où devait se verser le sang de quatre reines d'Angleterre [2]. A Paris... vous vous souvenez sans doute du nom des Guises, et de l'horrible nuit du 24 août 1572. Je n'en dirai pas plus. Ne nous reprochons rien : nous fûmes tous des barbares. Laissons à l'histoire le triste emploi

[1] Christiern II et Troll.
[2] Anne de Boulen, Catherine Howard, Jeanne Gray, Marie Stuart.

de conserver la mémoire des crimes de nos aïeux : ne nous rappelons, s'il se peut, que leurs bonnes actions, et parlons-en souvent pour les imiter. Vous venez de me répéter les affreux détails de la conquête du Pérou; je ne les savais que trop bien : permettez-moi de vous raconter, à mon tour, comment nous avons acquis le Paraguay. Ce récit sera moins pénible ; et peut-être vous apprendra-t-il quelques circonstances particulières que les historiens n'ont pas rapportées.

Ne sachant trop que répondre à ce discours, je pris le parti d'écouter. L'Espagnol continua dans ces termes :

Vous connaissez, par les voyageurs, cette vaste et belle contrée située entre le Chili, le Pérou, et le Brésil. Les mines d'or et d'argent qu'elle renferme sont les moindres de ses trésors. Le plus doux des climats, la plus fertile des terres, de superbes fleuves, d'immenses forêts, les productions de l'Europe réunies à celles de l'Amérique, l'abondance de tous les fruits, de tous les animaux utiles, font jouir presque sans culture l'habitant du Paraguay des bienfaits que la nature a partagés au reste du monde. Sébastien Cabot y pénétra le premier en 1526, en remontant la rivière qu'il appela *Rio de la Plata*. Les lingots d'argent que vinrent offrir aux Espagnols les naturels du pays

attirèrent bientôt d'autres navigateurs. On bâtit
Buenos-Ayres ; on construisit quelques forts dans
l'intérieur du pays ; et l'on s'établit enfin à l'Assomption, sur le fleuve du Paraguay.

Les indigènes , à la vue de nos soldats, avaient
abandonné la contrée. Les Guaranis surtout ,
peuple nombreux et puissant , s'étaient retirés
dans des montagnes inaccessibles , dont les chemins nous étaient absolument inconnus. Plusieurs
détachemens avaient tenté d'y pénétrer ; mais nos
guerriers périrent de faim , ou par les flèches des
sauvages. Toute communication était fermée entre
les Espagnols et les Guaranis. Les terres demeuraient incultes ; et la colonie , réduite à tirer ses
secours de l'Europe, ne pouvait pas prospérer.

Elle était dans ce triste état, au commencement
du dix-septième siècle , lorsque don Fernand Pedreras y fut envoyé comme gouverneur. Son caractère n'était pas propre à rappeler les Guaranis.
Pedreras , fier et despote , voulait que tout pliât
sous ses lois. Jaloux de son autorité , pressé surtout d'un désir d'augmenter sa fortune , l'avarice
et l'orgueil remplissaient son cœur. Il fut bientôt
haï des colons ; et le peu d'Indiens qu'on voyait
encore venir apporter des vivres ne tardèrent pas
à disparaître pour aller rejoindre les Guaranis.

Parmi les derniers missionnaires arrivés à Buc-

nos-Ayres se trouvait un vieux jésuite, nommé le
P. Maldonado. Jamais il ne fut un plus digne
prêtre; jamais la parole d'un Dieu de bonté ne fut
annoncée par une bouche plus pure. Ce n'étaient
ni l'ambition ni les remords qui l'avaient conduit
dans le cloître. Maldonado, pieux dès l'enfance,
né avec une âme douce, qui n'était ardente que
pour le bien, qui n'avait besoin que de la paix et
de la vertu, s'était fait jésuite à dix-huit ans, pour
jouir de l'une et pour conserver l'autre. Depuis ce
moment, sa vie entière s'était écoulée à soulager
l'humanité, à chercher les malheureux, comme un
cœur aimant cherche des amis. Riche d'un patrimoine considérable, dont sa famille lui laissa la
disposition, il l'avait dissipé peu à peu en le partageant aux infortunés; il avait vieilli en donnant;
et, lorsqu'à sa soixantième année il s'aperçut qu'il
n'avait plus rien, il demanda d'être envoyé dans
l'Amérique : Je ne peux plus donner, disait-il ;
quittons un pays où je vois des pauvres ; au Pérou
tout le monde a de l'or, et l'évangile manque aux
Indiens; je vais leur porter l'évangile, c'est encore
un beau trésor que je vais répandre.

En arrivant à l'Assomption, le père Maldonado
fut surpris de ne trouver, au lieu des Indiens qu'il
venait convertir, que des chrétiens qu'il fallait
consoler. Son zèle n'en fut que plus vif. Il s'em-

pressa de visiter les colons; il sut gagner leur confiance, écouta leurs plaintes, soulagea leurs peines,
et devint leur avocat auprès de l'inflexible gouverneur. Le bon jésuite était béni de tous, respecté même de Pedreras, qui, depuis son arrivée,
commençait à se montrer plus doux : car c'est le
propre de la vertu, et peut-être sa récompense, de
rendre meilleur tout ce qui l'approche.

Un jour que Maldonado se promenait seul,
assez loin de la ville, en suivant les bords du
fleuve, il entendit des cris, des sanglots, et distingua sur le rivage un enfant nu qui s'agitait
auprès d'un homme couché sur la terre. Maldonado court à cet enfant : il était âgé de douze ou
treize ans, son visage était baigné de larmes; il
embrassait en gémissant, il soulevait de ses faibles
mains, il cherchait à réchauffer par ses baisers le
corps immobile d'un homme de trente à quarante
ans, nu comme l'enfant, souillé de limon, les
cheveux mouillés, en désordre, et portant sur son
visage pâle les marques d'une longue fatigue et
d'une pénible mort.

Dès que l'enfant aperçut le jésuite, il vint droit
à lui, se mit à genoux, embrassa ceux de Maldonado, et les serrant avec force, le regardant avec
des yeux où se peignaient la piété, l'amour et le
désespoir, il lui dit quelques paroles entrecoupées,

que le jésuite ne comprit point parce qu'il ignorait
sa langue, mais qui n'attendrirent pas moins le bon
père. Il relève aussitôt l'enfant, se laisse entraîner
par lui vers ce cadavre, qu'il examine, qu'il tou-
che, et qu'il trouve déjà glacé. Le malheureux
enfant contemplait le jésuite, était attentif à ses
mouvemens, continuait à lui parler dans sa langue :
mais, jugeant par les tristes regards, par les signes
de Maldonado, que toute espérance était perdue,
il se jette sur le corps mort, le baise mille fois,
s'arrache les cheveux, et, se relevant tout à coup,
il prend sa course pour aller se précipiter dans le
fleuve.

Malgré son âge, Maldonado, plus prompt et
plus fort que l'enfant, l'arrête, le retient dans ses
bras. Il oublie que le jeune sauvage ne peut l'entendre, et cherche à le calmer par de consolantes
paroles. Comme il pleurait en parlant, l'enfant le
comprenait bien ; il lui rendait ses caresses ; il lui
montrait toujours ce cadavre en prononçant le nom
d'Alcaïpa ; il lui montrait le fleuve en prononçant
le nom de Guacolde ; il mettait la main sur son
cœur, en s'inclinant sur Alcaïpa : puis il tendait
les bras vers la rivière, en répétant plusieurs fois
Guacolde. Maldonado, qui s'efforçait de le pénétrer,
entendit bien que le sauvage mort était son père,
et qu'il s'appelait Alcaïpa ; mais il ne pouvait

comprendre pourquoi l'enfant tendait toujours les bras vers le fleuve, en appelant Guacolde.

Après plusieurs heures d'inutiles efforts pour engager l'enfant à le suivre à la ville, Maldonado, qui ne voulait pas le quitter, vit heureusement passer un soldat, et le chargea d'aller à l'Assomption chercher du secours. Le soldat ramène bientôt le chirurgien de l'hôpital, qui, examinant de nouveau le cadavre, confirma au jésuite qu'il était mort. A la prière de Maldonado, le chirurgien et le soldat creusèrent une fosse dans le sable, où ils déposèrent le corps, tandis que le bon père tenait l'enfant qui redoublait ses pleurs et ses cris.

Maldonado parvint enfin à conduire chez lui le jeune sauvage. Il lui prodigua les plus douces caresses, lui présenta des alimens, lui fit prendre avec peine un peu de nourriture. L'enfant paraissait sensible à la bonté de Maldonado ; il se levait souvent pour venir lui baiser les mains, le regardait avec douleur, et recommençait à pleurer. Il passa la nuit sans dormir. Dès que l'aurore parut, il fit entendre par ses signes qu'il désirait de s'en aller. Maldonado sortit avec lui. L'enfant tourna ses pas vers l'endroit où l'on avait enterré son père. En arrivant il se mit à genoux sur la fosse, la baisa plusieurs fois, y resta long-temps prosterné. Ensuite il alla se mettre à genoux au bord du fleuve, y fit les mêmes cérémonies, et revenant auprès du jésuite, il leva les yeux au ciel, prononça tristement les noms d'Alcaïpa et de Guacolde, fit signe de la tête qu'ils n'existaient plus, et se jeta dans les bras de Maldonado, comme pour lui faire comprendre qu'ayant tout perdu sur la terre, c'était à lui qu'il se donnait.

L'enfant sauvage fut bientôt attaché par les soins compatissans du bon père : aussi doux que reconnaissant, il aimait à lui obéir ; il cherchait à deviner tout ce qui pouvait lui plaire, et le faisait aussitôt. Il consentit à porter des vêtemens ; il s'accoutuma sans beaucoup de peine à des usages qu'il ne comprenait point, et qui souvent lui répugnaient. Mais un signe de son bienfaiteur lui rendait tout facile. Né avec un esprit vif, avec une admirable mémoire, il apprit en peu de temps assez d'espagnol pour entendre le jésuite et pour en être entendu. Le premier mot qu'il retint, et qui le frappa le plus quand il en connut la signification, fut celui de *mon père*, que tout le monde disait en parlant à Maldonado : O mon père ! lui dit-il, je n'espérais plus prononcer ce nom ; mais je te dois ce bonheur, et je vois bien que tu es le meilleur des hommes, puisque tous les hommes t'appellent leur père.

Ce fut alors que, pouvant répondre aux questions du bon jésuite, il l'instruisit de sa naissance et de son malheur; ce fut sur la tombe même de celui qu'il pleurait toujours que le jeune sauvage lui fit ce récit.

JE m'appelle Camiré, dit-il; je suis de la nation des Guaranis, que tes frères les Espagnols ont chassée de ces belles plaines, et qui habite à présent les bois, derrière ces montagnes bleues. J'étais l'unique enfant d'Alcaïpa et de Guacolde. Ils s'étaient aimés toute leur vie; depuis ma naissance ils ne vivaient que pour m'aimer. Quand mon père me menait à la chasse, ma mère venait avec nous; quand ma mère me retenait, mon père n'allait point à la chasse. Je passais les jours auprès d'eux, je passais les nuits dans leurs bras. Si j'étais content, ils étaient heureux, et notre cabane retentissait de leurs chants; si je souffrais, ils sentaient mon mal, et tous les deux jetaient des cris; si je dormais, ils me regardaient, et mon sommeil les reposait.

Une nation de Brasiliens, que tes frères ont apparemment chassée, est venue nous attaquer dans nos forêts. Nous avons donné la bataille; les Brasiliens l'ont gagnée. Mon père et ma mère, obligés de fuir, ont fait à la hâte un canot d'écorce, dans lequel nous avons placé tout ce que nous possédions, deux hamacs, un filet, deux arcs; et nous nous sommes embarqués sur le grand fleuve, sans savoir où nous arrêter; car les Brasiliens étaient derrière nous, et nous tremblions d'avancer vers tes frères.

Le fleuve était débordé; il roulait avec lui de grands arbres. Notre canot se renversa. Mon père, me soutenant d'une main, se mit à nager de l'autre. Ma mère, malade depuis long-temps, avait de la peine à nager, et cependant me soutenait aussi. La fatigue épuisa bientôt les forces de ma mère et les miennes. Alcaïpa, qui s'en aperçut, nous plaça tous deux sur son dos, et nagea pendant plusieurs heures sans pouvoir jamais aborder, à cause des rocs qui bordaient la rive. La rapidité du courant l'emportait; il se sentait affaiblir, et ne nous le disait pas : nous étions nous-mêmes incapables de nous soutenir sur les eaux. Enfin, parvenu dans cette plaine où le fleuve élargi forme une mer, mon père s'écria : Nous allons périr, ma chère Guacolde; je ne puis gagner le bord avec mon double fardeau. S'il te restait assez de force pour me suivre quelques momens, peut-être... Il n'achève pas; ma mère le quitte, s'enfonce, et disparaît en criant : Sauve notre fils! je meurs trop heureuse.

Je voulus me jeter après ma mère; mais Alcaïpa

d'une main me retenait les deux bras. Il fait un effort, traverse l'immense largeur du fleuve, arrive à terre, me pose sur le sable, m'embrasse, et tombe mort à mes pieds.

Tu arrivas bientôt après ; tu sais le reste, mon père.

Le jésuite l'écoutait en sanglotant. Il n'essaya point de consoler le jeune sauvage ; il ne l'engagea point à modérer sa douleur, à tarir des larmes si justes, mais il y mêla les siennes ; et Camiré, touché de ces pleurs, cessa d'en répandre pour les essuyer.

La bonté paternelle de Maldonado gagna de plus en plus le cœur du sensible Camiré. Il s'instruisit à son école ; il apprit à lire, à écrire, avec une étonnante facilité. Le pieux missionnaire lui parla de la religion ; il la lui peignit comme il la sentait. Son éloquence, qu'il puisait dans son âme, toucha bientôt l'âme de son élève. Il crut aisément ce que disait le bon père, parce qu'il le voyait pratiquer ce qu'il disait : il le suivait à l'hôpital, chez les pauvres, chez les malheureux, lorsque, assis auprès d'un malade, Maldonado calmait ses douleurs par ses consolans discours, lorsqu'il partageait avec les indigens jusqu'à son frugal repas, jusqu'aux vêtemens qu'il portait ; et quand le jeune sauvage

admirait tant de charité : Mon fils, lui disait le
jésuite, je n'en fais pas encore assez : mon Dieu est
le Dieu des pauvres, des orphelins, des affligés ;
voilà ses enfans de prédilection ; voilà ceux qu'il
faut secourir, si nous voulons plaire à leur père.

Épris de ces divins préceptes, brûlant d'imiter
de si doux exemples, Camiré demanda le baptême.
Cette demande remplit de joie le bon missionnaire : il courut en instruire le gouverneur. Cette
cérémonie fut une fête. Pedreras voulut tenir sur
les fonts l'Américain converti ; tous les Espagnols
s'empressèrent de le combler de présens ; et le jésuite ne s'occupa plus que d'assurer une fortune
indépendante à son nouveau prosélyte.

Le crédit, la considération, dont Maldonado
jouissait dans la colonie, et même en Espagne,
lui donnaient des moyens faciles de procurer à
Camiré les places qu'il eût désirées. Camiré venait
d'avoir seize ans ; son éducation était achevée ; et
l'élève de Maldonado, plus instruit que la plupart
des colons, savait le latin, les mathématiques,
avait lu les historiens, les poëtes, les bons ouvrages
espagnols. Son esprit juste et pénétrant avait profité de ces lectures : il aimait les livres, il les jugeait
bien ; et souvent il en recueillait plus de véritable
philosophie que l'auteur lui-même n'en avait mis.
Maldonado, qu'il étonnait par son bon sens, lui

parla sérieusement de la nécessité de prendre un
état pour parvenir à faire sa fortune : il lui proposa
l'étude des lois, le service, ou le commerce, en
s'en rapportant à son choix avec son indulgence
accoutumée. Camiré lui répondit :

La seule erreur que je trouve en toi, mon père,
c'est de croire que cette fortune dont tu me parles
si souvent soit nécessaire à mon bonheur. Je conçois bien, d'après ce que j'ai lu, d'après ce que tu
m'as dit de ton Europe, où tout ce que la nature
donne n'appartient qu'à une petite partie de ses
habitans, où les pauvres sont condamnés à servir
les riches pour avoir le droit de respirer l'air et de
se nourrir des fruits de la terre; je conçois, dis-je,
que dans ce pays on emploie tous les moyens, justes ou injustes, pour sortir de la grande classe de
ceux qui n'ont rien, afin d'être du petit nombre
de ceux qui ont tout. Mais regarde où nous sommes, mon père; regarde ces vastes plaines où le
maïs, le manioc, les patates, les ananas, une foule
de plantes salubres, croissent à nos yeux, presque
sans culture; regarde ces forêts immenses, pleines
de cocos, de limons, de grenadilles, de cédrats,
d'autres fruits délicieux, que la nature produit
avec moins de peine que vous n'en avez à retenir
leurs noms : tout cela m'appartient, je peux en
jouir; et la population du Paraguay ne sera de

long-temps assez grande pour que les hommes, se
partageant ces vastes contrées, assignent un maître
à chaque terrain, et déshéritent de la nature ceux
qui viendront après eux.

Quant à ce métier, que tu appelles, je ne sais
pas pourquoi, *un état*, et que tu veux que je choisisse, je t'avouerai franchement qu'aucun de ceux
dont tu m'as parlé ne me plait. Je n'aime point
vos lois, que je trouve insuffisantes, incertaines,
souvent même contradictoires. De tout ce que tu
m'as fait lire, c'est ce qui m'a le plus ennuyé; et
comme l'on apprend mal ce qui ennuie, je ne veux
ni les apprendre, ni passer, ainsi que tant d'autres,
pour les savoir. La guerre me fait horreur. J'admire et chéris l'homme courageux qui, si l'on
vient attaquer sa femme, ses enfans, sa patrie,
s'arme aussitôt, s'expose à la mort pour le salut de
ses frères : cet homme-là n'est point un homme
de guerre, comme on les appelle fort mal à propos
dans ton pays; c'est un homme de paix et de justice, car il combat pour l'une et pour l'autre. Mais
que moi, né Guarani, j'aille engager ma vie, vendre mon sang au roi d'Espagne pour ravager des
terres ou tuer des hommes à sa volonté! non, mon
père, la religion que tu m'enseignas me le défend;
et je suis encore à comprendre comment tes Es-

pagnols accordent ce métier avec leur devoir de
chrétien.

Le commerce me plaisait d'abord ; je trouvais
charitable et beau de traverser les mers, de con-
sumer sa vie dans les travaux, dans les dangers,
pour porter aux nations éloignées les secours dont
elles ont besoin, pour partager à la grande famille
des hommes tous les bienfaits du père commun.
Mais j'ai découvert, en observant mieux, quel était
le but de cette charité. J'ai vu que les plus honnêtes négocians ne se faisaient pas de scrupule de
porter aux sauvages des armes meurtrières, de les
enivrer de liqueurs fortes pour conclure des mar-
chés plus avantageux. Enfin je les ai vus amener
ici des Africains qu'ils exposaient sur la place
comme des bêtes de somme. Vendre des hommes,
mon père ! cela s'appelle le commerce ? Mon ami,
je ne serai point commerçant.

Laissez-moi donc rester ce que je suis. Tu as
beau sourire et me faire entendre avec ta douceur polie que je ne suis rien ; moi, je t'assure
que je suis quelque chose, et quelque chose d'assez
bon, d'assez heureux, grâce à toi. Je jouis de la
santé, du repos de la conscience ; je serais prêt,
à tous les instants, à paraître devant le Dieu de
justice, et je n'aurais à m'occuper que du chagrin
de te quitter. Va, mon père, c'est un bel état que

l'innocence ! permets que je n'en aie pas d'autre,
je ne manque de rien près de toi : si j'avais le malheur de te perdre, je retournerais dans mes bois,
où nos arbres suffiraient bien pour soutenir mon
existence, où ta mémoire suffirait mieux pour entretenir ma vertu. Laisse-moi donc jouir en paix
du bonheur que tu me procures. Nous avons lu
beaucoup de gros livres sur ce que les hommes ont
nommé le bonheur ; moi, j'en ferais un petit traité
qui se réduirait à deux lignes : Conserver son âme
pure, et savoir renoncer aux choses dont on ne
se soucie guère.

Maldonado ne trouvait rien à répondre à son
jeune philosophe. Il convenait que le disciple avait
surpassé le maître, et demandait, en riant, à Camiré qu'il voulût bien l'instruire à son tour. Mais
bientôt cette sagesse devait être mise à l'épreuve.

Depuis quelques mois, un vaisseau de Cadix
avait amené d'Espagne une jeune nièce du gouverneur de l'Assomption, que son père don Manuel, frère cadet de Pedreras, avait laissée orpheline et sans fortune. Les parens de don Manuel
n'avaient rien trouvé de mieux, pour se débarrasser
d'une fille pauvre, que de l'envoyer en Amérique
à son oncle, qui passait pour riche. Pedreras reçut
cette nièce avec plus de surprise que de joie. Il
fut tenté d'abord de la renvoyer en Espagne ; les

représentations de Maldonado l'en empêchèrent.
Il se contenta d'adresser de vifs reproches à ceux
qui lui donnaient de si grands embarras, et consentit, par un effort d'humanité, à souffrir dans
sa maison l'unique fille de son frère.

On juge bien que la jeune nièce ne vivait pas
heureuse chez Pedreras ; elle savait, elle voyait
que sa présence était un fardeau. Tremblante
d'irriter son oncle, certaine de lui déplaire, elle
portait une attention continuelle à ses actions, à
ses discours, et croyait avoir beaucoup fait quand
on ne la trouvait qu'importune. Elle avait à peine
seize ans, et s'appelait Angéline ; elle était digne
de ce nom par sa beauté, par sa douceur, sa grâce,
son esprit aimable, surtout par un cœur au-dessus de sa grâce et de son esprit. On ne pouvait
la voir sans l'aimer ; quand on l'aimait, on pouvait
le lui dire : la vanité n'approchait point de cette âme
pure ; et le sentiment qu'elle inspirait tenait tant
d'elle, qu'il devenait une vertu pour celui qui
l'éprouvait.

Angéline cherchait souvent la solitude et la campagne. Profitant de la liberté dont on jouit dans
les colonies, elle sortait chaque soir, suivie d'un
seul domestique, pour aller contempler la nature,
respirer le parfum des fleurs, écouter le chant
des oiseaux, admirer le soleil couchant. C'étaient

ses uniques plaisirs ; ils suffisaient à son âme douce, ingénue, tendre, paisible, toujours prompte à sentir le bien, toujours lente à désirer le mieux.

Elle avait souvent remarqué, dans ses promenades champêtres, un jeune homme qui, aux mêmes heures, ne manquait pas de se rendre au même endroit, se mettait à genoux, y restait longtemps, et regagnait ensuite la ville. Angéline, peu curieuse, avait évité sa rencontre ; mais un soir qu'elle rentrait plus tard que de coutume, et qu'elle passait près de cet endroit, un monstrueux serpent de l'espèce appelée *chasseur*, si commune au Paraguay, élève tout à coup sa tête au-dessus des plus grandes herbes, et s'élance vers Angéline, en poussant d'affreux sifflemens. Angéline jette des cris ; son domestique effrayé prend la fuite ; la jeune Espagnole fuyait elle-même ; mais le serpent la poursuit, gagne du terrain, va l'atteindre, lorsque Camiré se présente portant à la main un de ces lacets dont les Péruviens se servent avec tant d'adresse [1]. Il jette le nœud coulant à la tête du reptile, et, fuyant d'une vitesse extrême, il traine après lui le monstre étranglé.

Angéline était évanouie. Camiré la secourt,

---

[1] Les Péruviens nommés Guazes étranglent, avec des lacs de cuir, des tigres et des taureaux (*Histoire des Voyages*, tome XII.)

rappelle ses sens, soutient sa marche défaillante
jusqu'à la maison de son oncle, reçoit en rougis-
sant ses actions de grâces, et la quitte avec un
trouble qu'il n'avait pas encore connu.

Camiré courut auprès de Maldonado lui raconter ce qui s'était passé. La joie qu'en ressentit le
bon père, l'intérêt qu'il prenait au sort d'Angéline,
tout ce qu'il dit de ses vertus, de ses qualités aimables, augmentèrent le trouble que sentait Camiré.
Il écoutait, distrait et rêveur ; il ne dormit pas de
la nuit. Le lendemain il fut le premier à demander
au jésuite, avec une espèce d'embarras, s'il ne serait pas convenable d'aller tous deux chez le gouverneur savoir des nouvelles de sa nièce. Maldonado s'y disposait ; ils s'y rendirent aussitôt. Pedreras les reçut avec une politesse reconnaissante,
les rassura sur la santé d'Angéline, et les retint
toute la journée. Là le jeune Guarani revit la
belle Espagnole, eut la liberté de l'entretenir, et
respira par tous les sens le brûlant amour qui le
consumait.

L'histoire d'Alcaïpa, les éloges que le bon jésuite se plaisait à donner à son fils, furent le sujet
de la conversation. Angéline attentive baissait la
vue ; une couleur plus vive brillait sur ses joues ;
un mouvement secret faisait battre son cœur. Elle
comprit, par le récit de Maldonado, pourquoi Ca-

miré venait si souvent se mettre à genoux près du fleuve. Cette piété, cet amour filial, doublèrent sa reconnaissance pour son aimable libérateur. Elle était bien aise que ce fût lui qui l'eût délivrée d'un si grand danger ; elle se trouvait heureuse d'être obligée d'aimer ce jeune homme : mais elle était embarrassée d'oser lever les yeux sur lui.

Peu de temps, peu de visites, suffirent aux jeunes amans pour se faire entendre tout ce qu'ils sentaient, pour s'assurer, sans se le dire, que leur amour était partagé. Angéline garda le secret que ses yeux avaient trahi ; mais le sincère Guarani confia tout au jésuite. Il lui peignit en traits de feu la passion qui remplissait son âme, lui répéta mille fois que la mort seule pouvait l'éteindre ; qu'il était prêt à tout entreprendre pour mériter la main d'Angéline, et finit par lui demander ses secours pour parvenir à ce bonheur.

Maldonado l'écoutait tristement : O mon fils ! lui dit-il, que tu m'affliges, et que tu te prépares de maux ! Toi, qui connais nos mœurs, nos usages, notre respect pour la naissance, notre passion pour les richesses, peux-tu penser que le gouverneur du Paraguay consente à donner sa nièce à un étranger, à un inconnu, qui ne possède rien au monde, et dont le projet est d'aller vivre après ma mort, parmi les sauvages ses frères ? Ce mépris des vaines idoles que les hommes corrompus se sont faites, je ne l'ai pas combattu, mon fils; je l'ai respecté dans ton cœur : mais lorsqu'on prétend, mon cher Camiré, s'élever ainsi au-dessus des erreurs de l'humanité, il faut d'abord renoncer à l'amour; car lui seul nous met dans la dépendance de tous les préjugés des hommes, de tous les caprices de la fortune. Tu me fais pitié, mon enfant; les conseils, les remèdes, ne peuvent plus t'être utiles : c'est de l'espérance qu'il te faudrait, et ma tendresse chercherait en vain à s'abuser elle-même pour t'abuser quelques instans. Je ne verrais qu'un seul moyen de réussir : l'avarice du gouverneur lui ferait oublier ta naissance, si nous pouvions lui donner beaucoup d'or; mais ni toi ni moi n'en avons, et...

De l'or? reprit vivement Camiré en se jetant au cou du vieillard : réjouissons-nous, mon père; il ne tient qu'à moi de m'en procurer. Les montagnes où j'habitais en sont remplies; je sais les chemins qui m'y conduiront. J'irai te chercher autant d'or que tu voudras; tu l'offriras au gouverneur : il me donnera, pour un prix aussi vil, l'être le plus beau, le plus vertueux, le plus aimable de l'univers; et le funeste amour de ce métal, qui a produit tant de crimes dans le nouveau monde, y fera du moins deux heureux.

Le bon jésuite, à qui ce seul mot d'*heureux* faisait toujours palpiter le cœur, partagea la joie de son fils. Dès le lendemain il se rendit chez Pedreras : mais, connaissant le caractère de celui qu'il voulait gagner, il se crut permis d'employer un peu d'adresse. Il commença par lui parler de la difficulté d'établir Angéline d'une manière convenable à sa naissance ; il fit entendre doucement qu'en sacrifiant ce dernier article elle trouverait des époux qui s'estimeraient heureux de mettre à ses pieds une grande fortune, de payer même à son oncle l'honneur de son alliance ; et, voyant que cette ouverture ne déplaisait point à Pedreras, il finit par proposer son élève avec cent mille ducats.

Pedreras n'était pas facile à séduire ; une longue expérience des affaires l'avait rendu soupçonneux et fin. En écoutant Maldonado, il réfléchit que Camiré était du pays des Guaranis, où l'on disait que les mines d'or étaient communes ; il calcula que ses richesses ne pouvaient venir que de là ; et, sans se montrer éloigné de donner sa nièce à ce nouveau chrétien : Mon père, répondit-il, les intérêts de l'Espagne m'occupent seuls. Je ne désire pas d'augmenter ma fortune, et je désire vivement d'être utile à ma patrie. Votre élève peut me servir dans ce dessein : qu'il me découvre une mine d'or , et je lui donne ma nièce.

Ce discours rendit rêveur Maldonado : cependant il fit répéter à Pedreras la promesse qu'il venait de faire ; et, certain qu'il ne manquerait pas à
sa parole, il revint porter sa réponse au jeune
Guarani.

Quand celui-ci l'eut entendue, sa tête tomba sur
sa poitrine, des larmes coulèrent de ses yeux : Ah !
mon père, s'écria-t-il, je ne puis posséder Angéline. Pour découvrir au gouverneur la mine d'or
qu'il me demande, il faut que je lui montre des chemins que les Espagnols ignorent ; et cette seule ignorance fait l'espérance de mes frères. Je serais donc
le transfuge, le traître qui conduirait au milieu
de ma nation ses ennemis et ses bourreaux ! Non,
mon père, tu me haïrais, tu mépriserais ton fils.
Et comment pourrais-je vivre quand tu ne m'es-
timerais plus?

Maldonado l'embrassa, le pressa long-temps sur
son sein , en approuvant sa noble résolution , en
le confirmant dans l'inébranlable principe de sacrifier toujours ses intérêts les plus chers, ses passions les plus ardentes , au plus douloureux des
devoirs : Les passions finissent , lui dit-il, les intérêts changent, mon fils , et la vertu ne change
jamais. Dans tous les temps , dans tous les lieux ,
elle prend soin de dédommager celui qui souffre

pour elle ; elle le console, elle le ranime, le fait
jouir de souvenirs doux, l'environne d'un saint
respect, l'accompagne par delà la mort, et va se
placer sur sa tombe, où le nom qu'elle fit respecter, béni par tous les cœurs sensibles, fait encore
verser des pleurs de tendresse, de regret et d'admiration.

Le malheureux Camiré soupirait en écoutant
le jésuite. Irrévocablement décidé à ne point trahir ses compatriotes pour obtenir sa maîtresse, il
se promit, il espéra qu'il guérirait de sa passion.
Dès ce moment il évita la rencontre d'Angéline
avec autant de soin qu'il l'avait cherchée : il ne
sortit plus de chez lui, se livra tout entier à l'étude,
et pensa qu'en occupant son esprit il parviendrait
à distraire son cœur. Angéline ne pouvait comprendre d'où venait ce grand changement. Elle en
fut d'abord alarmée ; elle attendit impatiemment
l'occasion de s'expliquer avec Camiré : mais, ne le
voyant plus venir chez son oncle, ne le rencon-
trant plus dans les champs, pas même au tombeau
d'Alcaïpa, le dépit et la colère succédèrent à la
douleur. Elle pensa qu'on ne l'aimait plus, elle
résolut de ne plus aimer ; et le hasard l'ayant
placée près de Camiré, un jour de fête, à l'église,
elle affecta, pendant la cérémonie, de ne pas tourner les yeux sur l'infortuné Guarani, de ne pas

s'apercevoir qu'il fût près d'elle, et de sortir sans le saluer. C'était un pénible effort pour la douce et tendre Angéline : mais elle crut, après cette victoire sur elle-même, que rien ne lui serait impossible, et se flatta d'oublier bientôt celui qui l'occupait sans cesse.

Camiré fut au désespoir. Il s'était senti le courage de renoncer à son amante, de se priver de sa vue; mais il n'avait pas celui de supporter son dédain. Son âme en fut accablée : ne pouvant plus soutenir le tourment qu'il éprouvait, il va trouver Maldonado.

Mon père, lui dit-il, écoute et pardonne : je ne puis vaincre mon amour; j'ai employé contre mon cœur tout ce que la vertu, la raison, peuvent me donner de forces ; Angéline l'emporte sur tout. Je te quitte, mon père, je pars... Au nom du ciel, cache-moi tes pleurs ; je resterai si tu pleures, et j'expirerai devant toi. Laisse-moi retourner dans mes bois : je reviendrai, je l'espère ; j'ignore dans quel temps, mais je reviendrai. Si le projet que je médite est possible à l'humanité, je l'accomplirai, j'en suis sûr, et tu me reverras le plus heureux et le plus innocent des hommes. Adieu, mon père, mon ami, mon bienfaiteur ; essuie tes larmes : ce n'est pas ton fils qui te quitte, c'est un malheureux, c'est un insensé, en proie à un funeste amour qui le gouverne à son gré, qui l'emporte loin de son père, qui remplit, consume son cœur, et ne peut pourtant altérer la tendresse, la reconnaissance, que ce cœur te conserve toujours, quoiqu'il ne soit plus à moi.

En disant ces mots, il s'enfuit sans écouter Maldonado, qui le rappelle, lui crie en vain de revenir dans ses bras. Bientôt il l'a perdu de vue : le bon père, privé de son fils, croit être seul dans l'univers.

Angéline était plus à plaindre encore. Tourmentée d'une passion dont elle ne pouvait triompher, elle avait éprouvé les mêmes peines que Camiré, et n'avait pas eu la consolation de les confier à personne. Dès qu'elle fut instruite de son départ, elle se reprocha d'en être la cause ; elle donna des larmes amères au souvenir de ce jour où elle avait feint de ne plus l'aimer. Elle espéra pendant quelque temps qu'il reviendrait auprès du jésuite : mais, voyant six mois écoulés sans que Camiré parût, la malheureuse Angéline vint demander à son oncle de prendre le voile dans un des couvens déjà fondés à l'Assomption. Pedreras approuva ce dessein : il la conduisit, le jour même, à la supérieure des claristes, qui lui donna l'habit de novice et convint avec le gouverneur qu'on abrégerait de moitié le temps du noviciat.

L'infortunée pressait elle-même ce moment : le
temps était si lent pour elle, depuis qu'il s'écoulait
sans qu'elle vît Camiré ! Il lui semblait qu'après
avoir prononcé ses vœux elle serait moins tourmentée, que l'amour sortirait d'un cœur dont
Dieu aurait pris possession. Elle vit enfin arriver
cette époque si désirée, et sentit un mouvement
de joie.

La veille du jour fixé pour la profession d'Angéline, le bon P. Maldonado, revenant de voir des
malades, se reposait sur un banc de pierre à la
porte de sa maison. Il songeait à Camiré, lorsqu'il
voit de loin accourir quelqu'un, l'entend tout à
coup pousser un grand cri, et se sent presser entre
les bras d'un jeune homme : c'était lui, c'était
son fils. Le pauvre jésuite fut prêt à s'évanouir de
joie. Le Guarani le soutint ; lui-même ne pouvait
parler. Tous deux rentrent dans la maison en se
tenant embrassés ; et lorsque leurs cœurs trop
émus purent enfin respirer plus à l'aise : Mon
père, lui dit Camiré, c'est moi, c'est bien moi ; tu
revois ton fils, et tu le revois digne de ce nom. Je
n'ai trahi ni l'amour ni l'honneur ; je suis, je
pourrai demeurer fidèle à mes frères et à mon
amante. Je viens livrer au gouverneur la mine
d'or qu'il m'a demandée ; et ce trésor est loin de
la route qui pourrait le conduire dans mon pays.

Maldonado, qui se fait répéter ces paroles, partage les transports de son fils : il ne veut point troubler sa joie en l'instruisant que le lendemain Angéline doit faire ses vœux : mais il court à l'instant chez Pedreras pour obtenir qu'on diffère, pour annoncer le trésor immense que Camiré vient mettre en ses mains, et demander l'exécution d'une promesse sacrée. Pedreras, surpris et charmé, renouvelle cette promesse, écrit sur l'heure au couvent, ordonne que tout soit suspendu ; et, dès l'aurore naissante, il part avec Maldonado, suivi d'une bonne escorte, sous la conduite du jeune sauvage.

Ils marchèrent toute la journée, passèrent la nuit sous des arbres, et, le lendemain, reprirent leur route dans des montagnes désertes qui se prolongeaient du côté du Chili. Le gouverneur lui témoignait sa surprise ; il avait déjà fait visiter ce pays, où l'on n'avait point trouvé de métaux : Camiré s'avançait d'un air tranquille. Arrivé près d'une caverne formée par des rocs arides, Camiré s'arrête, et, montrant l'entrée, il commande aux ouvriers de fouiller. On obéit. Pedreras, avec les yeux de l'avarice, suivait tous les mouvemens des mineurs ; le jésuite, inquiet et pensif, faisait des vœux qui, pour la première fois, avaient pour

objet des richesses ; Camiré souriait et ne disait
rien.

A cinq ou six pieds de profondeur Pedreras vit
le premier briller du métal. Il jette un cri de joie,
s'élance, et de ses deux mains saisit une terre
rougeâtre remplie de lentilles d'or vierge. Cette
couche était longue, épaisse ; et plusieurs autres
encore plus riches se trouvaient sous le sable qui
la supportait. Pedreras court à Camiré, le serre
dans ses bras, l'appelle son neveu, lui jure une
tendresse éternelle. On poursuit le travail par ses
ordres. Quatre mulets sont déjà chargés d'or, et
la caverne n'est pas épuisée. Le gouverneur y laisse
une garde sous la conduite de son lieutenant.
Pressé, disait-il, de tenir sa promesse, il retourne
à l'Assomption avec Maldonado et Camiré. Il les
conduit dans son palais ; et, dès que l'avare Pedreras a mis en sûreté ses trésors, il va lui-même
au couvent de sa nièce, lui prescrire d'en sortir
sur l'heure, et de se disposer à devenir dès le lendemain l'épouse de Camiré.

Jugez de l'excès de surprise, surtout de l'excès
de bonheur, qu'éprouva la tendre Angéline. Elle
ne pouvait croire ce qu'elle entendait ; elle n'était
pas sûre que ce ne fût point un songe : mais, accoutumée à la soumission, elle obéit sans répliquer.
Elle dépouille ses habits de bure pour reprendre

l'or et la soie ; son front modeste quitte le bandeau ;
ses longs cheveux reparaissent et tombent par
boucles sur ses épaules. L'émotion que son âme
éprouve répand sur ses joues un vif incarnat ; ses
yeux, qui n'osent se lever, lancent mille feux à
travers ses longues et noires paupières. Mille fois
plus belle que le jour où Camiré lui sauva la vie,
elle sort du couvent pour l'aller trouver ; et l'heureux Camiré l'attendait au parloir, où Pedreras
l'avait laissé seul.

Dès qu'il l'aperçoit, il tombe à genoux. Écoutez-moi, lui dit-il, ô la plus belle, la plus aimable
des femmes : avant d'obéir à votre oncle, connaissez les puissans motifs qui me forcèrent à vous
fuir. Pedreras, pour m'accorder votre main, me
demandait une mine d'or. Je n'en connais que
dans mon pays. En l'y conduisant je livrais mes
frères à la cruauté de vos Espagnols. Je ne l'eusse
jamais fait, Angéline : c'est à vous-même que je
le déclare ; c'est au moment où je vous vois res-
plendissante de tous vos attraits, que j'ose me
répondre encore que j'eusse sacrifié mon amour
à mon devoir, à ma patrie. Mais cet amour m'a
mieux inspiré : j'ai quitté mon vertueux père, je
suis retourné chez les Guaranis. J'ai facilement
trouvé beaucoup d'or. Aidé par mes compatriotes,
j'ai employé une année entière à porter moi-même

cet or à une immense distance du pays où je le
prenais, à le cacher sous la terre, à rassembler assez de richesses, non pas pour vous mériter, mais
du moins pour vous obtenir. J'ai fait cent fois ce
long voyage ; je l'aurais fait mille fois, si le temps
ne m'eût pas pressé. Votre image, qui m'accompagnait, me laissait toujours la crainte d'offrir un
trop faible don. Pedreras daigne se contenter de ce
trésor ; il ignore le prix de celui qu'il me donne :
mais c'est de vous, de vous seule, qu'aujourd'hui
je veux le tenir.

Angéline, en l'écoutant, eut besoin de faire un
effort pour ne pas jeter ses bras autour du cou de
Camiré : elle lui tendit doucement la main, et des
pleurs d'amour furent sa réponse.

Le Guarani transporté la conduit aussitôt chez
Pedreras, où, le soir même, à minuit, Maldonado
leur donna la bénédiction nuptiale. Jamais bonheur n'avait égalé le bonheur qui les enivrait, si
ce n'est peut-être celui qu'éprouvait le bon jésuite.
Tous trois pensaient que désormais rien ne pouvait troubler une union si douce ; tous trois jouissaient à la fois du présent et de l'avenir : mais ils
n'étaient pas à la fin de leurs peines.

Le gouverneur avait quitté les nouveaux époux
pour retourner à la caverne, que ses ouvriers
avaient dépouillée. Tant de richesses auraient dû

satisfaire l'avarice de Pedreras, si l'avarice pouvait être satisfaite. Mais, s'étant aperçu facilement que la terre qu'on avait fouillée ne produisait point de métal, il en conclut que le Guarani connaissait des mines abondantes où sans doute il avait puisé cet or. Trop riche cependant pour oser se plaindre, et craignant assez le jésuite pour ne pas tenter d'indignes moyens d'arracher le secret qu'on lui cachait, il prit une voie détournée qui ne le conduisait pas moins à son but. Il assembla la colonie, rendit compte de nouveaux ordres qu'il avait, disait-il, reçus du roi pour continuer les découvertes, pour soumettre les peuples voisins, surtout les Guaranis. Ensuite se tournant vers Camiré, que ces paroles avaient fait pâlir : Mon neveu, dit-il, c'est à vous que je remets les intérêts de l'Espagne. Vous êtes mon fils adoptif, je vous nomme mon *adélantade* [1], et je vous charge, au nom du roi, de partir avec six cents soldats pour découvrir et pour soumettre le pays des Guaranis.

Toute la colonie applaudit à ce choix. Camiré n'a pas la force de répondre. Il est salué, reconnu adélantade; et Pedreras renouvelle l'ordre qu'il ait à partir avant peu de jours.

[1] La première dignité après celle de gouverneur.

Le malheureux Camiré courut, avec son épouse, demander conseil à Maldonado.

Le bon jésuite réfléchit quelques instans en silence; puis, prenant les époux par la main : Mes enfans, leur dit-il, le péril est grand. Camiré ne peut ni ne doit obéir : s'il refuse, il devient suspect; en prenant sa défense je le deviens moi-même; et le gouverneur est capable de tout. Vous n'avez qu'un parti à prendre, c'est de fuir cette nuit chez les Guaranis. Je vous suivrai, mes enfans; oui, je vous suivrai malgré mon grand âge : j'irai, la croix à la main, prêcher les frères de Camiré; j'irai les convertir à la foi, comme je l'ai converti. Vous serez toujours heureux; vous vous aimerez toujours dans l'innocence, dans la paix : moi je remplirai mon devoir, je servirai mon Dieu, je lui donnerai des hommes, je serai plus heureux que vous.

Angéline et son époux tombèrent aux pieds du vieillard. Leur fuite fut préparée. Camiré se munit d'un canot, où ils s'embarquèrent tous trois dès que les ombres voilèrent la terre. Camiré prit les rames, et remonta le fleuve jusqu'à l'entrée des montagnes. Là, descendant au milieu des bois, il submergea son canot, suivit des sentiers déserts, et arriva dans peu de jours au milieu des Guaranis. Il y fut reçu comme un frère. Il se hâta de leur raconter ce qu'il avait fait et ce qu'il devait au jésuite : tous les sauvages alors comblèrent Maldonado de caresses et de présens ; tous voulurent travailler à la cabane du bon père, à celle d'Angéline et de Camiré. Ces cabanes furent construites sur de grands arbres, où l'on montait par une poutre taillée que l'on retirait quand on était monté ; précaution nécessaire contre les tigres et contre les inondations. Établis en peu de temps dans leur nouvelle demeure, sans crainte, sans inquiétude, délivrés de tous les tourmens que les hommes ont pris tant de peine à se donner, occupés seulement de s'aimer et de vivre, les deux époux sentirent, bien mieux qu'ils ne l'avaient fait jusqu'alors, le charme, les délices de la réunion de ce qu'il y a de meilleur au monde, l'amour, l'innocence et la liberté.

Maldonado, chéri d'un peuple doux, prêcha la religion chrétienne, et convertit aisément des hommes simples qui adoraient ses vertus. Tous les Guaranis se firent baptiser. Quelque temps après ils demandèrent eux-mêmes au bon père de faire venir d'autres jésuites, et se soumirent volontairement au roi d'Espagne, à condition qu'il n'enverrait chez eux que les collègues de Maldonado. Cette proposition fut acceptée à Madrid. Les missionnaires arrivèrent. Les Guaranis, sur la foi du traité, se rapprochèrent de l'Assomption, se partagèrent en plusieurs peuplades, dont chacune bâtit son village, où un jésuite, devenu curé, les instruisit dans l'agriculture, dans les autres arts nécessaires, et les gouverna paternellement. Bientôt ces peuplades augmentèrent. En 1734, elles composaient trente mille familles. Chaque village avait son régisseur, son alcade particulier, que les habitans nommaient tous les ans. Le curé, choisi par le père provincial, veillait à l'exécution des lois, qui n'étaient ni nombreuses ni sévères. Les plus grandes peines se réduisaient au jeûne ou à la prison ; encore ces châtimens étaient-ils rares chez un peuple innocent, paisible, qui n'avait point d'idée du vol ou du meurtre, et qui conservait cette heureuse ignorance, grâce aux soins extrêmes que prenaient les jésuites de ne jamais laisser pénétrer un seul étranger dans le pays. L'impôt modéré que l'on payait au roi d'Espagne était acquitté par l'échange du sucre, du tabac, du coton, produits par un terrain immense laissé en commune dans toutes les paroisses, où chaque habitant venait travailler pendant deux jours de la semaine. Le surplus de cette récolte était pour les orphelins, pour les malades, pour les vieillards hors d'état de travailler. Un arsenal particulier renfermait les armes de la peuplade. Les jeunes

gens venaient les prendre les jours de fête, s'exer-
çaient à manier le fusil, le sabre, l'épée, les
remettaient ensuite dans l'arsenal ; et, à la première attaque, soit des Portugais, soit des Brasiliens, il sortait de chaque village un bataillon d'ex-
cellens soldats[1]. Partout étaient établies des écoles
pour apprendre à lire, à écrire ; des ateliers de
serruriers, de charpentiers, de tisserands. Toutes
les professions, tous les arts utiles, étaient mon-
trés gratuitement ; et le curé, qui surveillait ces
travaux, avant d'y admettre les jeunes élèves, prenait soin de consulter leur inclination. Rien ne
leur manquait enfin de ce que nous voyons dans
nos villes, que le luxe, le vice et la pauvreté. On
a pourtant dit du mal de cette république ecclé-
siastique, de ce gouvernement patriarchal : mais

---

[1] En 1705, lorsque les Espagnols reprirent sur les Portugais la colonie du Saint-Sacrement, les Guaranis, que les jésuites amenèrent au secours des assiégeans, furent toujours à la
tête des attaques, et contribuèrent beaucoup au succès des armes espagnoles par leur intrépidité. Lorsqu'ils retournèrent
dans leur pays, le gouverneur voulut leur donner cent quatre-
vingt mille piastres, qu'ils refusèrent généreusement. (*Histoire
du Paraguay par Charlevoix.*)

Tous ces détails sur le gouvernement des jésuites au Paraguay sont vrais à la lettre, et tirés du *Voyage dans l'Amérique méridionale par don George Juan et don Antonio de
Ulloa,* ouvrage rempli d'érudition, d'esprit et de philosophie.

du moins on ne peut nier que ce fut peut-être le seul empire fondé par la persuasion, soutenu par la confiance, et policé par la vertu.

FIN DE CAMIRÉ.

VALÉRIE,

NOUVELLE ITALIENNE.

On fait semblant dans le monde de ne plus croire aux revenans; et l'on oublie que les meilleurs écrivains de la Grèce et de Rome, les historiens les plus renommés pour leur véracité, pour leur philosophie, nous attestent leur existence. Plutarque rapporte comment Brutus, étant la nuit dans sa tente peu de temps avant la bataille de Philippes, « aperçut une vision horrible, comme d'un homme « de grandeur extraordinaire et excessive, et hi-« deux de visage, de quoi il s'effraya du commen-« cement : mais, voyant que ce fantôme ne lui « faisait ni ne lui disait rien, ains se tenait devant « lui tout coi auprès de son lit, il lui demanda à « la fin qui il était. Le fantôme lui répondit : Je « suis ton mauvais esprit, et tu me verras près de « la ville de Philippes. Brutus lui répliqua : Eh « bien ! je t'y verrai donc. Et incontinent l'esprit « disparut. Depuis, se trouvant en bataille près « cette ville de Philippes, la nuit de devant le

« combat, ce même fantôme apparut une autre
« fois à lui sans lui mot dire; par quoi Brutus en-
« tendit bien que son heure était venue, etc. [1]. »
Pline le Jeune, dans ses lettres, affirme, comme un
fait certain, l'histoire du philosophe Athénodore,
qui, ayant acheté dans la ville d'Athènes une maison délabrée dont personne ne voulait parce qu'un
spectre y revenait toutes les nuits, attendit coura-
geusement ce spectre, le vit en effet arriver, traî-
nant des chaînes de fer, et faisant signe au
philosophe de le suivre. Athénodore, qui travaillait
dans ce moment, lui fit à son tour signe de la main
de vouloir bien attendre un peu. Le spectre redoubla le bruit de ses chaînes; et le philosophe,
prenant sa lampe, se leva, suivit le fantôme, qui
le conduisit jusqu'à la cour de la maison, où tout
à coup il disparut. Athénodore marqua cet endroit
pour le reconnaître. Le jour suivant il y mena
les magistrats, qui firent fouiller la terre, et trouvèrent des ossemens humains encore enlacés dans
des chaînes. On les recueillit, on leur donna publiquement les honneurs de la sépulture : depuis ce
moment la maison fut tranquille [2].

Si l'on veut des exemples plus récens, on peut

[1] Hommes illustres de Plutarque, *Vie de Jules César*, traduction d'Amyot.

[2] Lettres de Pline, tome ii, *lettre* 27, à Sura.

consulter les mémoires du célèbre Agrippa d'Aubigné, grand-père de madame de Maintenon, si connu par son zèle pour le calvinisme, par son austère franchise, son inflexible probité. Il venait de perdre sa mère. « J'étais, dit-il, tout éveillé « dans mon lit, lorsque j'entendis entrer quelqu'un « dans ma chambre, et j'aperçus dans ma ruelle « une femme fort blanche, dont les vêtemens frot- « taient contre mes rideaux. Elle ouvrit ces ri- « deaux, se baissa vers moi, me donna un baiser « froid comme la glace, et disparut aussitôt[1]. »

Osera-t-on révoquer en doute ce que Plutarque, Pline, d'Aubigné, nous assurent? ou dira-t-on, pour ne pas les croire, que ces hommes avaient l'esprit plus faible que nous?

Sans poursuivre cette discussion, je vais rapporter un fait que je tiens de la personne même à qui le fait arriva. Cette personne vit encore; toute la ville de Florence en est témoin. Voici comment je fus instruit de cette étonnante histoire :

J'étais en semestre dans une petite ville du Languedoc, où je suis né, lorsque plusieurs amis m'invitèrent à venir passer les fêtes de Noël dans un vieux château bâti sur des rochers au milieu des montagnes des Cévennes. La maîtresse de la maison avait rassemblé de jeunes femmes, des offi-

---

[1] Mémoires de Théodore Agrippa d'Aubigné, page 5.

ciers, des voisins aimables. La bonhomie, la confiance, régnaient dans notre société. On avait du plaisir à se trouver ensemble ; on ne cherchait point à briller exclusivement, à disputer ou à jouer toujours le premier rôle ; chacun était content de tout le monde, et tout le monde était content de chacun. On riait toute la journée : le soir, assis en cercle autour d'un grand feu, nous faisions des contes, nous chantions des romances ; et la soirée finissait gaiement. Nos jeunes Languedociennes, qui ne manquaient pas d'imagination, chose assez commune dans notre pays, se plaisaient beaucoup aux histoires de revenans. Chacun racontait la sienne ; et la saison, le lieu, le moment, ajoutaient encore à l'effet que produisaient ces effrayans récits. Les nuits étaient longues, noires ; la campagne couverte de neige ; et des hibous, anciens habitans de la tour où était construit le salon, se répondaient sur les vieux créneaux par des cris lents et monotones. Ajoutez à tout cela que nous étions dans l'avent, temps où tout le monde sait bien que les apparitions sont le plus fréquentes. Aussi, dès que les histoires commençaient, le cercle se rétrécissait peu à peu ; on se serrait en écoutant ; on faisait quelquefois semblant de rire, mais, dans la vérité, l'on mourait de peur ; et souvent celui qui racontait, saisi d'un tremblement subit, sentait tout à coup sa voix s'altérer, se taisait, restait immobile, et n'osait tourner les yeux ni vers le fond de la grande salle, où l'on croyait entendre un bruit de ferrailles, ni du côté de la cheminée, d'où il semblait que quelque chose descendait.

Nous avions avec nous une jeune Italienne nommée Valérie d'Orsini, que sa mauvaise santé avait fait venir à Montpellier pour consulter nos médecins. Elle s'était liée, dans cette ville, avec la maîtresse du château, qui l'avait invitée à venir à la campagne pendant l'absence du comte d'Orsini, son époux, qu'une affaire imprévue avait obligé de retourner à Florence. Cette jeune étrangère était fort aimable. Elle joignait à beaucoup d'esprit une douceur, une égalité, que rien n'altérait jamais. Sa conversation était vive, piquante, quoique sa figure, comme son caractère, n'annonçât que de la bonté. Ses grands yeux noirs étaient languissans; son regard inspirait la tendresse; et sa beauté, sa grâce touchante, semblaient acquérir un charme de plus de la pâleur éternelle qui couvrait toujours son visage. Ses lèvres mêmes n'étaient pas exemptes de cette pâleur : lorsque Valérie parlait, on croyait voir s'animer une statue d'albâtre; lorsqu'elle ne parlait pas, elle n'attirait pas moins les regards, et l'on trouvait alors vraisemblable l'aventure de Pygmalion.

De toutes nos dames, c'était Valérie qui montrait le plus de courage pendant nos terribles récits. Elle n'en était point émue, elle écoutait en souriant ; et, loin de douter d'aucun des faits que l'on rapportait, elle avait l'air seulement de les trouver extrêmement simples. L'histoire du conseiller de Toulouse à qui un homme assassiné et enterré depuis six mois apparut un soir pour lui révéler ses meurtriers ; celle du malheureux époux de Lyon, qui, ayant tué sa femme dans un transport de jalousie, la voyait arriver toutes les nuits, à onze heures, avec des pantoufles vertes, et se coucher auprès de lui ; une foule d'autres anecdotes de ce genre, très-authentiques à la vérité, mais cependant un peu extraordinaires, ne paraissaient à Valérie que des événemens communs. Nous en étions presque piqués, et nous lui témoignâmes un jour combien nous étions étonnés de ne la voir jamais étonnée. Voici ce qu'elle nous répondit :

Mes amis, je trouve fort juste que la plus petite histoire de revenans vous surprenne, puisque la moitié de vous n'en a peut-être jamais vu... Vous en avez donc vu, Madame ? interrompis-je aussitôt. Elle se mit à rire de pitié. J'ai mieux fait, ajouta-t-elle ; je l'ai été, je le suis encore, et c'est un revenant qui vous parle.

A ces mots toute l'assemblée s'éloigne d'elle en

jetant des cris, chacun fuit précipitamment ; et
nous nous pressions à la porte, lorsque Valérie,
avec cette voix douce et tendre dont le charme était
irrésistible, nous rappelle, nous fait asseoir ; et
tandis que, nous tenant tous par la main, nous la
regardions avec effroi, et qu'à chaque instant en
effet nous découvrions sur son visage quelque
signe nouveau, quelque indice, peu remarqué jusqu'alors, qui tenait beaucoup de l'autre monde,
Valérie reprit ainsi son discours :

Ce n'est pas ma faute, mes amis, si je suis
morte il y a dix ans. Il n'est personne à qui cela
ne puisse arriver : mais ce qui n'arrive pas aussi
souvent, c'est que, depuis cette époque, je me suis
trouvée infiniment plus heureuse, j'ai joui d'une
félicité que je n'avais jamais connue, et qui dure
encore, grâce au ciel. Il est vrai que les chagrins
que j'ai soufferts pendant ma vie ont bien payé le
bonheur que je goûte depuis ma mort. Il est nécessaire de vous instruire de tout ce qui m'arriva
jusqu'à ce fortuné moment ; vous verrez que mon
trépas seul pouvait m'assurer un état tranquille
dans le monde.

Je suis née à Florence, de parents nobles et fort
riches. Mon père et ma mère n'avaient que moi
d'enfant. Je fus élevée dans leur maison, où ma

bonne et tendre mère me dédommageait, par ses soins, par son amour, par ses caresses, des chagrins que me causait souvent la sévérité de mon père. Ce vieillard, respectable à beaucoup d'égards, était fier de sa haute naissance, des honneurs qu'il avait mérités au service de l'empereur, et se désolait chaque jour de n'avoir point de fils qui pût hériter de son nom : son caractère s'en était aigri. Ma pauvre mère supportait son humeur avec une douceur, une vertu, qui désarmaient quelquefois mon père : mais la vanité reprenait son empire; il se croyait sans enfant, parce qu'il était sans fils.

Le palais que nous occupions à Florence était voisin d'une maison habitée par un vieux gentil-homme, peu riche, mais fort estimé : c'était le marquis d'Orsini. Veuf depuis long-temps, il con-sacrait sa vie à l'éducation d'Octave, son fils unique, dont l'âge était à peu près le mien. Mon père et le vieux Orsini avaient servi jadis ensemble : ils s'estimaient, se voyaient souvent; et le jeune Octave était accoutumé dès l'enfance à venir fami-lièrement dans notre maison, où ma mère surtout le comblait d'amitiés.

Je n'avais pas encore dix ans qu'Octave était l'ami de mon cœur. Il était si doux, si beau, si aimable, que je le chérissais beaucoup plus qu'une sœur ne chérit son frère. Je lui confiais mes plai-

sirs, mes peines; j'étais la confidente de tous ses
secrets; et comme si nous avions prévu les chagrins
que devait bientôt nous causer notre penchant
mutuel, nous prenions soin de le cacher. Nous pa-
raissions indifférens devant mon père et ma mère,
nos jeux semblaient seuls nous occuper; nous nous
disputions même quelquefois : mais, aussitôt que
nous étions dans le jardin ou dans le petit bois qui
le terminait, alors plus de querelle, plus de jeux.
Octave ne me parlait que de sa tendresse, Octave
serrait et baisait mes mains; souvent il osait
m'embrasser en me jurant de n'avoir jamais d'autre
épouse que Valérie : je lui faisais le même serment, et je recevais sans rougir ses innocentes
caresses.

Jusqu'à l'âge de quatorze ans, aucun remords,
aucune crainte ne troublèrent nos tendres amours.
Octave était dans sa seizième année. Je sentis alors
que je l'aimais plus vivement que je ne l'avais encore aimé : mais une voix secrète m'avertit qu'il
ne fallait plus aller dans le bois me promener seule
avec Octave. Dès ce moment j'évitai ces promenades, je retranchai de nos jeux la douce liberté qui
en faisait le charme. Octave s'en plaignit bientôt :
je voulus l'instruire de mes motifs; et, dans ce
dessein, je consentis, pour la dernière fois, à le suivre au bois solitaire. Mais soit que mon père eût

des soupçons, soit que le hasard l'eût guidé, mon
père ne tarda pas à nous joindre dans une salle
de verdure, fort sombre, fort retirée, où j'étais
assise sur un petit banc de gazon. Il n'y avait de
place que pour moi : Octave, qui n'avait pu s'asseoir, s'était mis à mes genoux, me tenait les deux
mains, me parlait vivement ; et, comme il me parlait bas dans la crainte d'être entendu, nos deux
visages étaient près l'un de l'autre. Mon père nous
surprit ainsi. Sa colère fut égale à notre effroi. Il
m'ordonna, d'une voix terrible, d'aller rejoindre
ma mère. J'obéis aussitôt. Je l'entendis de loin
gronder fortement Octave, lui défendre de revenir
dans sa maison ; et je vis le pauvre infortuné sortir
en pleurant de notre palais.

Je souffrais autant que lui ; je l'aimais aussi tendrement que j'en étais aimée. Cet amour, né dès
mon enfance, ne pouvait plus finir qu'avec ma
vie. Les reproches outrageans dont mon père
m'accabla, les ménaces qu'il me fit, la violence
de son emportement, augmentèrent ma passion.
Je fus indignée de la cruauté dont on usait avec
moi, les obstacles m'irrittèrent : et, tandis que les
yeux baissés, gardant un triste silence, j'écoutais
mon père en fureur, qui me jurait de m'immoler
si je revoyais Octave, je prononçais tout bas le
serment de n'être jamais à d'autre que lui.

Le lendemain de cette triste aventure, comme
j'étais auprès de ma mère, qui, sans chercher à
m'excuser, tâchait d'apaiser le courroux de mon
père, nous vîmes entrer le père d'Octave, le vieux
marquis d'Orsini. Son air était noble et grave ; ses
cheveux blancs, son front vénérable, inspiraient
la confiance et le respect. Mon père, en le voyant,
m'ordonna de sortir. J'obéis : mais l'intérêt puissant que je devais avoir à leur entretien me fit
rester à la porte, où j'entendis ces paroles que je
n'ai jamais oubliées.

Seigneur, dit le père d'Octave, je viens ici chercher un pardon et demander une grâce. Mon fils
m'a tout confié. Je l'ai blâmé de sa hardiesse :
mais excusez mon cœur paternel d'avoir pitié de sa
passion. Mon fils adore votre fille ; il ose croire
qu'il en est aimé. En vous opposant à leurs vœux,
vous ferez deux infortunés : vous le serez bientôt
vous-même ; car, à notre âge, mon vieux ami, la
nature ne nous dédommage de tout ce que nous
avons perdu que par les jouissances de nos enfans.
Vous connaissez le nom d'Octave ; il est sans tache,
et peut dignement s'allier à votre nom : je vous
réponds de ses vertus. Vos richesses seules rendent
ce mariage inégal : mais conservez vos richesses.
Vous pouvez encore espérer d'avoir un jour un
héritier. Je le demande pour vous au ciel ; ma

joie en serait égale à la vôtre. Ne donnez à Valérie
que ce que mon fils recevra de moi : ce bien leur
suffira pour être heureux. Demeurez maître du
reste, pour le garder à votre fils si vous devez
en avoir un, ou pour ne le donner au mien
qu'autant qu'il aura mérité votre estime et votre
tendresse.

Je m'étonne, répondit mon père d'un ton froidement dédaigneux, qu'un homme aussi sage que
vous ait pu former un pareil projet. Quand bien
même votre fils, par ses prétendues vertus, serait
déjà parvenu aux emplois les plus élevés, vous
regarderiez sans doute comme une extrême faveur
qu'il obtînt la main de ma fille; et, quand il n'a
pour lui qu'une jeunesse oisive, une présomption
obscure et l'avantage de m'avoir offensé, vous
pensez que cet hyménée doit être approuvé par
moi !

Je pense, interrompt le vieillard, que vous êtes
sensible et bon; que vous aimez votre fille; que
l'orgueil ne peut l'emporter, dans le cœur d'un
père, sur le plus sacré, le plus doux des devoirs.
Je pense encore que le fils de votre ami ne vous
offense point en aimant Valérie; et si, pour vous
trouver offensé, vous voulez oublier qu'il est le fils
de votre ami, j'aurai soin de vous rappeler que son
père est au moins votre égal.

A ce mot, ma mère tremblante se hâta de rompre l'entretien. Elle parla d'une voix si haute que le vieux Orsini ne pût entendre la réponse de mon père. Il sortit un instant après; et, dès ce moment, la haine la plus violente remplaça trente ans d'amitié.

Jugez de ma douleur! Plus d'espérance de revoir Octave; plus de moyens de lui donner de mes nouvelles ou d'être instruite de son sort. Mon père m'entoura de surveillans; il défendit de me laisser sortir, même pour aller à la messe. Il ne m'adressa plus la parole : je ne le voyais qu'aux heures des repas, et jamais il ne tournait sur moi les yeux. J'étais dans sa maison comme une étrangère à qui l'on veut faire sentir qu'elle est au moins indifférente. Ma santé s'altéra bientôt. J'aurais succombé dès lors sans les tendres soins, sans la douce pitié que me témoignait ma mère : elle ne me quittait pas un moment; elle soutenait mon courage abattu, me laissait entrevoir qu'il était possible que mon père enfin s'apaisât. Elle n'osait me parler d'Octave : mais tout ce qu'elle me disait avait quelque rapport à lui, toutes les consolations qu'elle m'offrait me présentaient mon amant; et, sans jamais prononcer son nom, elle m'entretenait de lui sans cesse.

Le temps s'écoulait sans que mes tourmens

fussent adoucis, lorsqu'un soir, après souper, je profitai de l'absence de mon père pour aller m'affliger dans cette salle de verdure où commencèrent mes malheurs. Je voulus m'asseoir sur ce même gazon où je m'étais assise auprès d'Octave; je l'arrosai de mes pleurs, je me rappelai ce qu'il m'avait dit, je renouvelai nos anciens sermens : tout à coup un homme s'avance et vient tomber à mes pieds. Effrayée, je voulus fuir ; la voix d'Octave m'arrêta.

Écoutez-moi, me dit-il, je n'ai qu'un instant, et c'est le dernier. Je pars cette nuit de Florence : mon père vient d'obtenir pour moi une compagnie de cavalerie dans les troupes de l'empereur. La guerre est déclarée avec la Prusse. Je vais rejoindre l'armée ; je vais périr ou vous mériter. J'ai l'espoir, j'ai la certitude de me distinguer tellement dans ma première campagne, que l'empereur désirera de me connaître ; et si je parviens à ses pieds, je lui ferai l'aveu de notre amour. Joseph est jeune, il est sûrement sensible ; il aura pitié de mes maux, il daignera s'intéresser pour moi auprès du grand duc son frère. Votre père ne pourra résister à la prière du grand duc ; et votre main deviendra le prix de ma constance et de mes exploits. Je ne vous demande qu'un an, Valérie : promettez-moi, jurez-moi de résister pendant un an aux volontés de votre père ; à cette époque je serai mort ou digne d'être votre époux.

Je l'écoutais en respirant à peine ; mon cœur palpitait d'amour, d'espérance, de frayeur. Je lui jurai d'être fidèle toute ma vie, de mourir plutôt mille fois que d'accepter un autre époux. Nous convînmes de nous écrire par le moyen d'un de mes domestiques gagné déjà par Octave, et qui venait de lui ouvrir le jardin. Un léger bruit que nous entendîmes nous força de nous séparer ; j'arrachai ma main de la main d'Octave et je retournai précipitamment dans ma chambre, où je passai la nuit à verser des pleurs.

Pendant les dix premiers mois qui suivirent le départ d'Octave, rien ne changea pour moi dans notre maison. Mon père me traita toujours avec la même dureté, ma mère avec la même tendresse. Le domestique gagné par mon amant me remettait exactement ses lettres. Elles m'annonçaient chaque jour de nouveaux succès. Le général Laudhon avait pris Octave dans une grande amitié ; il l'avait fait son aide-de-camp, il lui promettait de l'avancer aux premiers grades. Mais la guerre traînait en longueur ; elle offrait bien peu d'occasions de faire briller le courage. Les grands talens du vieux Frédéric et du prince Henri son frère déconcertaient les projets de l'habile général Laudhon.

Point de batailles, point de surprises : les deux
héros prussiens prévoyaient tout ; leur génie commandait au sort, enchaînait les événemens; et,
pour la première fois peut-être, la valeur per-
sonnelle et le hasard n'étaient pour rien dans la
guerre.

Au bout de dix mois je cessai tout à coup
de recevoir des nouvelles d'Octave. Tremblant
pour ses jours, non pour sa constance, j'écrivais
lettres sur lettres, je comptais les heures des cour-
riers. Le domestique notre confident allait sans
cesse à la poste, et revenait toujours me dire que
rien n'était arrivé. Désolée de ce long silence, je
l'envoyai chez le vieux Orsini s'informer adroite-
ment si l'on n'avait point de nouvelles d'Octave.
La réponse qui me fut faite calma mes inquiétudes
sans diminuer mes chagrins. Octave, disait-on,
avait écrit la veille qu'il se portait bien, qu'il était
colonel, et qu'il passait l'hiver à Vienne auprès
du général Laudhon.

J'eus l'injustice d'accuser mon amant; j'osai
croire qu'il m'avait oubliée. Dès lors je cessai de
lui écrire; je fis de vains efforts pour le bannir de
mon cœur. Hélas! je n'en devins que plus à plaindre : son image me poursuivait; je le voyais à
chaque instant comme je l'avais vu la nuit de nos
adieux. J'avais beau me promettre, m'imposer la

loi d'éloigner ce doux souvenir, il revenait toujours m'assiéger, et j'étais sans cesse occupée de ne
plus penser à Octave.

Dans ce même temps il arriva d'Allemagne un
certain cousin de mon père, qui vint s'établir dans
notre maison. C'était un grand homme sec, noir,
de quarante-cinq à cinquante ans, d'une figure
fausse et triste, d'un caractère froid et sombre. Il
ne parlait que de sa noblesse ; il avait employé sa
vie entière et le peu d'intelligence qu'il avait reçue
du ciel à relire, à étudier, à bien apprendre par
cœur toutes les généalogies de l'Europe ; il savait
parfaitement l'année, le mois, le jour de tous les
contrats de mariage, de toutes les preuves capitu-
laires, qui s'étaient faits en Allemagne depuis la
destruction de l'empire romain ; il connaissait toutes
les branches des familles des électeurs, des pala-
tins de Pologne et de Hongrie ; et, depuis quelques
années, pour remplir ses très-longs loisirs, il s'occupait de mettre en ordre les titres de la maison
ottomane en recherchant tous les rejetons qu'elle
avait produits jusqu'à la soixante-quatrième gé-
nération ; ce qui ne laissait pas, disait-il, de lui
donner un peu de travail, à cause du nombre prodigieux de sultanes entrées dans cette famille, trop
peu délicate sur les mésalliances.

Ce cousin, qui s'appelait le comte Héraldi, dès

le premier soir de son arrivée, après avoir, pendant le souper, beaucoup questionné mon père sur les bons gentilshommes de Toscane, lui demanda d'une manière indifférente où demeurait à Florence un certain marquis d'Orsini. Mon père, avec un ton d'humeur, lui répondit qu'il n'en savait rien. Il faut pourtant que je le sache, reprit aussitôt Héraldi; car, en passant à Vienne, il y a trois semaines, j'ai diné chez le général Laudhon le jour du mariage de sa nièce avec le fils de ce marquis d'Orsini. Ce jeune homme, que j'ai trouvé fort aimable, instruit que je venais ici, m'a remis une lettre pour son père, m'a fait promettre de l'aller voir, de lui rendre compte en détail des fêtes de ce mariage, et du bonheur dont j'ai vu jouir les nouveaux époux.

J'écoutais ces paroles plus morte que vive. Mon père fronçait le sourcil sans répondre; ma mère tremblante me regardait; et le cruel Héraldi continuait à raconter que la jeune personne s'était éprise d'amour pour Orsini, que l'empereur avait daigné s'intéresser à cet hymen, qu'un régiment avait été la dot de la nièce du général. Tout s'accordait avec ce que l'on m'avait déjà dit : je ne doutai plus de l'infidélité d'Octave; et , sûre de mon malheur, malgré mes efforts pour dissimuler mon trouble, mes forces m'abandonnèrent, je tom-

bai sans sentiment entre les bras de ma mère. On
m'emporta. Je revins à moi ; je me trouvai dans
mon lit, environnée de mes femmes, soutenue par
ma bonne mère, qui m'embrassait en pleurant.

L'état horrible où je me trouvai me donna bientôt une fièvre ardente. Elle fut longue et doulou-
reuse. Mes jours furent en danger. Ma mère ne
me quittait point. Mon père lui-même, pendant
six semaines que dura ma maladie, me prodigua
les plus tendres soins, il me veillait, il m'appelait
sa fille, il semblait m'avoir rendu son cœur. Jamais sa sévérité n'avait pu aliéner le mien : je fus
si sensible à ce retour de mon père, que, dans un
moment où, me prenant par la main en fixant sur
moi des yeux pleins de larmes, il me demanda d'un
air pénétré comment se trouvait sa chère Valérie,
je ne fus pas maîtresse de mon transport ; et, jetant
mes bras autour de son cou, j'attachai mon visage
au sien ; je le mouillai de mes pleurs, en lui disant : Oui, mon père, oui, je suis votre Valérie, je
suis votre enfant soumis ; et désormais le seul
sentiment, l'unique désir de mon cœur, sera de
vous obéir.

Ce mot décida de ma vie. Je m'apercevais bien,
depuis quelque temps, que mon père me destinait
à mon cousin Héraldi. Ce parent portait notre nom
de famille ; et ce nom décidait mon père. C'était

pour lui un si grand bonheur de voir renaître sa
maison, de pouvoir laisser tous ses biens au descendant de ses aïeux ! Il me parla de ce projet sans
me rien prescrire, sans rien exiger : mais il me
dit qu'il mourrait de douleur, si je n'avais pitié de
sa faiblesse. Octave était marié, Octave était infidèle ; j'étais indignée contre Octave ; il me semblait qu'il me serait doux de pouvoir aimer un autre que lui : je consentis, je donnai ma parole.
Comment ne l'aurais-je pas donnée ? Comment ne
pas obéir à mon père ? Il n'ordonnait pas, il priait.

Les apprêts de mon mariage se firent avec une
célérité dont je n'osais me plaindre, mais qui m'ef-
frayait. Ma mère ne disait rien, soupirait, et cachait ses larmes ; mon père redoublait de tendresse
pour moi; Héraldi me comblait de présens, et
m'épargnait les tristes assurances d'un amour que
je n'aurais pu encore écouter. Les dispenses arrivèrent de Rome ; le contrat fut signé. L'on me
para, l'on me couvrit de diamans, et je fus menée
à l'autel.

Je prononçai le terrible serment sans une émotion trop vive, indifférente presque à mon sort,
n'attachant qu'une faible importance à une destinée qui ne pouvait pas être heureuse, et qu'il m'é-
tait à peu près égal de supporter avec plus ou
moins de tourmens. Après la messe je sortis du

chœur, suivie de ma famille, tenant la main d'Héraldi, qui ne se possédait pas de joie lorsqu'à la
porte de l'église, comme je m'avançais pour prendre de l'eau bénite, je lève les yeux, et je vois,
appuyé contre le bénitier, un jeune homme pâle,
défait, ses habits, ses cheveux en désordre, les
yeux éteints, égarés, qui, me regardant fixement,
s'approche, et me dit d'une voix basse, entrecou-
pée : J'ai voulu vous voir, Valérie, consommer
votre crime horrible ; je l'ai vu, je suis content, car
je suis sûr de mourir.

Il s'enfuit en disant ces mots. J'étais tombée
sans connaissance. J'ignore ce que je devins, si
mon père reconnut Octave ; je ne sais plus rien
depuis cet instant. Relevant à peine d'une maladie
longue, je retombai dans des accidens plus graves,
plus dangereux que les premiers. Le délire ne me
quitta plus. Le mal fit des progrès rapides ; et
tout ce que j'ai su depuis par ma mère, c'est qu'a-
près un transport de soixante heures, mêlé d'affreux redoublemens, j'éprouvai tout à coup une
extrême faiblesse, et j'expirai dans ses bras.

Ma mère pensa me suivre ; mon père fut au
désespoir ; Héraldi pleurait ma fortune : mais ce
malheur était sans remède. On m'ensevelit ; je fus
portée avec une grande pompe funèbre au caveau
de ma famille, creusé dans une chapelle de la

cathédrale. Là, mon cercueil fut placé sur de longues barres de fer : la pierre du caveau fut remise ;
et l'on me laissa dans ce séjour de la mort.

Ce qui se passa depuis vous serait mieux ra-
conté par Octave que par moi. Il m'a fait souvent
ce récit ; il m'a répété bien des fois qu'après m'a-
voir parlé au bénitier, son dessein était d'aller se
cacher dans quelque désert de l'Apennin pour y
finir sa déplorable vie : mais l'état où il m'avait
vue, la nouvelle de ma maladie, qui se repandit
bientôt, le retinrent à Florence. Vous imaginez
aisément la douleur dont il fut accablé lorsqu'on
l'instruisit de ma mort. Égaré par son désespoir,
se regardant comme mon meurtrier, il forma le
projet insensé de descendre dans ma tombe et de
se tuer sur mon cercueil. Le soir même de mon
enterrement il va trouver le sacristain de la cathédrale, le séduit à force d'or ; et tous deux, vers
minuit, munis d'une lanterne sourde, vont à l'é-
glise, s'y enferment, lèvent la pierre du caveau,
descendent ensemble les degrés. Dès qu'Octave
aperçoit ma bière, il s'élance en poussant des sanglots, arrache les planches, écarte le voile qui me
couvrait, et, collant sa bouche à mes lèvres pâles,
il espère n'avoir pas besoin de son épée pour terminer une vie que sa douleur seule va lui ravir.

O miracle de l'amour ! miracle que ne croiront

point les malheureux qui n'ont pas aimé! l'âme de mon amant rappela la mienne : ma bouche, pressée si fortement, si tendrement, par sa bouche, laissa échapper un soupir. Octave le sentit ; Octave, hors de lui-même, jette un cri, me prend dans ses bras, m'arrache du cercueil, m'enlève, me serre, m'échauffe contre son cœur : le mien alors reprit la vie. Je fis un léger mouvement : Octave, ivre de joie, m'emporte, remonte les degrés avec son fardeau, gagne la porte de l'église, qu'il se fait ouvrir par le sacristain; et, sans s'arrêter un moment, il vole à la maison de son père, où je suis mise dans un lit, où l'on me prodigue tous les secours.

Je rouvris les yeux enfin ; mes premiers regards rencontrèrent Octave et son père, accompagnés d'un médecin qui déjà répondait de mes jours. Je ne puis vous peindre ce que j'éprouvais : il me semblait sortir d'un long rêve; je ne me sentais pas vivre, mais je reconnaissais Octave ; je ne pouvais pas lui parler, mais j'avais du plaisir à le voir ; je ne pensais point, je me trouvais bien, et je n'étais pourtant pas sûre que j'existasse. Trois jours et trois nuits suffisent à peine pour me rendre mes facultés. Au bout de ce temps le sommeil que je goûtai sans m'en apercevoir, la nourriture que je pris à mon insu, me firent retrouver peu à peu mes sens. La mémoire me revint; je me rappelai ma mère, mon mariage, le bénitier où j'avais vu mon amant. Mes idées s'arrêtaient là : mais j'entendais ce que l'on disait, je comprenais que j'étais chez Octave, je voyais bien que c'était lui qui me serrait tendrement la main; et mon amour, dont le sentiment ne m'avait jamais quittée, me retraçait à chaque instant un souvenir qui s'était effacé.

Bientôt je me vis en état d'écouter et d'entendre Octave, d'apprendre de sa bouche même tout ce qui m'était arrivé. L'idée de son inconstance, de son mariage en Allemagne, s'offrit alors à mes faibles esprits. Aussitôt que je pus prononcer quelques paroles avec suite, je lui parlai de son hymen avec la nièce du général Laudhon. Octave me crut en délire. Le général Laudhon n'avait point de nièce; Octave arrivait de l'armée; il n'était point colonel, n'avait point passé par Vienne : mais, profitant d'un congé qu'il n'avait obtenu qu'à force de prières, inquiet de voir que depuis deux mois je ne lui répondais plus, il était venu, courant nuit et jour, portant une lettre de Laudhon, qui le recommandait aux bontés du grand duc. Il descendait de cheval lorsque j'allais à l'église; il m'avait suivie à l'autel, et, dans son trouble, dans sa fureur, il avait voulu du moins me reprocher mon parjure.

Je compris alors qu'Héraldi, peut-être de concert avec mon père, avait ourdi cette horrible trame; et que, trahie par le domestique à qui je m'étais confiée, on avait intercepté les lettres de mon amant. Cette découverte m'inspira pour le perfide Héraldi une aversion, un mépris, une horreur, insurmontables : nul crime n'égalait à mes yeux les affreux moyens qu'il avait employés; et j'étais la femme de ce monstre! j'étais condamnée à vivre son épouse, à lui consacrer mes jours! Cette désolante idée me replongeait dans le désespoir; je regrettais mon tombeau, je désirais d'y redescendre.

Rassurez-vous, ma chère fille, me dit le vieux Orsini. Je viens de chez le grand duc : j'ai voulu lui porter moi-même la lettre du brave Laudhon ; j'ai voulu l'instruire encore de tout ce qui s'est passé. Ce généreux prince a daigné m'entendre : il vous prend sous sa protection. Il vient d'écrire au saint père pour faire casser votre indigne mariage. Je ne doute point qu'il ne soit dissous. Vous êtes morte pour Héraldi, vous ne vivrez que pour Octave; et la religion, la justice, sauront vous défendre contre vos tyrans. Je n'ai qu'une grâce à vous demander : c'est que personne ne puisse vous voir, ne puisse être instruit de notre secret, avant le retour du courrier de Rome. Votre repos, votre bonheur, tiennent à cette précaution.

Ces paroles me rendirent l'espoir. Je promis à ce bon vieillard, que je n'appelai plus que mon père, je lui jurai de suivre ses conseils, de ne pas quitter un moment sa maison. Hélas! où pouvais-je être mieux ? Octave était avec moi, Octave me parlait sans cesse de son amour et de notre hymen. Ma santé se rétablissait; j'étais heureuse, je devais l'être davantage : il n'en fallait pas tant pour me guérir. Bientôt je ne me sentis plus aucun mal, je me retrouvai telle que j'étais dans les beaux jours de ma jeunesse; et je ne conservai de mes souffrances passées que cette pâleur que vous me voyez, reste effrayant de la tombe, que rien n'a pu faire disparaître.

Enfin nous touchions au moment de l'arrivée du courrier de Rome, lorsqu'un événement extraordinaire pensa renverser tous nos projets.

C'était le temps de la semaine sainte. Ma pieuse mère m'avait élevée dans des principes religieux que, grâce au ciel, j'ai toujours conservés. Je gémissais en secret de ne pouvoir aller à l'église dans ces jours sacrés où la pénitence apaise la justice d'un Dieu clément. Je n'osais parler à Octave du besoin qu'éprouvait mon cœur de remercier dans

son temple ce Dieu qui m'avait sauvée : mais je
résolus, malgré tous les périls, de remplir un
devoir si saint. Je profitai du seul moment où, par
hasard, je me trouvais seule ; je m'enveloppai d'une
mante noire sous laquelle mon visage ne pouvait
être aperçu ; je sortis de la maison, le jeudi saint,
à neuf heures du soir, et m'acheminai vers la cathédrale pour adorer le Christ dans sa tombe.
L'église était pleine de peuple, qui, dans un profond silence, les mains jointes, les yeux baissés,
faisait ses prières devant l'autel où l'on avait dé-
posé l'hostie. Cet autel seul était éclairé par un
nombre prodigieux de flambeaux ; le reste de l'é-
difice était sombre. Je restai cachée derrière un
pilier ; j'adressai mes vœux au sauveur du monde ;
je lui demandai de veiller sur celle qui n'avait d'espoir que dans sa miséricorde et dans sa puissance.

En me relevant pour sortir, je me sentis un désir violent de revoir cette chapelle où l'on m'avait
enterrée. Elle n'était pas loin ; j'y dirigeai mes pas.
Quel spectacle s'offrit à ma vue ! Je vis, je reconnus,
à la sombre lueur qui venait jusqu'à la chapelle,
mon père et ma mère à genoux sur ma tombe, et
mon époux Héraldi, habillé de deuil, avec des pleu-
reuses, debout auprès de mon père, qui paraissait
enseveli dans une profonde méditation. Ma mère,
plus près de la grille qui séparait la chapelle du

bas-côté, priait en versant des larmes. J'eus peine
à retenir mes cris ; je m'élançai vers elle involon-
tairement, et ne m'arrêtai qu'à la grille. Ma mère
ne m'entendit pas ; elle était trop occupée. Je la
regardai long-temps en pleurant, quand tout à
coup je la vis s'incliner, porter auprès de moi sa
main à la grille afin de s'y soutenir, se baisser
jusqu'à terre en prononçant le nom de Valérie,
et poser doucement ses lèvres sur le marbre de
ma sépulture. Je ne fus plus maîtresse de mon
transport ; j'attachai mes lèvres sur cette main, et
mes sanglots éclatèrent.

Dans ce mouvement, le voile qui couvrait ma
tête se dérangea ; je ne m'en aperçus point. Ma
mère surprise se lève, regarde, reconnaît sa fille,
jette des cris en m'appelant, en me tendant ses bras
à travers les barreaux. Mon père et son gendre
effrayés me reconnaissent aussi. Mon père demeure
immobile ; Héraldi s'avance, ouvre la grille : je
veux fuir, la foule m'arrête. Héraldi s'approche de
moi ; il étend déjà la main pour me saisir par mes
habits. J'étais perdue, si, dans ce moment, l'amour
ne m'avait inspirée. Arrête, lui dis-je d'une voix
que je m'efforçais de rendre terrible ; respecte du
moins, après son trépas, celle que tu trompas
pendant sa vie. Toi seul as causé ma mort. Laisse-
moi, pleure ton crime, et fléchis le courroux du ciel.

Après avoir dit ces mots, qu'Héraldi, glacé de terreur, écouta sans oser faire un mouvement, j'enveloppai ma tête dans mon voile, et je marchai d'un pas tranquille vers la porte de l'église : le peuple s'ouvrait devant moi. Je sors, je m'échappe à la hâte, et je gagne enfin la maison d'Octave sans que personne eût osé me suivre.

Le lendemain, dans Florence, on ne parla que du revenant qu'on avait vu dans la cathédrale. On ne pouvait en douter ; mille témoins m'avaient reconnue. Plusieurs ajoutaient qu'ayant repoussé de la main mon époux qui me poursuivait, mes cinq doigts avaient laissé sur ses habits cinq marques brûlantes de feu. D'autres assuraient avoir entendu qu'Héraldi m'avait fait mourir, et que je revenais demander justice : tous l'accusaient à haute voix d'être le meurtrier de sa femme. Le peuple murmurait contre Héraldi ; on le suivit en l'insultant, on lui jeta même des pierres ; ses jours n'étaient plus en sûreté.

Heureusement le courrier revint, apportant le bref du saint père, qui cassait et annulait mon mariage comme contracté par une fraude. Dès que le grand duc l'eut en son pouvoir, il envoya chercher le vieux Orsini, convint avec lui des mesures qu'il fallait prendre ; et, le lendemain au matin, je me rendis au palais avec Octave et son père. Le

prince nous combla de bontés, daigna s'entretenir
avec nous de nos intérêts les plus chers ; et, lorsqu'on vint lui annoncer que mon père et ma mère,
avec Héraldi, venaient se rendre à ses ordres, il
nous fit passer dans un cabinet d'où j'entendis ces
paroles qu'il adressait à mon père :

On s'est servi d'étranges moyens, Monsieur,
pour marier votre fille avec un homme qu'elle ne
pouvait aimer. Votre repentir l'a vengée, et les
larmes que je vois dans vos yeux m'ôtent le courage de vous faire des reproches. La mort a brisé
ces funestes nœuds ; et si, par un miracle que le
peuple croit, votre fille revoyait la lumière, cet
hymen n'en serait pas moins nul. Voici le bref de
sa sainteté qui le déclare tel ; je vais le rendre public. Choisissez donc, comte Héraldi, ou de soutenir contre moi un procès si peu honorable, ou de
signer dans mes mains une renonciation à vos chi-
mériques droits, et de partir sur-le-champ pour
Vienne. Mes bienfaits vous y suivront, et vous
rendrez le calme à ma capitale, où votre présence
excite du trouble.

Héraldi ne tarda pas à répondre ; il fit sa renonciation dans les termes dictés par le grand duc.
Ensuite, prenant congé de son altesse impériale,
il sortit au moment même de Florence, en promet-

tant de n'y plus revenir. Cette affaire fut bientôt terminée.

Ce n'est pas tout, dit alors le grand duc en s'adressant à mon père ; votre fille vit encore... Un cri de ma mère l'interrompit. Vous la reverrez, continua-t-il : mais votre fille ne peut vivre heureuse qu'en devenant l'épouse du jeune Orsini. C'est lui qui l'arracha du tombeau, c'est dans sa maison qu'elle habite : la reconnaissance, l'amour paternel, la gloire de Valérie, tout vous impose la loi de consentir à cet hymen. Si ma prière n'affaiblit point des réclamations si puissantes, je vous demande Valérie pour Octave : il en est digne, il a su mériter l'estime et l'amitié de Laudhon. Approuvez cet heureux mariage, je vous promets un régiment pour votre gendre, et j'obtiendrai pour vous-même le cordon de Marie Thérèse.

Mon père ne répondit qu'en s'inclinant. Il consentit, sans hésiter, à ce que désirait le prince, et ma mère, baignée de pleurs, demandait avec des sanglots à revoir sa fille chérie. Je n'eus pas la force d'attendre plus long-temps ; j'ouvris avec bruit la porte, je me précipitai dans les bras de ma mère, qui pensa mourir de sa joie. Celle de mon père fut vive : il me pressa contre son cœur, me demanda pardon de ses fautes, et combla de caresses le jeune Octave ainsi que le vieux Orsini.

Nous tombâmes tous aux pieds du grand duc ; nous ne trouvions pas de paroles qui rendissent notre reconnaissance. Mon hymen ne tarda pas à s'accomplir. La noce se fit dans le palais du prince. Depuis ce moment, sans cesse occupée de plaire à l'époux que j'adore, au vénérable Orsini qui me chérit comme sa fille, à mon père qui m'a rendu sa tendresse, à ma digne mère qui ne me l'ôta jamais, je coule des jours paisibles, embellis par l'amitié, par la reconnaissance, par l'amour ; et je remercie le ciel d'être morte pendant quelque temps pour vivre toujours heureuse.

FIN DE VALÉRIE.

TABLE DES NOUVELLES

CONTENUES DANS CE VOLUME.

IMPRIMERIE DE MOQUET ET COMP.,
Rue de la Harpe, 90.

BIBLIOTHÈQUE ANGLAISE,

COLLECTION DES MEILLEURS ROMANS MODERNES.

100 vol. in-8°, caractères neufs, beau pap. satiné, à 2 f. 25 c. le v.

OEUVRES COMPLÈTES

DU

CAPITAINE MARRYAT,

TRADUCTION DE M. ALBERT-MONTÉMONT,

TRADUCTEUR DE WALTER SCOTT.

24 vol. in-8°, pap. fin satiné, à 2 fr. 25 c.

La popularité toujours croissante des œuvres de Walter Scott a fait naître en France le goût de la littérature anglaise. Cependant peu d'ouvrages jusqu'ici sont traduits en français, et ceux qui le sont, ont été portés par les différents éditeurs à des prix si élevés, que cela équivalait, pour ainsi dire, à une prohibition.

Nous avons pensé à satisfaire un désir souvent manifesté par les nombreux possesseurs de Walter Scott, et nous nous sommes occupés depuis plusieurs années d'une vaste entreprise qui doit remplir entièrement la lacune que nous venons de signaler.

Nous nous proposons de publier successivement les

meilleurs ouvrages de MARRYAT, MORIER, BULWER WASHINGTON IRVING, JAMES, CAMPBELL et ROGERS, LADY BURY, THÉODORE HOOK, etc.

Il ne nous appartient pas d'apprécier le mérite de tous les auteurs du jour ; nous avons donc dû nous borner à traduire pour ainsi dire textuellement les ouvrages des littérateurs anglais qui obtiennent dans leur patrie l'honneur d'un grand nombre d'éditions, et en les reproduisant dans notre langue, nous nous sommes imposé la plus grande exactitude, nous nous sommes fait une loi de ne rien retrancher, de ne rien ajouter.

Le titre général de *Bibliothèque anglaise*, que nous donnons à notre entreprise, indique assez son importance. Au reste, nous comptons publier la traduction de tout ce qu'il y a de mieux dans la littérature anglaise moderne, et afin de n'éprouver aucun retard, nous avons attendu pour commencer l'impression, qu'une grande partie de nos traductions fût prête, ce qui nous permettra de publier dans notre collection les ouvrages remarquables qui paraîtront à l'avenir, en même temps que l'original sera mis en vente en Angleterre.

La grande vogue dont jouissent en Angleterre les différents ouvrages du CAPITAINE MARRYAT, regardé chez nos voisins comme supérieur à Cooper et rival de Walter Scott, et les demandes de cet auteur qui nous ont été adressées par les nombreux souscripteurs à notre édition de Walter Scott, nous ont déterminés à commencer notre entreprise par les œuvres de ce célèbre écrivain.

Les différents ouvrages de cet auteur sont déjà connus de tous les gens lettrés : *Pierre Simple*, *l'Officier de marine*, *Japhet à la recherche d'un père*, *Jacob fidèle*, *Snarley Yow* ou *le chien du diable*, *le Pacha à mille contes*, *King's own* ou *il est au roi*, *Newton Forster* ou *la marine marchande*, *Rattlin le marin et les trois cutters*, *M. le Midshipman aisé et le pirate*, *le Vieux commodore*, sont aujourd'hui recherchés par tous les lecteurs, et sans aucun doute le CAPITAINE MARRYAT prendra place dans toutes les bibliothèques à côté de Walter Scott.

CONDITIONS DE LA SOUSCRIPTION.

La Bibliothèque anglaise formera environ 100 volumes in-8, imprimés en caractères neufs, sur beau papier, semblables aux premières pages de ce prospectus.

On pourra souscrire pour la collection entière ou pour chaque auteur séparément.

Les souscripteurs auront le droit de renoncer à leur souscription en prévenant l'éditeur un mois à l'avance.

Les premières livraisons se composeront des œuvres du capitaine Marryat, qui formeront environ 24 volumes.

Il paraîtra un volume le 1er et le 15 de chaque mois, à partir du 1er décembre 1837.

Le prix de chaque volume est fixé pour les souscripteurs à 2 fr. 25 c. pour Paris, et à 2 fr. 50 c. pour les départements. Tous les ouvrages d'un auteur se vendront séparément à raison de 2 fr. 50 c. par volume.

Les souscriptions qui seront adressées directement à l'éditeur, seront expédiées *franco :* pour Paris à la mise en vente de chaque volume; pour les départements, tous les trois mois, afin de former un paquet de six volumes.

On ne paiera qu'en recevant.

ON SOUSCRIT A PARIS,
CHEZ MÉNARD, LIBRAIRE-ÉDITEUR,
PLACE SORBONNE, 3.

Et chez tous les libraires des départements.

IMPRIMERIE DE MOQUET ET COMP.ie
RUE DE LA HARPE, 90.

OEUVRES DE WALTER SCOTT,

TRADUCTION DE M. ALBERT-MONTÉMONT.

Nouvelle édition, revue et corrigée d'après la dernière publiée à Edimbourg.

30 volumes in-octavo, papier satiné.

1 fr. 80 c. le volume, ou 54 francs l'ouvrage complet.

Conditions de la souscription.

On souscrit pour l'ouvrage complet formant 30 volumes in-8.— Il paraît un volume le 1er et le 15 de chaque mois depuis le 15 février 1837.— Le prix de chaque volume est fixé à 1 fr. 80 c.—Tous les ouvrages se vendent séparément. — 20 volumes sont en vente (1er décembre 1837); ils sont indiqués par une * dans la note ci-après. — Les souscriptions des départements qui seront adressées directement à M. MÉNARD, seront expédiées *franco* en deux envois : le premier de suite, le second le 1er mai 1838.

Cette édition renferme les ouvrages suivants :

Tome 1er Waverley. — * 2 Guy-Mannering.— * 3 L'Antiquaire. — * 4 Rob Roy.— * 5 Kenilworth. — * 6 Le Nain noir, etc. — * 7 Le Vieillard des tombeaux ou les Presbytériens d'Ecosse. — * 8 Ivanhoé. — 9 La Prison. — 10 La Fiancée de Lammermoor, et Une Légende de Montrose.— * 11 Le Monastère.— * 12 L'Abbé. —*13 Le Jour de la Saint-Valentin.—14 Woodstock.— * 15 Quentin Durward.— * 16 Le Pirate. — * 17 Les chroniques de la Canongate.—18 Peveril du Pic.— * 19 Le Talisman. — 20 Les Fiancés. — 21 Les Aventures de Nigel. — * 22 Redgauntlet. — * 23 Anne de Geierstein. — 24 Démonologie. — * 25 Robert comte de Paris. — * 26 Le château dangereux, et les eaux de St. Ronan. —27 et 28 Romans Poétiques, *contenant :* Marmion, le Lai du dernier Ménestrel, la Dame du lac, Rokeby, le lord des Iles, etc. — * 29 et 30 Histoire d'Ecosse.

OEUVRES COMPLÈTES DE VOLTAIRE,

AVEC PRÉFACES, AVERTISSEMENTS, NOTES, ETC.,

PAR M. BEUCHOT,

Bibliothécaire de la Chambre des Députés.

70 volumes in-8° avec couvertures imprimées et 80 belles vignettes.

PRIX 160 FRANCS.

CRÉDIT. Les personnes dont la position sociale est un gage de solvabilité, et qui s'adresseront directement à M. MÉNARD, pourront recevoir immédiatement l'ouvrage complet en souscrivant l'engagement de payer dix francs chaque mois, ce qui divisera la somme totale en seize paiements mensuels.

ŒUVRES COMPLÈTES DE FLORIAN.

NOUVELLE EDITION.

12 vol. in-octavo, papier satiné avec un portrait et 24 belles gravures.

La publication est faite en 15 livraisons. La livraison se compose d'un volume de texte ou de 8 vignettes. Il paraît une livraison le 1er et le 15 de chaque mois, depuis le 1er novembre 1837.

Le prix de chaque livraison est fixé à 2 fr. 25 c. pour Paris, et à 2 f. 50 c. pour les départements.

Les souscriptions qui seront adressées directement à M. MÉNARD seront expédiées *franco* : pour Paris, à la mise en vente de chaque livraison ; pour les départements, en deux envois, à trois mois de distance. On ne paiera qu'en recevant.

www.ingramcontent.com/pod-product-compliance
Lightning Source LLC
Chambersburg PA
CBHW070257030726
47505CB00004B/842